师父不塞

SHI FU XIN SAI

九鹭非香 著

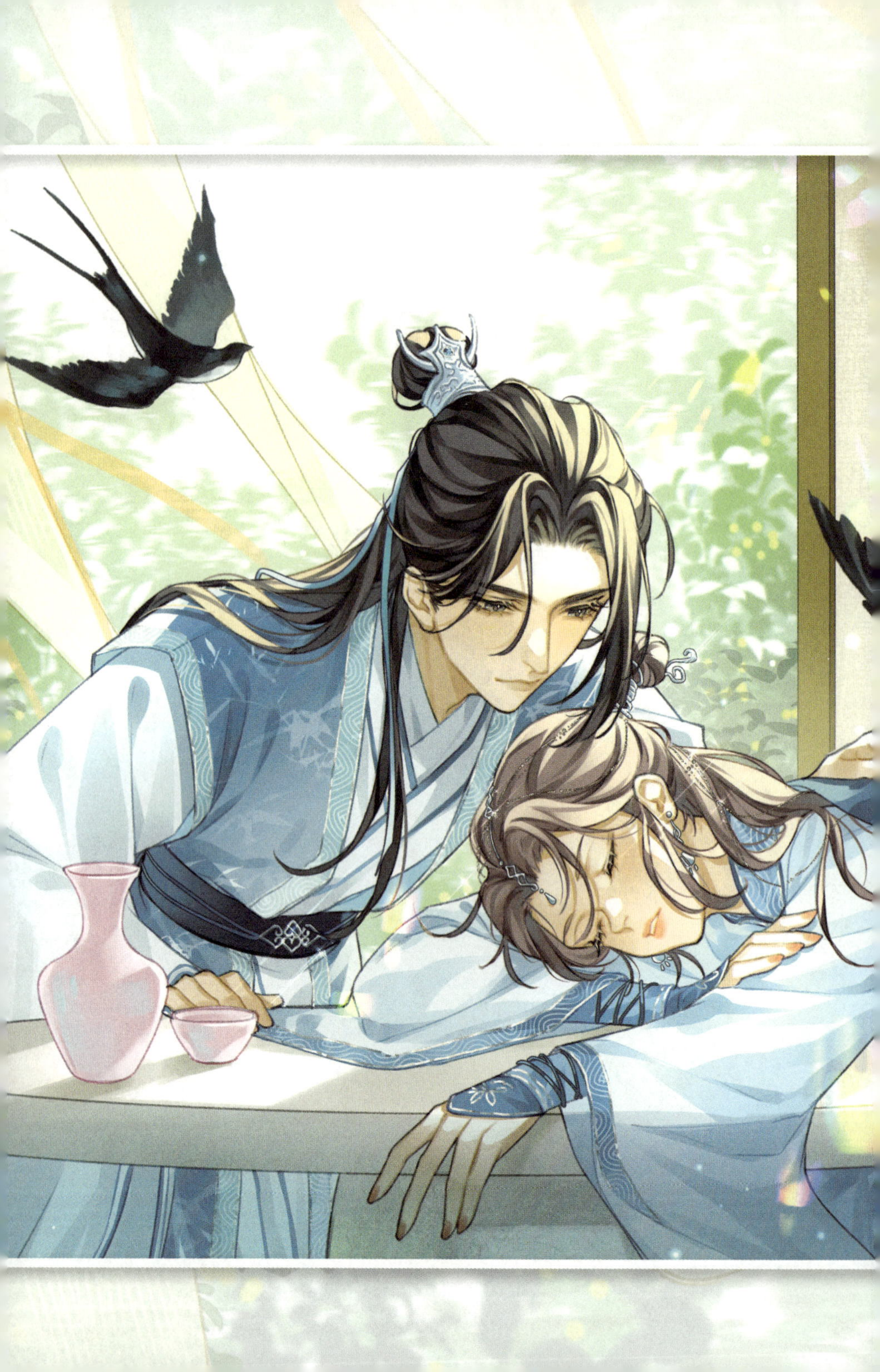

师父心塞

他在我耳边说,「朝思暮想,思之如狂。此八字,尚不足形容徒儿内心万一。」

师父心塞

因为有一个人在我心里成了一根刺，碰不得，谈不得，连吹口气，只要关于他，都会带来锥心的痛……

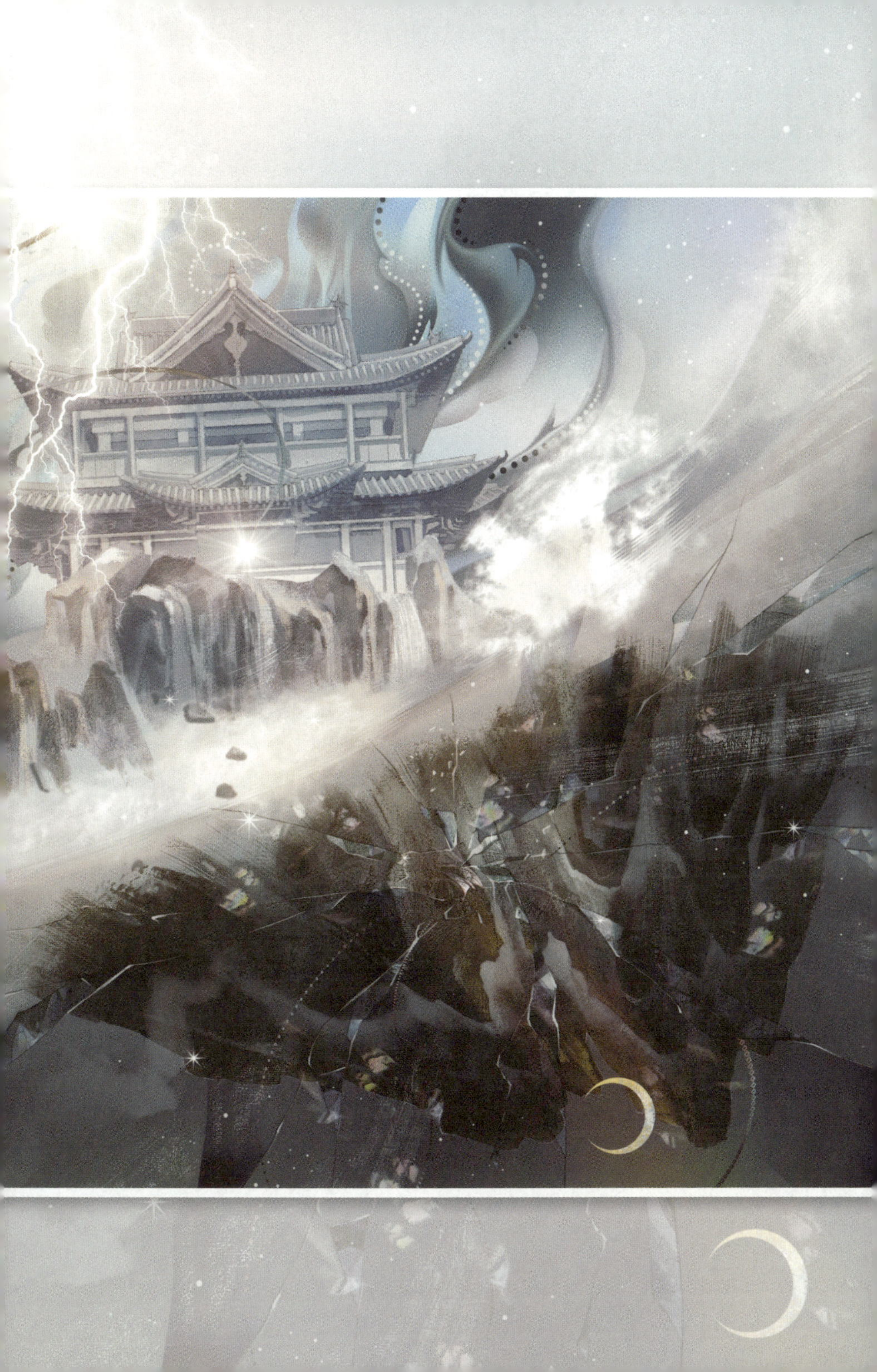

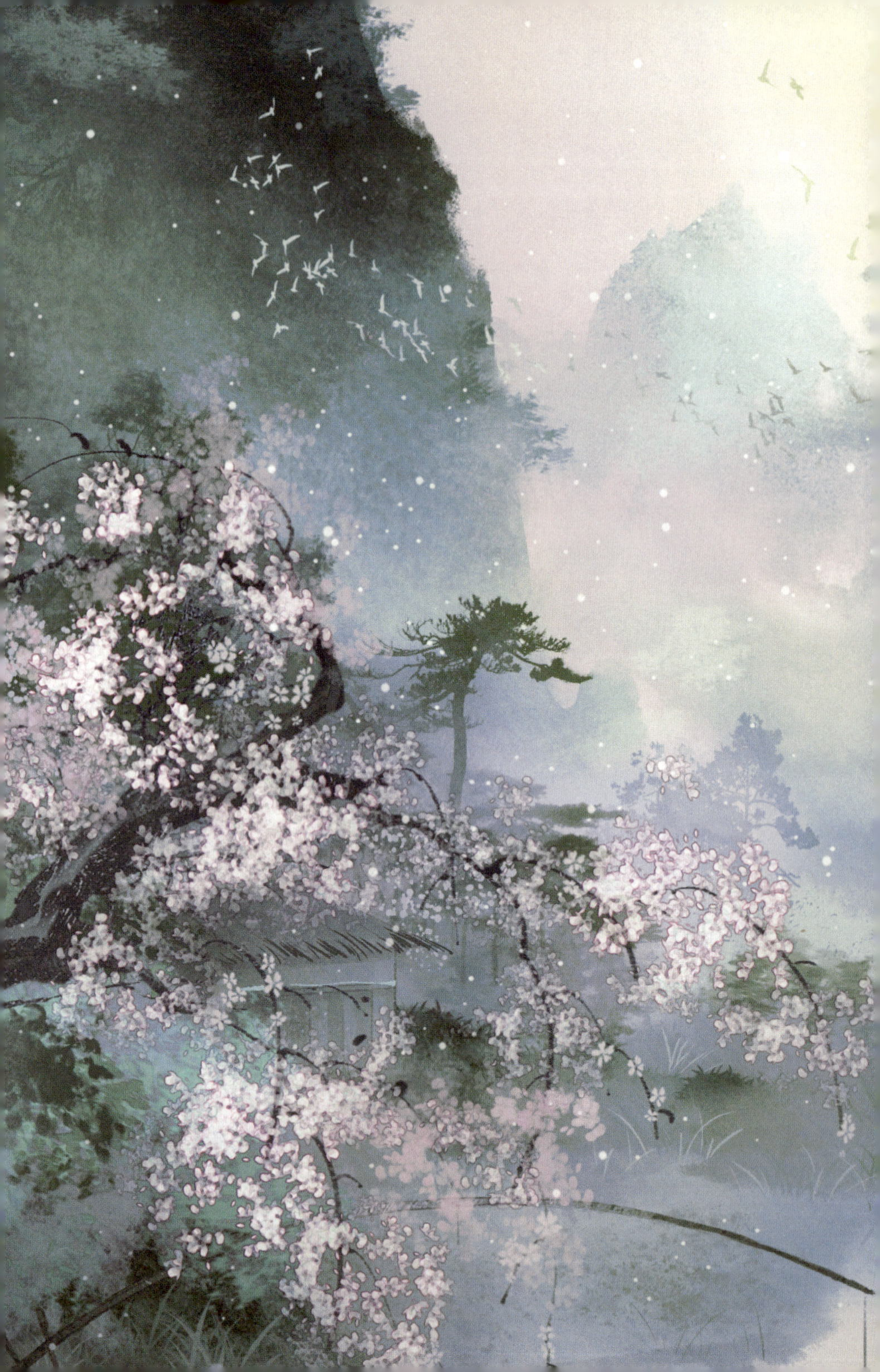

目录

师父心塞　001

师父有病　033

师父年迈　087

师父来战　119

师父有毒　171

师父年少　229

世间万事，有舍才有得，你舍了你的等，他才有机会找到你。

师父不塞

师父心塞

楔子

我是一个女仙人。

江湖上说,我是千百年来,唯一一个修成了仙的女真人,他们把我传成了传说。在传说里,我能一招斩杀数千妖魔而毫发无损,我能以一己之力驯服残暴凶兽并将其化为坐骑,我能独守空灵山巅镇压天下邪气源头。

这些传说都是实打实的真事,我就是这么厉害,直到……

我收了三个徒弟。

一个比一个……

令人心塞。

第一章

在我活得已懒得数年纪的时候，我最后一个师弟驾鹤西去了，我给他送了灵，回头一望，空灵派山门前跪了九千阶的弟子，十个人里面，有九个人都该叫我太师祖奶奶了。事实上，连师弟的徒弟都已去世不少。

在那一天，我决定收一个徒弟来拯救我被称呼得苍老的心灵。

于是我收了我的大徒弟。

当初，为我收徒一事，小辈们前前后后地忙活，意图让我在三万弟子中选到根骨最佳的一个，以便将其培养成下一个成仙之人，光耀空灵门楣。

但任何人包括我自己都没想到，我会在一个妖怪巢里掏到我的大徒弟。

当时他被大鸟妖捉进巢里正要吃掉，而我正好嘴馋去掏妖怪的蛋，蛋没摸着却摸着了小孩的腿。我将他拖了出来，一眼便看中了他远远甩出空灵三万弟子十条大街的灵根奇骨。

我那可叫一个欣喜若狂，一巴掌拍死了一旁叽叽喳喳乱叫的大鸟妖，将小孩抱到树下，连名字也没问，冲口就道："你要做我的徒弟吗？"

他惊魂未定地看了眼旁边蹬腿死的鸟妖尸体，又看了眼我："什么是徒弟？"

我没收过徒弟，还真不知什么叫徒弟，不过这种时候骗到孩子是最重要的事，我眼珠子一转："徒弟就是让我给吃给穿给捧在手心里疼的小宝贝。"

"给吃？"

"嗯，山珍海味。"

"给穿？"

"嗯，绫罗绸缎。"

"小宝贝……"

"嗯嗯，心肝小宝贝。"我伸手帮他抹干净了脸上的尘与土，他睁着眼睛看我，一双黑曜石般的眼珠子里尽是细碎的光。我是真的有点心疼了，这半大的孩子，又瘦又黑还被拖进鸟窝里差点吃掉，也没个人救救他。我牵住他的小手，蹲下身子看他："你做我的徒弟，以后我断不让人和妖欺负你，我会护你一辈子。"

他看着我，答应了。

我激动地将他带回空灵，于空灵之巅上赠他仙剑虹霄，赐他弟子名——千古。我望他将来学有所得，能承我衣钵，流芳百世，名传千古。

我的大弟子的确不负我所望，让他的名字响彻了神州大地，但他却是用大逆不道、堕入魔道的方式遗臭万年的。

其实现在想想，千古算是我收的三个徒弟里面最靠谱的一个，他性格沉稳，行事果断，有经世之才而深谙韬光养晦之道，但他唯一不好的……

就是喜欢我。

这委实是让人捶胸顿足，让我恨不能捅死自己以谢天下的缺点啊。

其实也怪我。

我接千古回来的那年，已有八百岁高龄，千古才八岁。我顶着一张二十岁的面孔活了近八百年，自然是活得坦坦荡荡，却没有顾及千古委婉曲折的成长心理。

千古资质极好，不过二十五岁便修得不老之身，从此容貌再无变化，后来他又学会了千变万化之术，但从来也没让自己变得年轻一点，就顶着那张看起来比我稍大一点的面孔成天在我身边晃悠。晃便晃吧，左右比我小七百九十多岁呢。

我因着心里太过坦荡，便也没有在意。我住在空灵之巅，素日无人前来打扰，门派里自然也没人在意。直到事发之后，我才觉得，这小子心思实在藏得深。

若不是那日我贪杯，喝多了酒，躺在酒池边闭眼假寐，千古上来亲了我一口，在我耳边呢喃了许多遍缠绵的"师父"二字，我怕是今日也不知道千古的心思。

后来我才知道，那日的千古是被一个思慕他许久的女弟子下了药，他急切赶回欲净神祛毒，却见我脸颊嫣红地躺在酒池边，这才忍不住数十年来积攒的情意，上来啄了我一口。

彼时我醉酒假寐，神识却还是能观八方听千面的，他这一口将我的酒劲尽数啄了去。好在他没有做更过火的事情，我顾及我们师徒俩的面子，也没有当面戳破他，只继续装睡。

最终千古还是用他引以为傲的自制力克制住了所有情绪和冲动，踉跄离去，我这才睁开眼睛，望着空灵山巅天外的繁星独自反省。

我其实是个很传统的师父，还没有开放到可以接受这种事。

按照门规，出了这样的情况，我该废了千古一身修为，并将他逐出师门以惩他大逆不道之罪的。

但千古是我唯一的弟子，也是我一手带大的小孩，呵护了这么多年，谁打他一下我都是要冷了脸去训人的，这么突然，我哪儿狠得下心去废他修为。

我思忖了一晚上，觉得还是自己在教育过程中出了差错。但现在差错已成，硬扳估计是扳不回来了，唯有采取软手段。

我先是闭关，命千古除非有性命攸关的大事，否则不许来扰我。

我躲他一躲就躲了五年。

出关之时，见到千古的第一面，我心中还是想念的，而他显然比我更想念，平日里正经严肃的脸上一直带着一抹让我感到不甚自在的微笑,温顺得就像一只等待被抚摸的大狗,他说:"师父,这五年,我用心打理着空灵之巅。"

是啊,打理得很好。

"师父,我每日皆用功修行,一日也不敢懈怠。"

看得出来,他修为又精进不少。

"师父……"他垂下头,唇边有隐隐的笑,"我一直期待您能早日出关。"

我沉默。

他对我突如其来的闭关没有埋怨,对我五年的不理不睬没有感到委屈。他只是默默地做好了一切,等待着我再见他时夸他一两句,就像他小时候练好了法术渴望我发糖一样。

他要的不多,他知道他心里的那些感情是不可以的。所以他隐瞒了那些情愫,只依稀透露出一些极小的期待,希望被我满足。

但他这些小期待若被我满足,难保他日不会有更大的期待和渴望。

我忍住了没有夸他。

于是千古也沉默了,我看得出,对于我的冷淡,他有些受伤。但下一瞬他又恢复了惯常的自己。

只是在接下来的日子,偶尔我会看见他的目光悄悄地在我身上停留。

五年的避而不见,好像并没有改变什么。

他比我想象中执着。

于是我换了个法子,收了我人生中第二个徒弟。他与千古一样,根骨奇佳,天生修仙小能手。但彼时二徒弟已经十八岁了,全然错过了打根基的人生好时辰,我不顾千古反对,挥手给了二徒弟一百年的修为,以弥补他幼时的修行不足。

我像当年收千古一样,在空灵山巅受万千弟子叩拜,赠他仙剑,赐他弟子名"千止",我不想弟子流芳百世了,只望他能知分寸明事理,行为举止知礼知节,知行知止。

千止的拜师礼上，我一眼也没有看千古。

但我知道，他在我身后有多沉默。

千止与千古全然不同，他性格张扬，喜动不喜静。而在千止入门之后，千古则相较之前更为沉默，两人相处往往只有千止不停地唠叨。

"师兄，你的脸是被施了法术动不了吗？入门十几年没看你笑过。"

"师兄，每次下山被人叫师叔祖请问你心里是怎么想的啊？会不会觉得挺嘚瑟？你说我要是嘚瑟了会被人打吗？"

"师兄，我要因为嘴贱被打了，你和师父会不会帮我啊？"

我在屋内听得笑了。然后外面就传来千止的痛叫："师兄！师兄！我不嘴贱！别打……哎哟！"

千古自千止入门之后便喜欢揍他，练功练得不好要揍，说话说得讨厌要揍，做事做得慢了也要揍，虽然千古每次揍人总能找到理由，但我总觉得他是在挟私报复，有时候收拾千止的剑气几乎都打得我门晃，想来是没吝惜力气。

我心里琢磨着千古入门后大约是我揍他揍少了，所以才让他行差踏错，现在千止挨挨揍，说不定也挺好。

我本以为，招这么一个活泼好动的弟子回来调节气氛，我这一脉定能回到正常的师父教弟子学的积极修行模式上。

但我怎么也没想到，千止竟会比他师兄更不让人省心……

千止修行之时心急求快，最爱练成法术后跑到空灵山下给各小辈表演。我只道千止只是有点爱臭显摆，他生性不坏，偶尔的虚荣还能提高他修行法术的积极性，所以没有刻意制止他。

但哪里知道他竟敢凭着自己入门二十多年的功力去挑衅空灵山下缚妖池里关着的妖邪。

缚妖池是一汪黑水深潭，里面关的是空灵小辈们平日外出时捉回来的难以驯服的妖邪，那些妖邪本就被关出了一肚子火气，千止自己送上门，那自然是不意外地被妖邪们拖进了池子里……

他做出这事，虽有小辈在侧起哄，但真正促使他去的，是他生性的自负与狂傲。他拜入我门下，我却未令他收敛心性，反而助长了他的气焰，说来也是我的错。

去救他自然是我这个师父责无旁贷的事。

可也就是这件事，把先前好不容易摆正心思修道的他大师兄……彻底推向了不归路……

第二章

　　我先前收千止入门之时，给了他一百年修为，虽不是很多，但我却要修行几十年方能完全恢复元气。
　　现在离我元气恢复还有十来年的时间。我入了缚妖池，于混沌之中将快要被妖邪们拆胳膊拆腿吃掉的千止救了出来，一出池子，我就陷入了昏迷。
　　阴邪之气入体，扰我元神，我暗自估摸，没有百八十年是醒不过来了。
　　但百八十年只是我自己的估计，我现在只能躺着，听得到声音却看不到周围的情况，也什么都做不了，只能听小辈们一个愁似一个地叹，仙尊怕是醒不过来了。
　　你们也太瞧不起我了……
　　千止出事那日之前，我派了千古外出办事，是以直到我昏迷一个月有余，他才回了空灵，见到了小辈们口中"再也醒不过来"的我。
　　我尚记得那日屋外鸟鸣悦耳，风扶柳动之声令人心极为祥和。
　　但自打院门被千古推开的那一刻，我就开始觉得无比心塞。
　　他一进来，膝盖跪在地上的声音听得我都替他疼。
　　"师父。"他唤了一声便再无动静，隔了好久，他终于来到我的床边，又隔了好久，我感觉到他的指尖在我脸颊上游走，不是轻薄，也不像迷恋，更像是信徒在虔诚地触碰他信仰的神灵。
　　摸个脸能摸到这种程度，我这个徒弟也算是暗恋界的奇葩了。

我在心里狠狠一叹。

"师父。"他在我耳边呢喃,一如我醉酒那日,不过他此时神志清明,言语中是我想象不到的坚定执着,"我会让你醒过来的。"

我自己便能醒过来,你甭操这个心……

我说不了话,听着他的脚步声渐远,然后他在屋外与千止发生了争执:"师兄,你不能去!"

"让开。"

"你不能去找月老红!江湖上谁人不知道她那里的规矩!你若去找她,那你怎么办!"

听到月老红这个名字,我心里也是惊得不行。千止口中的这个月老红是个女妖怪,她修为不弱,千百年来炼制了不少灵丹妙药,号称"无人不可救"。她的药只送给为自己至爱来求药的人,然而天下有至爱的人不少,鲜少有人去她那里求药,因为,她还有一个要求。

一命换一命。

她要求药人给她当试药人。这是个极为邪气的妖怪。

千止苦声劝:"师兄你若去,岂不是将掩藏这般久的心思公诸天下了吗?彼时你让师父如何在空灵派中自处!而且那月老红……可是要人性命的,你……"

千古沉默了很久:"千止,师父今后就只有你这个弟子了,切望你收敛心性,别再让她操心失望。"

"师兄!师兄!"

屋外归于平静。

我觉得现在的自己便已足够操心失望的了。抛开所有的繁杂事端,就本质来看……

你们……都不相信我能自己醒过来吗……

许是过了些日子,千古终究还是求来了药,然而却是他自己御剑回来,于床边助我服下了药。

我睁开眼,望着眸中微润的他,一时竟不知该说什么好,只好叹息问道:"千止呢?"

千古一顿："徒儿这就去把千止换回来。"

换回来？我一皱眉："他和你一同去找月老红的？月老红将他留下了？"我言辞清晰地问出这两句话，千古露出了难得惊骇的神色。

"师父如何知晓……"

我掀被子离开："我先去救他，回来再与你细说。"

千古想拉我："师父初醒，不宜……"

"为师再是不济，凭着年纪也能压她一头。"我回头望千古，对他冷了脸色，"为师身体如何，自有分寸，何须他人胡乱插手。"

千古一僵，白了脸色。

"不许跟来。"我拂长袖，御剑而去。

我知道千古待我极好，不然也求不来这药，但他这份好却是我承受不起的，经此一事，我明白将千古留在身边望他潜心修道根本就是我的幻想，待救了千止，便是时候做个抉择了。

可千止……到底不是省油的灯。

我寻到月老红居住的山谷之时，千止正从背后抱着月老红，亲昵地与她一起辨识药草。

我当即便愣在门口了。

这一幕与我想象中的月老红拿千止炖汤熬药的场景着实差去了甚远，千止见了我，一怔，立即泪流满面地扑到我脚前，号啕大哭："师父！是当日徒儿不孝，累您受伤！要打要骂，徒儿都甘愿受着！"

我还没做出反应，那月老红便从千止身后抱住了他，轻声说："你哭作甚，她这不都醒了吗？你可别伤心了，我心都痛了。"

我像是被天雷劈了一样呆杵在当场："什……么情况？"

月老红抬眸看了我一眼："你那大徒弟来求药，他倒是真爱你，我打算照以往的规矩要他命再送你药，但千止来了，我与千止一见钟情，便不要你那大徒弟的命了，你把千止留在我这里便好。"

我被她这一番话说得差点没接上气来。

我看看她，又看看千止："她说的当真？"我唯恐千止是为了救千古而委屈自己，哪儿想千止却羞红了脸点头。

师父心塞　　011

我……一口血堵上心头。

我那根骨奇佳的大徒弟大逆不道地喜欢上了为师我，我这天资聪颖的二徒弟大逆不道地喜欢上了邪魅妖怪。我真是不知该说我选人的眼光不好，还是我教育人的手段不好。

无论什么不好，我都是断不能让千止留在这里的。

妖邪心绪极难稳定，上一刻还你情我愿情深意浓，下一刻说不准就能拿牙齿咬断人的喉咙。而且月老红拿人炼药杀孽过重，身上戾气极重，对心性本就不稳的千止影响太大，长时间在一起，恐他堕入魔道。

为了千止好，我得把他带回空灵。

"我不能把千止留下。"

月老红闻言，抬头看我，方才尚温和的面容，霎时变得狰狞："那就把你的尸首留下！"她化指为爪，向我杀来。千止甚至还没反应过来。

妖邪便是如此，我心里早有准备，举剑一挡，剑气震荡，推开她一丈远。我将千止衣襟一提，转身便走。

月老红到底赶不上我御剑的速度，被我远远丢下。

回到空灵，千止拽着我的衣摆十分委屈又愤慨："师父为何如此?!"

我大怒："反了你！与妖邪私订终身竟还敢质问为师！给我去灵虚洞闭门思过！三个月不许出来！"

千止咬牙，最后还是听了我的话，去了灵虚洞。

我这方事宜刚处置完毕，有个山下的女弟子脚步蹒跚地往我这里跑："仙尊！仙尊！"她一边哭一边喊："你快去救救千古师叔祖啊！他快被其他师叔祖打死了！"

我仰头望天，一个两个，都不消停。

第三章

千古被抓了去,是因为我御剑离开空灵,留下的浩渺仙气让三万弟子都知道我已经醒了。

而我怎么醒的,那些小辈动动脑子猜出了一二,我先前想到我走后恐有人会来询问千古,但我没想到,这些小辈捉得了千古。而千古竟然也心甘情愿地被他们捉了去,要挨那九九八十一道噬魂鞭刑。

八十一道噬魂鞭打下来,连我都有点受不住,更遑论千古。

我急切地赶到了责罚殿,殿前站了数不清的弟子,整个大殿鸦雀无声,唯有高台之上,噬魂鞭抽打在千古背上的声音,声声震耳。

"住手。"

我踏过弟子们在中间留出来的白玉石长道。我鲜少插手空灵派的事务,许多小辈甚至没看过我的脸,此时虽然按规矩他们应该埋头,但一个两个还是睁着大眼睛,好奇地看着我,其中不乏白发飘飘的耄耋老头。

执鞭的白胡子老头立时停了手,他是我小师弟最小的一个徒弟,也算是这里的老人了。

我站上高台,拿过老头手里的噬魂鞭。

旁边的老者颤巍巍地道:"仙尊啊,千古师弟毕竟是违反了空灵门规,这八十一鞭不可少啊!否则门规何立……"

旁边有人附议,被吊在空中的千古也转过头来看我,他脸色死白,眼神里却有着几分我看不懂的绝望。

"我空灵自千年前起便门规森严,我断不会偏袒谁。"我手中长

师父心塞　013

鞭一振,电光石火间,便有三鞭落在千古背上。他的后背登时皮开肉绽,鲜血直流,一直强忍着不吭声的千古终是痛呼出来。

下面有小辈惊呼出声,有的甚至扭过头捂住眼。

"只是我的弟子,给你们谁打都不太对,让我亲自处置他才最合适。"

没人再说话。

"这三鞭是为师赐你的。打你大逆不道之罪。你且说,你挨这打,甘不甘愿。"

千古气若游丝,但还是点头。

到底是自己养大的孩子,是我承诺过要将他当心肝宝贝一样疼的徒弟,见他如此,我登时心尖一软,再也握不住长鞭,猛地将噬魂鞭往地上一掷:"你自幼拜入我门,而今生了妄念,为师无法再教你修行,今日这三鞭之后,你便不再是我空灵门人,也不再是我的徒弟,望你之后,好自为之。"

这个结果在所有人的意料之中。

唯独千古好像无法接受,他挣扎着回头看我:"师父,徒儿愿受八十一道噬魂鞭,求师父别将我逐走!"

这傻孩子,明眼人都知道,八十一道鞭子准能将他打死,我将他逐走,分明是想留他一命,他不安安静静地离开,反而要求我将他留下来,真是……

不长脑子。

我一挥手,绑住千古双手的铁链断裂,他摔在地上,却挣扎着要向我爬来:"求师父……别将徒儿逐……逐走……"我深吸一口气,转头不看他。

"将他抬出山门。从今往后,休让他踏入我空灵一步。"

千古被弟子们强硬地绑了,他拼命挣扎,声嘶力竭地唤我"师父",黏稠的血染红了整条白玉石长道。

殿中安静至极,我咳了一声,一醒来便处理了如此多的事,让我太阳穴突突地疼。"散了吧,各自练功去。"

回了空灵山巅。

我坐在空荡荡的大殿里。脑袋委实疼得厉害，但我却怎么也不想往床上躺。我抬眼往窗外一望，好似能看见小时候的千古在外面练剑，招式稚嫩，却隐隐带着仙气。

我摇了摇头，收回目光看桌子上的砚台，却又好似看见十几岁的千古坐在我对面，拿笔抄书，然后抬头望着我笑："师父，你睡得比我抄完两百卷经的时间还久。"烛火斑驳，他的面容时而清晰时而模糊。

我觉得自己不能在屋子里面坐着了，于是出了门，看见酒池，又想起那日我在酒池边假寐，唇畔那似有似无的温热触感，还有他在我耳边沙哑地呢喃，一遍遍唤着"师父师父"，就好像是偷吃了这世上最珍贵的东西，满足又歉疚。

我捂住脸，深深一叹。

终是施了个遁地术，悄悄出了空灵山，追到千古被放逐的地方。

他被扔在一个乱石堆上，河水冲刷着他的身子，将鲜血蜿蜒带走老远。

我将他拖了出来，就近安置在一个山洞里。

夜晚的时候千古发了高烧，迷迷糊糊的，嘴里一直念念有词。被噬魂鞭打了之后，元神难免大伤，我手边没药，只能以仙气强行压制住他体内翻腾的血气。

整整三个昼夜，他脑袋枕在我的膝盖上，汗水将我的衣裳都浸湿了。

直到第四日清晨，他的气息才慢慢平稳下来，我收了仙气，拿石头给他枕着脑袋，揉了揉已经没有知觉的双腿，走出了石洞。

离开之前，我还是忍不住回头一望，千古躺在地上，虚弱地睁了睁眼，然后又闭上，晕了过去。

那时我天真地以为，千古就此走出了我的生命，再也不会出现了。

三个月后，千止出了灵虚洞，没看见千古，打听后知道了我鞭笞千古并将他逐出师门一事。千止素日里虽然挨千古的打挨得多，但相比我这个给了他百年修为就不咋见人影的师父来说，千古倒更像是他师父。

千止脾气火暴，登时便没有忍住，大声指责我："师兄拼上性命

师父心塞　015

为师父求药，即便知道此后会为人所不齿也要救师父，师父醒了却是如此对待师兄的吗?!"

我喝着茶不说话。

千止咬牙切齿地看了我一会儿："我满心以为，师父明白师兄的心意之后，即便斥责他行为失矩，也不会妄加责罚，倒是千止看错师父了。"言罢，他转身要走。

"去哪儿？"我放下茶杯。

"修仙之人如此无情无义，我不想修仙了，我要去找小红，和她肆意江湖，快意恩仇！"

"回来。"

千止不理我，我眉目一冷，一挥手在他跟前布下一个结界，哪儿想千止竟然大手一挥，一股仙气径直向结界打去，他用的是我的修为，打的是我教的招式，半点也没有吝惜力气，撞破了结界，御剑而起。

我一拍桌子："这小兔崽子！"飞身跃出，拦在千止面前。千止手中光芒一动。

我冷笑："好啊，这是要与为师动手啊。"

我一个大耳刮子抡过去，千止抬手来挡，我是狠了心要揍他，哪儿容得他将我挡下来，一巴掌拍在他脑袋上，将他打得晕头转向，然后提了他的耳朵，亲手将他送到灵虚洞里去关着。

"我收的徒弟，要与不要是我的事，还没轮到你说是走是留。你给我待在这里关禁闭，不知道错，便不能出来。"

"我没错！"千止在我身后大喊，"我没错，师兄也没错！是师父你错了！是你错了！"

我不理他，出了灵虚洞。

半个月后，山下有弟子来通知我，说是出了大事。

我赶到一听，才知，竟是那月老红把我曾经的大弟子千古，拖到魔道里面去了……

我揉胸口，简直……心塞。

第四章

我不知道月老红是怎么把千古拖到魔道里面去的。但大概能想象，她无非是用"仙门无情，你师父寡义"之类的言语让千古心生怨怼，失足踏入魔道。

千古天资极高，早年便已修得了仙身，堕魔之后，修为更是增长得飞快。

空灵派的小辈们怕千古挟私报复，集结邪魔外道的势力回来攻打我空灵派。千古通晓我空灵所有隐秘，熟悉我空灵一切法术，他若使坏，破了我空灵封印，让邪气源头泄漏，那可是要出大事的。

比起后辈们的忧心，我倒是挺相信千古的人格，即便知道他堕了魔，我还是相信他。

我摆了摆手，说："左右现在没出什么事，胡乱猜忌无用，若他有朝一日真的胆敢犯我空灵，我必亲自将他斩于剑下。"

说完我就回空灵之巅了。

然而回到住了几百年的大殿里，待了几日，院子里没有千止叽叽喳喳的叫唤声，没有千古时而走过门前停下看我的身影，这个山巅好似忽然死寂下来一样。

我待不下去，到灵虚洞去问千止："你可知错？知错就放你出来，不知错我就关你在这里然后自己云游天下去。"

他像孩子一样赌气，看也不看我。

然后我就云游天下去了。

我在世间走了五六年，遍听江湖传闻，千古在魔道声名日盛，俨然要成一派魔头的架势，这期间，月老红帮了他不少忙。

但如今这都是外人的事，只要不碰空灵封印，别的都与我无甚关系。

我一个人在世间云游，游得久了也觉得无聊。我细细思索了一番这几十年里的收徒事宜，陡觉自己很是失败：一个徒弟喜欢自己却喜欢得逾越了；另一个徒弟倒是没有逾越，却整得怨怼了。到头来看，我的衣钵还是没有人继承。

我左右一思量，在山间田野里，又收了一个徒弟。

这是个资质极好、生性活泼又诚实善良的女孩子，我给她起名为千灵，不妄想她名传千古，也不要她知行知止了，只要她对得起自己的好天赋，做一个灵巧讨喜的女孩子便行。

我带着她回了空灵之巅，告诉她，她有个已经堕入魔道的前大师兄；又领着她去看了被关在灵虚洞里，头发胡子长了老长的二师兄，我告诉千灵："你是女孩子，不要变成他们这样。"

千灵看着玉铁栅栏里面的二师兄，点了头。

眨眼间，过了十年，这十年间，我对我的人品、眼光还有教育能力终于……产生了深深的怀疑。

深深的。

当山下的小辈第一千次跑到我跟前告状，说千灵师叔祖又和某个师叔打起来了时，我只心累地摆手："打吧，赢了回来我收拾她，输了你们看着收拾就成。"我仅有一句吩咐，"别弄死了。"

我这第三个徒弟，精力旺盛……太旺盛。

三天两头上房揭瓦，我起初温言细语地教育过，冷眉冷眼地呵斥过，一句"你再这样我就把你赶出师门"说了千八百遍了，对她愣是没有半点作用。

想当年，千古听到这句话，那可是脸色都要白三天的。

现在的孩子，怎么越来越难带。

最后那天千灵还是打赢了回来的，她肿着一只眼骄傲地告诉我："师父，下面那几个混账东西又欺负厨房扫地的小厮，我帮小厮揍回去了，看他们以后还敢不敢恃强凌弱，姑奶奶打不死他们！"

我瞥了她一眼："能用脑子解决问题吗？"

她揉了揉鼻子："拳头比较方便。"

这是一个娇滴滴的大闺女该说出的话吗！我一声叹息，放下了书。看看她现在，又想想她小时候的模样。

哎……心塞！

"去把书房打扫了。"我罚她，"扫干净点。"

"唉，好嘞。"她愉快地应了，半点也没觉得我是在罚她。我仰望天空沉默无言，一个女徒弟心眼粗到这种地步……她终究还是和我给她取的名字背道而驰了。

那日千灵收拾书房时，拖了一个大箱子出来，我第一次看见此物，问她："这是什么？"

"不知道，从书房阁楼上的犄角旮旯翻出来的，看起来有很长一段日子没人动过了。我怕霉了，拖出来晒晒。"她说着打开箱子，里面是满满的一摞画卷，展开一看，画里无一不是同一个女子的面容，或静立在山巅，或卧于寝榻，神色不管是笑是怒，总是带着两三分散漫与不经意。

"师父，这些都是你啊。"千灵展开一幅画，倏尔哈哈一笑，"哎呀，这画画得真传神。师父，你看你。"

我瞥了一眼她手里的画。画卷里的女子面如胭脂，她仰躺在垂柳酒池旁，被一个男子偷偷亲吻。我胸膛一口气差点没喘上来。

"师父，这男子是谁啊，你们这姿势……"千灵爽朗一笑，"真是漂亮！"

听听，这是一个闺女该说出的话吗！我心底怒得不成样，但碍于此事是我心底的一道隐伤，我面不改色地撒谎："画里的人是我，画画的人也是我，这男子是为师年少轻狂不懂事时的梦中人，是幻想出来的，现在已经不顶用了，拿去烧了吧。"

千灵奇怪地看我："可师父方才都还不知道这箱子里是什么……"

我起身回屋："烧了烧了。"

关上房门，我的老脸方肆无忌惮地烫了起来。

多年前只存于我脑海中的触感忽然变成了一幅画闯进视野里，实在让人不得不感到惊慌。我倚门站了一会儿，忽然嗅到一丝烟味，拉开门往外一看，是千灵施了法，将那些画卷焚了个干净。

我嘴角动了动，最终还是忍住了所有情绪，在屋里枯坐着叹息了一下午。

千古他……藏了不少事啊。

打那以后，日子还是照常过，只是千灵下山闯祸的次数渐渐变少了，我还道是这姑娘长大了，却忽然有一天，千灵学会了新法术，向我嘚瑟完了之后感叹了一句："我练了三个月方能到此程度，但闻当年大师兄不过花上数个时辰便练成此术，我还真是差得太远。"

我一愣："你怎么知道？"

千灵捂住嘴，扭捏了半天才告诉我："我去灵虚洞找二师兄玩了。"

我没有明令禁止千灵去看千止，当下只撇了撇嘴："玩可以，记住原则，不能放他出来。"

"为何？"

"你二师兄心性不稳，关着他，一来为定他心神，二来……若放他出来，他一准奔魔道而去。他与你大师兄不同，你大师兄心志坚韧，万事胸中自有一杆秤，于他有害、于空灵有害、于天下有害的事他不会做。你二师兄……太易被人左右。"

千灵听了我这严肃正经的一番话，愣了好久："原来，师父你……心里考量的事情挺多的啊……"

我白了她一眼："你当为师这几百年白活了，和你一样不动脑子做事情吗？"

千灵挠了挠头，憨厚一笑："不过，说来，大师兄都离开师门这么多年了，师父言语之间对大师兄好似还是极为信任啊……"

我沉默。我当然相信千古，他是我的第一个弟子，是我全心全意教出来的徒弟，甚至可以当作我毕生最值得与人炫耀的骄傲，虽然他后来走错路，但若较真算起来，其实千古并没什么错。

要错，也全错在我。

第五章

千古被世人称作魔头,其实他啥也没干,但因着他魔力激增,致使天下瘴气增多,妖邪横行,大家便给了他一个魔头的称号。

得到这个称号之后,他曾经的师父我,便也与他一同上了江湖热议榜,神州千百年来的第一个仙,教出了神州千百年来的第一个魔头,怎么听怎么好笑。

但这些流言干涉不到我的生活,我偶尔下山听听便也罢了。

倒是最近这段时间,千灵去灵虚洞去得越来越勤,我虽心中有疑惑,但还是选择相信千灵的品性。

直到有一日,千灵兴冲冲地跑来告诉我:"师父,二师兄认错了!你快去将他放出来吧!"

犟了十几年的小兔崽子认错了?我挑了挑眉,随千灵去了灵虚洞里。

千止被关在玉铁栅栏里,正在地上打坐,听到我的脚步声,他睁开眼。许久不见,千止的眼神坚定不少,性子也不似以前那般爱大吵大闹和浮躁了。

看来关禁闭还是挺管用的。

"终于肯认错了?"我问。

"是,徒儿知错了。"他颔首答,"这些年徒儿潜心修行,近来千灵师妹更是苦口婆心地劝我,徒儿终于认识到自己的错误了。"

我继续挑眉:"那你说说你哪里错了。"

他摊开手心:"师父你看。"

这里是空灵山巅的灵虚洞，几百年间都是我的地盘，在我的地盘上我自然不疑有他，散漫地上前两步，往他掌心一看，忽而嗅到一阵异香，我心道不好，想要退，身体却已僵住。

"千止？"我冷眼看他。

"师父，你别怪我。"千止道，"我委实不想在这里待下去了。"

"千灵！"我喊。

"师父，你别怪我。"她从我身后走到前面来，摸了我腰间的钥匙，给千止开了玉铁栅栏的大门，"这些天来，我听二师兄的话，深觉有理，空灵派门规森严，眼见许多不平之事却不能行侠仗义，做了还要挨责罚，这些年来，千灵对此深有感触，我想我大概不适合空灵派，我想同二师兄一起去闯荡江湖，快意恩仇！"

我听得一口老血险些呛死自己："就你现在这三脚猫的功夫，出去被人打死了别说是我徒弟！"

"我不会说的。"

我按捺住所有情绪，冷静了许久，问道："药是从哪里来的？"

这两个小兔崽子虽然不敬，但对我还算诚实。"是我听二师兄的话，下山找到了月老红姐姐。"千灵交代，"是月老红姐姐给我的。"

"药效有多久？"

"不知道。"

我咬牙，千止对我拜了拜："师父，徒儿在此数十年，从不认为自己有何过错，但而今对师父下药，徒儿愿认此大逆不道之错。"

见他如此，我陡然回忆起了当年，沉默了许久，憋出了一句话："你们大师兄若在，打不死你。"

千止点头："我这便告诉大师兄去，给师父下毒，我去向他请罪！"

我大惊："不准去！"

"师父，我知道，你心里是有大师兄的。"千灵倏尔道，"当初那幅酒池边的画我没忍心烧，而是拿来给二师兄看了，二师兄告诉我画中男子是大师兄。师父，你既然把大师兄当作梦中人，又何必拘泥于这世俗缛节，和大师兄在一起吧。"

"荒唐！为师的事何须他人置喙！"

"那我就告诉大师兄去。"

"回来！"

千灵和千止的气息转瞬便消失。我僵立在栅栏门口，半分动弹不得，心里简直窝了一场森林大火。

不知用这个姿势杵了多久，久到我都睡了一觉了，然而一觉醒来，我却觉周身邪气深重。我侧眸一看。数十年未见的人正悄然立在我身边。

千古的容貌没有半分改变。

只是比起当初，他的气质变了太多。

"怎么被千止算计了？"他开口，成熟的声线暗示着分离的时间已过了很久，然而他问出这个问题却熟稔得像是他昨天才在我旁边抄过经书。

我一叹："他抄我后路，策反了我小徒弟。"

提到这事，我又是一阵心塞。

千古轻笑，低沉的嗓音宛如古琴之声，震得人心弦微颤。我不看他，把目光放在玉铁栅栏上："毒是从月老红手里拿的，你可否帮我要到解药？"

"我有解药。"

他说了这四个字，却没有下文了。就这样将我的胃口吊着，我知道他是想让我忍不住开口求他。但事到如今，我怎么能开口求他？用什么身份……

我恨恨咬牙，时隔多年，徒弟心机重了很多嘛！

"师父。"

他这一声唤，再次让我心尖一颤。

随着这个声音，多少年前的记忆拉开了尘封的幕布——被我掏出妖怪巢穴惊魂未定的小孩，我手把手教他练剑的少年，与我在空灵山巅朝夕相处的青年。我以为我将这些记忆埋藏得很好，但没想到，只用他轻轻一翻，所有的尘埃旧土再也埋藏不住。

"千古,我已不是你师父了。"我提醒他,也提醒自己。

他像没有听到我的话一样:"我今日来,只为问师父三个问题,师父答了,我便将解药给你。"他问:"当年,你逐我离开,我被弃于河畔乱石堆,命在旦夕,是你来救的我吗?"

我没想到,他会问这样一个问题。

"是我。"我如实答了,我想他下一个问题定是问我为何要救他,那我就答"虎毒不食子,你好歹是我亲手拉扯大的孩子"。

但千古却只是笑笑,换了个问题:"这些年,师父可有想念过我,哪怕一次?"

这问题……简直轻薄。

"没有。"我答得果决。千古又笑笑:"最后问师父,你猜我这些年可有想念过师父?"

这……这……孽徒!

"我怎知你内心想法!"我呵斥,"三个问题都答了,快把解药给我。"

千古把手轻轻放到了我的脸颊上,一如他那日离开我去向月老红求药时那样,指尖在我脸上轻轻摩挲。"师父最后一题答错了。"他在我耳边说,"朝思暮想,思之如狂。此八字,尚不足形容徒儿内心万一。"

我按捺住心神:"你让我答你的问题,我都答了,你便该信守承诺,你小时……"你小时候,我便是如此教你的。这话我没说出口,说出口便是一道疤。

"我说会给师父解药就必定会给。"千古道,"只是我未曾说过现在便要给。"

我赞扬:"数十年不见,千古变得无赖许多啊。"

"我现在是魔道中人,这样的做法也无可厚非。师父不也一直喜欢耍横耍赖吗?师承一脉。"他在一旁的地上坐下,仰头看我。"而且我现在给你解药,你吃了,肯定就跑了。"他说,"待我将你看够了,我再放你走。"

这话说得让人心尖一酸。

"你何必执着于我。"

"若知道何必，我又怎会执着。"

他当真静静地坐在那里，眼珠一转也不转地盯着我。我努力使自己平心静气，但被这样下死力气盯着，我还是忍不住微微红了脸。

我一红脸，他就在一边轻笑，我恼羞成怒呵斥他，然后脸便不红了，隔了一会儿，消了气，还被他盯着，我便又红了脸……周而复始。

"仙尊，仙尊……"灵虚洞外传来山下小辈寻我的声音。

我一怔，几乎是下意识地道："千古，离开。"

他倒是不甚在意，站起来还闲闲地拍了拍屁股："师父心中若是没有我，现在理当叫人进来捉我，而不是放我走。"我沉默。他终是拿出衣袖里的瓷瓶，倒出药丸，轻笑："师父忧心我，连自己的解药都忘了。师恩如山，不得不报。"

说着他自己却将解药吃了。

我一惊："你！"吐不出下一个音节了，因为千古已将我的唇覆住，哺我药丸，唇齿之间，除了药香，皆是他的气息。

他没有更进一步动作，我已经全然呆住。他离开我的唇，近距离看着我，眸光微动，明明是他轻薄了我，但他此时却耳根通红。

我多想问他，你脸红个什么劲！你这流氓不是当得挺专业的吗？今天你不是调戏我调戏得很自得其乐吗？亲一口就脸红，不要有这么大的……

反差啊……

他摸了摸我的唇畔："师父，我想你很久了。"

"仙尊？"灵虚洞外传来弟子的声音。

千古红着脸轻笑："我还会再来的。"

药丸上的暖意从胃里流到四肢百骸，我动了动还有些僵硬的指尖，外面的弟子已经寻了进来："仙尊，你在这儿！方才有弟子说有两道气息从空灵之巅御剑离开了。"

我转身，点头。"是你们的千止和千灵师叔祖跑了。"我叹息，"投奔魔道去了。"

　　看着弟子惊骇愕然的眼神，我突然觉得，我此生收徒一事，简直失败！

　　我完全……就是在给魔道培训储备军嘛……

第六章

神州出了三大魔头,每一个都出自我手。

空灵派中我的后辈们经过长久的商议,最后请我去开了个会,委婉地提出,不望空灵能再出一个仙人,只望我今后不再收徒。

我答应了。

回空灵山巅孤零零地待着,我深感空巢老人之痛苦。

因着日子太闲,我便掐着指头给自己算了算命,不算不知,一算吓了一大跳,竟是我成仙后的第一个大劫就快到了。历劫之时,我的仙气定会减弱不少,空灵之巅的邪气源头封印恐出差错,还得有人代替我把邪气压住才是。

我养徒弟其实防的就是这天,但这天真的到了,我的徒弟却一个都顶不上用。

我唉声叹气了好一阵,无奈,只好麻烦下空灵派的小辈们了。

和门派里的几个白胡子老头一说,他们登时比我还紧张,连忙命全派上下准备了起来。见他们准备得妥当,我立时也安心不少。

也对,这几百年,空灵也在不停发展,有的事交给小辈们,即便不是我带出来的小辈,也是很令人感到安心的。

安了心,我便也不着急修行了,左右修行这么点时间,也补不回来我这几十年折腾出去的修为,我干脆日日躺在酒池边喝小酒晒太阳,回忆我往昔的辉煌岁月。

是日天晴,我正喝得微醺,倏尔一阵邪气随风而来,将酒池边的柳条撩动得像摇摆着纤腰的少女。

我的手指跟着柳条晃动,有个略带薄怒的声音在我耳边响起:"劫数将至,空灵一派上下忙乱成一片,师父倒是悠闲,连徒儿来了,也未曾察觉?如此放松戒备,若是天劫来临,师父可打算如何是好?"

我转头看了他一眼,千古立在我身边,黑色长袍遮挡了阳光,这神色语气就像是很久之前,他在埋怨我酒喝多了一样。

"如今空灵派为我历劫一事管得极严,你还能悄无声息地潜进来,看来修为实在长进不少。"我道,"怎么你今日来,又想调戏为师?这次我没中毒,可不会让你占了便宜。"

他顿了一下:"劫数……可能安然渡过?"

我一声叹息:"这几十年里,被你们几个小兔崽子折腾去了半条命,谁知道这天雷会不会把我劈死。"

千古沉默。

我闭上了眼。"你而今身上邪气深重,极易带动空灵封印下的邪气躁动,你若心里对我尚有一点尊敬,以后,便不要到空灵来了。"我道,"我现在守在此处尚无事,若是历劫出了什么差错……你,还有你那两个投奔了你的师弟师妹,都别再回空灵了。千万别再回空灵之巅。"

这几日,我对谁都没有说出心中顾虑,但此刻喝了点酒,千古又正好来了,我觉得我若是再不说,便没机会说了。

毕竟,这些也是……实情。这些年我的力量大不如前了,我若死于劫数当中,邪气源头的封印必定有所松动,空灵派上下或可保持封印的威力,但若有妖魔前来,邪气必定增强,恐怕空灵一派压制不住。

"别的我也不求什么了,我知道你心里素来有分寸。"

千古默了许久:"我不会让你出事。"

我轻笑:"千古,你小时候我就教过你,有的事不是你说了就算数的。"我指尖结印,在千古反应过来之前,我倏尔站起身子,贴于他胸膛之上,指尖光芒没入他的胸口。他诧然,我又笑:"是我说了才算。"

我推了他一把，千古捂住胸口，痛得脸色惨白，单膝跪地。

"这是灵咒。千古，你记住这个痛楚，日后但凡你靠近空灵之巅，身上只会有强于现在万倍的痛楚。历劫之前，我会在空灵之巅布下结界，我不担心你师弟师妹能闯进来，毕竟他们没这个本事，也不会有多想闯进来，只有你，千古。"

我蹲下，他抬头看我，眼眸里是难藏的痛楚。我摸了摸他的脑袋："我的身体我很清楚，大劫当日我或许……你别再来找我，不论什么样的情况，都别再来找我。那三道深可见骨的噬魂鞭抽下，我便不再是你师父了。"

他想拽我的手，却只抓住了我的衣袖，黑眸中是难掩的痛楚："我花了……这么多功夫，便是为了有一天能站在与你……齐肩的位置，我毕生所愿，唯师父而已……"

我心尖瑟缩。

这么多年过去，我听闻过他在江湖上魔道里的铁血手段，我知道他是个杀伐果断的人，但此刻，看着他的眼睛，他却好似还是那个一直待在我身边的少年，此生最惧怕的事，便是我将他驱离。

但我要做的，偏偏就是他最害怕的事。

我揉了揉他的头发："走吧。"

千古虽已入魔，但到底修为比不上我，我一挥衣袖，他便被送出了空灵之巅。

此后再也进不来了。

我恍然间记起很多年前，阳光斑驳的大树下，我帮小孩擦干净了沾染了尘与土的脸，我向他承诺会护他一生。

但最后，他这一生，却被我伤得最厉害。

天劫降临那日，我正在书房里翻书来看，刚巧翻到一页，上面稚嫩的笔迹我识得，是小时候的千古的，歪歪扭扭的字让我不经意间笑了出来，我往后一翻，一页空白，上面用简陋的笔法画着一个人，是我趴在书桌上睡觉的模样。

我指尖摩挲过略微粗糙的纸面，一道天雷忽然从天而降劈在我身上，我没事，但手中的书卷却已烧了个干净。

我愣了愣，抬头一望，天雷将我的大殿砸出了个窟窿，我从窟窿里看见了外面的天，乌云密布，第二道劫雷便要落下。

"早不劈晚不劈。"我心头陡生一股莫名的怒气，一挥衣袖，一记杀招向天而去，"你存心给我找不痛快。"

仙力打上乌云，与天空中将要降下的劫雷撞在一起，让天地间亮成一片，外面有从山下赶来的弟子的惊呼。

我出了门，在第三道劫雷降下来之前，让弟子们进了我的屋子，护着邪气源头的封印。而我则去了灵虚洞，在那方布了结界，等待着劫雷一道道劈下。

灵虚洞的山顶被一道强过一道的天雷削平，终于天雷落到了我身上，我已经懒得花费力气来保护皮肉外表了，闭眼打坐，全心全意地护着内丹。

道道天雷带给我的痛楚胜过凌迟刮骨，我脑海里却在一遍一遍回忆我这几十年收徒的事宜，我三个徒弟虽然都让我心塞，但仔细一想，他们带给我的快乐也不少。其中我想得最多的，还是千古，到底是第一个徒弟，到底是……

最喜欢我这个师父的徒弟。

我忽然竟起了一个念头，若我有幸熬过了这次劫数，或许我该去找千古，解开他身上的咒，把他带回空灵之巅，教化他，让他重回仙道，与我一同守着空灵之巅，我甚至愿意和他……

换个身份相处。

可不等我有更多的想法，最后一道天雷落下，我的意识陷入了模糊。

只是在这意识模糊之际，似有个比我承受了更多痛苦的声音在歇斯底里地唤："师父！师父！师父……"

我觉得我大概是……没渡过天劫。

尾声

世界白茫茫一片，我不知道自己要什么时候才醒得过来。

像是先前我为了救千止而被缚妖池里面的邪气迷昏了一般，我能听见外面的声音，能察觉到外面的动静，但是我睁不开眼，动不了身体，且这些对于外界的感知，有时清楚，有时模糊。

但不管任何时候，我好像都能听见有个声音在我耳边呢喃："师父，五十年了，你还没睡够吗？"

"师父，一百年了，你还要让我等多久……"

"师父，三百年了，酒池被太阳晒得快枯了。"

"师父……池边柳絮胡乱飞舞满了前庭，我今日扫地的声音，你听见了吗……"

听见了。

我睁开眼，看见雕花的床头，屋外吹进来徐徐暖风，我侧过头，从窗户里看见了千古在外面执帚扫地的身影。"沙沙"地一遍又一遍，像一个专心苦修的老僧。

好不寂寥。

这里还是空灵之巅，他身上的咒印我也没消除，梦里那些声音言犹在耳，千古啊千古，你到底隐忍了多少年的疼痛，在这里陪伴着我。

我动了动指尖，坐起身来。

外面扫地的身影几乎是在那一瞬间就停住了。

他转过头来,从窗户外望见了我。我也看见了他,因常年强忍疼痛而苍白的脸色,好像很久没吃过饱饭一样瘦削的脸庞,他为我,吃了很多苦。

我艰难地扯起嘴唇想笑,但最后却失败了,唯有指尖光华一转,许久未动用法术,我身体有些不适,但这不适和千古的比起来,我根本就不好意思提。

银色光华晃晃悠悠地飘到千古跟前,没入他的眉心。我冲他招了招手:"千古,来。"

数年之后,江湖上的人们津津乐道地传着。

曾经,神州大地仅有的三个魔头都是神州大地唯一的仙人教出来的。而且最后这个仙人,还与她的大徒弟,又生了一窝的小魔头……

师父有病

楔 子

"躺下。"

"我不要。"

"你躺不躺？"

"我！"我看了看大魔头的脸色，想想传说中他挥手就削平了一座山灭了一个门派的事迹，我缩了下脖子，"我躺……"

睡在泥地上，大魔头毫不留情地在我脸上糊了两把草泥灰："记得，他会从东南方来，你要装作很饿，体力不支的样子，但他给你食物，你不能吃。"

"为什么？他会毒死我？"

大魔头顿了一下："不会，但你得有气节。"

"饿了不吃东西算哪门子有气节？"

他沉了脸色："照我说的做。"

于是我又缩了下脖子："好。"

我应了他的话，他却皱起眉头："别表现得如此没有出息！"

我在心里咆哮，胁迫他人做事还嫌别人反抗得不够给劲啊！真是有病！

但到底人在屋檐下，我不得不咽下一肚子火气，扭头看向东南方的道路，然后问了一个在我心中酝酿了很久的问题："他……会不会嫌我躺在路中间挡道，然后一刀砍了我啊？"

大魔头用余光扫了我一眼："不会。"

"你就这么肯定？"

"肯定。"

他当然是能肯定的，我问这一句不过是为了讨个保险罢了，毕竟，即将走过来的那个人，就是三百多年前的这个大魔头自己啊。

看着大魔头沉默而严肃的侧脸，我想，事情发展成现在这样，不仅是我始料未及，连大魔头自己也未曾想到吧……

第一章

我自幼生在苍岚山下，对于千里苍岚山，我是了解得清清楚楚的。我知道苍岚山有数万条溪流小河，皆汇于深不见底的灵镜湖。我也知道在苍岚派有一个传说，说湖底封印着三百年前为祸天下的大魔头，我还知道封印大魔头的是湖底的一面灵镜，取下镜子，大魔头就会冲破封印，重回三界，危害苍生。

但我从没想过，有一天，竟是我将他放了出来……

那日月黑风高，我正打算去苍岚派偷一件对我来说至关重要的物什，哪儿想却被守山门的弟子发现，在慌乱逃窜时，我一个猛子扎入灵镜湖中，一股劲地往下游，无意间踏到湖底，无意间跨入封印大魔头的湖底冰洞，无意间看到了被嵌在玄冰之中的灵镜。

我对天发誓，当时我什么都没做！

我只是……好奇地拿食指去抠了抠灵镜的边缘，然后……谁能想到那么重要的封印物竟然连这点稳固性都没有！"哐当"一下就砸我手里了！

当时吓得我大腿一抖，恨不能剁了自己的双手，把它们和镜子一块扔到天边去。

但根本没有时间让我这样做，下一瞬间，那面传说中灵气十足的镜子就在我手里裂了条缝，与之相对地，我面前的玄冰"咔"地也裂了条缝，一块玄冰落下，我看见了深埋在其中的一只有美丽弧度的眼睛。

睫羽轻颤,眼睑慢慢张开,这人有着极为深邃的黑色眼眸,好似承载着漫天星光。

慢慢地,我在他眼睛里看见了自己失神呆怔的面容。

可不等我继续呆怔多久,我手中的灵镜忽然"咔咔"两声裂出数条细缝,镜片从我手中凌乱散落,登时在湖水中化为齑粉。面前的玄冰亦在瞬间分崩离析。

我被水波震荡的力量推得往后一摔,滚了好几圈才止住去势。

我抬头一看,传说中的大魔头已经破冰而出。湖水拉动他的衣袍与长发,显出了奇异的弧度,他正盯着我,眉头微蹙。想到有关他杀人不眨眼的那些传说,我吓得心颤胆寒,都来不及站起身,爬着就往冰洞外面跑,然而在这时,湖底猛地一阵剧烈颤抖,晃得我头晕眼花,大地就像娘亲的摇篮,把我甩来甩去,最后把我甩到了大魔头脚边。

我已经被晃得几欲呕吐,情急之下只得双手抓住大魔头的大腿,将他牢牢抱住。

"撒手。"我听见来自头顶的大魔头的冷声威胁。

我很怕他揍死我,但现在身后正有一股慢慢形成的漩涡,带着越来越强的力量把我往里面吸,我更怕被吸进去的瞬间我就四分五裂被绞成碎肉。

左右都是死,我当然要选一个死得不那么凄惨的。

"魔头大人!是我把你放出来的!你好歹救我一命吧!"

"滚开!"他听起来十分生气。

在这种生命攸关的时候,我恍惚间想起了那些愚笨的苍岚派弟子经常说的两句话:"我不会先走的!咱们要死一起死!"我想这话真是太符合我的心境了,我死死抱住他的大腿喊:"要死一起死!我不会让你先走的!"

他手中法术向我打来,我不管不顾地一张嘴,一口咬在他的侧腰上,他闷哼一声,好似丹田的气都被我咬散了一样,手中法术消散,身体倏尔往下一沉。背后漩涡的力量猛地增大,我与他在一片混乱中，一同被吸了进去。

昏迷之前，我只想到了一件事。

大魔头的腰间肉……好是筋道。

然后？

然后……等我醒来，神奇的事情就发生了。

我和大魔头，来到了三百多年前的苍岚山。

当时我在一片冰天雪地里醒过来，看见大魔头半个身子被埋在雪地里。

虽然还没摸清楚什么状况，但我当即便有了一个想法，我得杀了他。这魔头当年弑恩师杀同门，勾结魔族残害苍生，劣迹斑斑到前无古人后无来者，名声恶劣到现在家长们还用他的名字来吓唬不听话的小孩。

这样的人是被我放出来的，我当然得补上这个天大的篓子。

我在匕首上凝了法术，然后往他喉咙间狠狠一划，只听"唰"的一声，匕首与他的皮肉摩擦出了一阵火花，然后我的玄铁匕首刃口就卷了……

卷了……

我下巴都吓得快要掉下来了，我这出云匕首可是母亲给我的仙器啊！看着大魔头毫发无伤的脖子，我都来不及心疼母亲的遗物，哆哆嗦嗦地收了匕首，连滚带爬地往旁边跑。

这家伙竟是金刚不坏之身！

难怪三百年前穷三大仙门之力也只是将他封印而不杀，原来不是不想杀，而是杀不了！

完了完了，我这篓子捅大发了。

我心里正惊惶不定，忽觉脚踝一紧，我心底一凉，回头一看，果然是大魔头醒了。他冷得跟冰似的手牢牢地抓住我的脚踝，一双漆黑的眼眸射出箭一般的杀气扎进我心里，细细一打量，他眼眸深处似还隐隐透着红光。

我知道，这是魔气。

我稳住他:"大人!只要不要命,要什么都可以。"

他拽住我的脚踝,从雪地里挣扎着爬了起来,模样倒是狼狈得和我一样。"苍岚弟子?"他声色如雪。

被封印在苍岚山灵镜湖下三百年,定是恨透了苍岚派弟子,我连忙摇头撇清关系:"不不不,我不是!"见他打量着我的衣裳,我又赶紧解释:"这是我偷的!我我我……我是魔族人!"

情急之下,为了保命,我不得不对他说出我最大的秘密。只望他念在同族的分上,放我一条生路。

他沉默了一瞬,我感觉有一股气息从被他捏住的脚踝处往上,探入了我的身体之中,我知道是他在探查我的底细,便由着他的气息在我身体里窜来窜去,隔了半晌,他神色不明地问我:"半人半魔?"

我点头:"我爹是魔,娘是修仙的……"

他神色变化,连我都轻而易举地看到了他的情绪波动。

怎的……我这个身份,比苍岚派弟子更遭他嫌恶吗……

那早说呀!我会毫不犹豫地承认自己是苍岚弟子的!

而最终,他还是留了我一命。

我被大魔头抓着一起往雪山下面走,当时我并不知晓为什么苍岚山的景色变得让我感觉十分陌生,直到走过山下苍岚派立下的高大牌坊,我嘀咕一句:"这牌坊什么时候变得这么又新又干净了。"

大魔头看了我一眼,然后沉沉地问我:"你方才说,我被封印了三百年?"

我点头,见他眯眼,我立即竖起了手指,指天发誓:"若有半句虚言假语,定叫我天打雷劈不得好死!"

大魔头眼中神色变化,终是呢喃一声:"那现在,便是三百多年前。"

师父有病 **039**

第二章

三百多年前，是一个我还没出生的年代。我对这个年代简直一无所知。

我与大魔头在苍岚山外的小镇住了几天，整理了一下这件听起来十分混乱又荒谬的事情，顺带打听了一下在这个时间点，苍岚派正在发生的事情。

最终确定了几点。

其一，我们大概是被灵镜的力量带到此处来的，因为大魔头说，灵镜还有另外一个名字——回溯之镜，但从没人知道为什么要叫这个名字，所有人都认为它只是一面灵气充裕的镜子，只能做修行之用。直到我把它弄碎了，大魔头才终于明白了另外一个名字的意思。

"其实我觉得这事也不能怪我……"

在大魔头的冷眼注视下，我只好闭上嘴，沉默下来。

其二，要回去，就只有找到这个时代的灵镜。三百多年后的灵镜虽然被我毁了，但现在的灵镜应该还是完好无损的。

其三，灵镜在苍岚派，现在在苍岚派大弟子沐瑄的手上。

听大魔头说出第三条，我一愣："你怎么知道？还有……沐瑄这个名字，好像有点耳熟。"

大魔头静静地看着我，在无言的对视当中，我忽然明白了："啊……是……是你啊……"

准确说来，现在应该是我们来的时候的三百五十多年前，这个时候,大魔头还不是大魔头,他还是苍岚派最负盛名的大弟子沐瑄,他是最有希望继承苍岚尊者之位的人,他满身光华,极负盛名,前途一片美好……

我悄悄瞅了大魔头一眼,见他现在一脸瘦削,面色苍白,眼眸中带着若隐若现的魔气。我顿觉世事难料,不由得一声叹息。

他为什么要做那些欺师灭祖、大逆不道的事呢……

隔天我们就启程去找沐瑄了。不用多打听,大魔头很清楚沐瑄现在在哪儿。

但当我俩快到沐瑄所在之地时,大魔头却忽然一阵心悸。

越走越近,大魔头的脸色越来越不对,我很忧心,在这里,他要是死了,我肯定也回不去了。毕竟凭我这一百来年的修为,想打败彼时的苍岚大弟子,抢夺灵镜,那还是有极高的难度的。

在我开口询问之前,大魔头就将我拖走了。

"我不能和他见面。"

我知道他说的是沐瑄,但我很困惑:"为什么?"

"我与他乃同一人,天地大道,不可违逆,若我与他相见,想必有一人会从这世上消失。"

我大惊:"那还怎么把灵镜取回来!"我还得赶回三百多年后做我的事呢!

大魔头又静静地看我。

"你总是这样沉默不语地看着我做什么!"我有点抓狂,"我又打不过你!"不管是三百多年后还是现在,没有变的,始终是我打不过他这个事实。

他皱起眉头。"没让你去打,让你用脑子。"他说,"去接近他。"

我几乎要哭了:"我活了一百多年,就没勾搭上过一个男人,你别这样对我委以重任啊……"

他郑重地看我:"我会帮你。"

帮我去勾搭他自己吗?听起来……好像是挺靠谱的。

我屈服了。

于是他就把我推倒在了沐瑄必定会经过的深山小道上。

我躺好了，望着东南方。

大魔头说，三百多年前的今日，他会从这条路上走过，然后偶遇他生命中的第一个徒弟。

那本来应该是个淳朴坚强又诚实好学的少年，当时少年正逢家道中落，被仇敌追杀，无奈中只好躲入深山，在将死未死之际被沐瑄救起。沐瑄被少年的气节和坚强感动，将他带回了苍岚山，开启了苍岚派这代以沐瑄为首的弟子的收徒热潮……

我回头一望，那边的草丛里，大魔头已经把那个本该躺在这里的、将死未死的少年扛上了肩头。

他回头看了我一眼，冷冷叮嘱："记得我的交代。"然后几个纵跃，飞上了天际，不知是把他那曾经的徒弟送到哪个穷乡僻壤去了……

就这样随便改变了别人的人生轨迹，真的好吗……

目送大魔头离开，我叹息着拍了拍脸上的草泥灰，然后揉了揉肚子。为了演得真实，他是真的三天三夜没给我饭吃了。他让我躺在这里，让我代替那个少年，成为沐瑄的徒弟，走进他的生活，接近他，欺骗他，然后把灵镜搞到手，最后一走了之。

我真是忍不住在心里感慨，不愧是大魔头，对自己都下得了这个狠手去算计。

隐隐听到前方有脚步声传来，我立马集中了精神，能不能偷到灵镜，回不回得去，就看这一票干得如何了！

"嗒"的一声，脚步在我面前停下，人影在我面前站定。

我虚弱地喘了两声，睁开了眼睛，抬头望他。日暮的光斜过草木，逆光之中，那双眼睛正如我那日在玄冰中看到的一般，有着极完美的弧度，承载着最美丽的星光，却比他日后少了几分沧桑，多了些许清澈。

他这三百多年看起来变了很多，唯一没变的，是他神色中的寡情清冷。

他静静地看了我一会儿，然后在随身带着的布口袋里摸出了一只烧鸡。

烧……烧鸡！

我"咕咚"咽了一口唾沫，是真的饿了。

大魔头他没给我说沐瑄拿出来的食物会是烧鸡啊！这么香！当时他徒弟到底是脑子多有毛病才会拒绝这只烧鸡啊！我转念一想，会想把那种脑子有病的人收成徒弟，其实这个师父也不太正常吧……

我强力压制住自己对食物的渴望，望着他说："我不要……"

沐瑄又看了我一会儿："好。"他收了烧鸡，绕过我就走。

哎！等等！不是这样的啊！

我眨巴了一下眼，脑子里只有一个念头——绝对不能让他走了！错过这个机会，要再找个接近他的事件可不容易。

当即我就地一滚，伸手抓住了他的裤脚。他回头看我，我脑子里一片空白，只得顶着他的目光，默默淌着冷汗道："还是……把烧鸡给我吧。"

沉默不语地吃着烧鸡，我瞥了一眼坐在我旁边的沐瑄，他正在往火堆里加枯柴，一张脸被火光染得鲜明又生动。我深深地反思，到底是哪一步走错了，这和大魔头给我说的剧情完全不一样嘛！

他给了我烧鸡，我吃了，他没有把我丢下，也没有把我带回苍岚派中，而是就地点起了火堆，看起来是打算在此地过夜的样子。

这下该怎么办？

我心里正在焦虑着，忽听沐瑄淡淡地开口问了一句："你为何独自待在苍岚山中？"

总算有句话是在剧本里面的了。我清了清嗓子，开口："我家道中落，被贼人追杀至此，没有食……"

"铮"的一声，沐瑄拔剑出鞘，"唰"的一声将剑尖插入地里，那把传说中的兮风剑照出了我苍白的脸，他握着剑柄，微转剑刃，反射出来的火光闪得我眼睛都快瞎了。"不说实话，我就砍了你拿去喂妖怪。"

我简直要吓尿，这家伙真的是没入魔的沐瑄吗？真的是修仙的

师父有病　　043

吗?和大魔头没什么两样啊!

"说说说!我说!"我立刻抱了脑袋,"我是被人胁迫的!他让我来杀你……"我哆哆嗦嗦地扔出袖子里卷了刃的匕首。

他看了地上的匕首一眼:"这是仙器。"

我娘给我的遗物,当然是上好的仙器,要不是大魔头脖子太硬,这匕首现在也不会卷了刃。我抖着嗓子道:"我不知道这是什么,那人就给我这个,然后让我装可怜,趁你不备的时候动手。"

沐瑄漂亮的眼睛眯了起来:"那人是谁?为何会知道我的动向?"

"我不知道,我什么都不知道,他威胁我,不照他说的做就要欺辱我。"我不要命地挤眼泪,"他还要杀我,我没办法才会这样做的。"我扑上前去抓住沐瑄的手。"你救救我吧!你是苍岚派的大弟子,你那么厉害,一定能救我的!"

他垂下眼睑,瞥了一眼我抓住他手掌的手,眼眸中映着火光流转。

我急切道:"救命之恩我愿以身为报!只要不要我的命!你以后要我做什么都可以!"

他抬眼看我,半晌之后开了口:"既然如此,那便随我回苍岚吧。"

我才不相信他只是单纯地想救我呢,看他这眼神就知道他另有打算,不是想用我探出背后之人是谁,就是想将我关在身边看我到底要搞什么名堂。

但不管他心里怎么想,好歹也是把我留在身边了。这过程虽然和大魔头讲的不一样,但到底是殊途同归了。至于其他的细节……就不要计较了吧。

我立即对他磕了三个头:"谢师父收留之恩!"

沐瑄挑着眉头看我:"我几时说过要做你师父。"

我绕着手指,可怜巴巴地看他:"可我已经拜了……"

"……"

第三章

翌日清晨，沐瑄将我带回了苍岚山。

他现在已经单独住在一座山峰上，独门独院，空气清新景色优美……我却全然没心思欣赏。自打跨进他院门的那一刻开始，我就转着眼珠去瞅灵镜的踪影，太过专心以至我根本没心思看路，一个不留神，径直撞在了沐瑄的后背上。

我没有叫痛，也没有退开，就这样贴着沐瑄的后背站着。

嗯，如果我没感觉错的话，沐瑄后背上这个硬硬的东西，应该就是我要找的灵镜了。

我伸出了手指，想扒了他的衣服将镜子直接抢走……沐瑄一转身，肩膀撞了我一下，将我撞得连连退了几步，我目光不舍地流连在他的后背上。

"你这是还想在我后背捅上一刀？"沐瑄挑眉问我。

我嘟囔着解释："师父，你背上有东西，我在帮你看呢……"

沐瑄瞥了我一眼，然后指了下右边的房间："那处柴房，你收拾收拾住进去吧。"

柴……柴房？

"不满意？"

"不……不会，很好，多谢师父。"

他点头，回了自己房间。

我咬咬牙，觉得自己这段日子过得实在憋屈，但人生总是要经历一些无可奈何的，我宽慰了一下自己，然后走到柴房门口，推开门扉的那一瞬，屋里扑腾起来的尘埃差点没直接呛死我。

我捂住嘴，连连退了好几步，向屋内一看——好一间满目疮痍的柴房啊！

默了默，我又忍了下来，我顶多也就在这里住几个月，还天天都得算计着偷沐瑄的镜子，想来挺对不住他的，住差点也就差点吧。

我撸了袖子屏住气，开始收拾起来。

一边收拾房间我一边在心里琢磨，大魔头说灵镜在沐瑄身上，可我没想到他当真是随身携带啊，这么大一个清心寡欲的男人，随身揣面镜子，是想时不时拿出来照照自己的美丽容颜？

这不是有病吗？

但他既然已得了这个病，我也没办法。看来现在我想拿到这面镜子，首先得让沐瑄在我面前宽衣解带……

可按目前这个情形，他对我戒备太重，大概是不会轻易地在我面前脱衣服的。是以，我只有使点心计了。

我记得当时大魔头与我说过，当年他喜欢音律，我自信地勾唇一笑，说到音律，别的不敢谈，我吹笛子可是三百多年后苍岚的一把好手！用这一招勾引他，我有极大的自信。

当天夜里，我打响了偷镜先偷心的第一战。

适时风清月朗，我立于山巅院中独树之下，横笛一曲，笛声悠扬，婉转千里，我的状态好得让我自己都忍不住沉迷。

"你在吵什么？"

突兀的一声问，打断了我的笛音。我眨巴着眼睛看沐瑄："我在吹笛子呀，师父。"

沐瑄看了我一会儿："你想住在这里，有四点规矩：勤做事，多读书，少吃饭，别闹腾。"

闹……闹腾？

我觉得我的人格受到了伤害："师父，你不能这样侮辱人，我觉得我吹笛子吹得还是挺好的。"

"好?"这一声反问,在我听来简直穷尽了嘲讽的意味。我心中不满,正要说话,但见沐瑄一步迈上前来,夺过我手中的笛子,抓了我的衣袖在笛子上一擦,随即横笛吹出了第一个音调。

然后我就呆住了。

我终于知道,当我在大魔头面前拍胸脯保证一定能用笛子让沐瑄拜服之时,他的沉默所代表的含义了——他是在犹豫,要不要阻止我自取其辱。

但那时,我却用"反正我也不会干别的事"这个事实堵住了他的嘴。

笛声太美,吹走了我所有的繁杂思绪,最后我眼中只剩下沐瑄的身影,在月华之下,他犹如一朵盛放的昙花,美得令人心惊。

一曲罢,沐瑄放下笛子,看着呆呆的我,他把笛子重新塞我手里:"明白了?所以,以后你找没人的地方吹。"

我握着笛子,不明白极了,终是没有忍住心头的好奇,在他转身回屋之际开口道:"师父,你的人生,是不是有什么难言之隐啊?"

沐瑄愣了愣,然后转头看我,半晌后道:"我刚才说过什么?"

我耷拉着脑袋:"少吃饭,别闹腾。"顶着他的目光,我灰溜溜地往柴房里走:"我回去睡了,师父。明天见。"

然而躺在茅草床上,我望着房顶缝隙外的月亮实在是不明白极了。这个沐瑄道术好,天赋高,气质出众,还吹得一手好笛子,光明大道就在他前面摆着,他是犯了什么病,为什么非要去入魔呢?

我觉着等回头联系上了大魔头,我冒死也得问问他当年的事。

我忍住焦躁,平心静气地和沐瑄相处了一个月的时间。这期间我每天将小院给他打理得干干净净,乖乖地早起给他熬粥。诚心诚意得几乎让自己感动。

但沐瑄却好似无动于衷,他还是不肯在我面前脱衣服……好吧,虽然这个要求是有一点奇怪。我能感觉出来,沐瑄对我的戒备并没有减少,他还是在观察我,所以我一直没有找到机会和大魔头联系。

不过也并非全是坏事。这一个月来他观察我,我自然也在观察他，并且有很大的收获。

我摸清楚了沐瑄的生活规律。

他很爱干净，在山上这样艰难的条件下，他还是坚持每天都去后山的冷泉沐浴。

虽然我觉得大冬天的去泡冰水澡这种行为简直有病，但好歹他是给我提供了一个下手的机会。

我花了十天时间摸清楚了后山的路，打算在今晚，等沐瑄去沐浴之时，我绕小道过去翻他脱在一旁的衣服。我还随身背了盆和毛巾过去，到时候如果不慎被发现，我就说我也是来沐浴的就得了。

我觉得我计划得很好，万无一失。

可我到底是低估了沐瑄的能力。

我绕了小道过去，看见了他脱在一块大石头旁边的衣服，我偷偷摸了过去，还没碰到他的衣服，便被人擒住了后领。

我心下咯噔，转头一看，果然是沐瑄。

他穿着裤子，只披了一件外衣，结实的胸膛若隐若现，我咽了下口水。

他目光凛冽："鬼鬼祟祟地跟着我作甚？"

我把手里的盆和毛巾拿给他看："我今日扫地扫得有些疲乏，也想洗个澡来着……"

他看了我半晌。"正巧。"他说，"今日我不想沐浴了，便让你先吧。"说着，他提着我的衣领一甩，我整个人就飞了出去，"咚"的一声，冰冷刺骨的泉水瞬间淹没了我。

空气瞬间变为气泡集体逃窜到了水面。我下意识地想蹬水浮上去喘气，但水太冷，我只觉两条腿一阵抽搐，竟是抽筋了！我一急，一大口凉水呛入胸腔，不过片刻我便开始迷迷糊糊地翻白眼。

不能用避水术啊……

我是半魔半人，寻常时间身体里一点魔气也无，如果当时我没由着大魔头伸手来深入探查我体内的气息，他也不会知道我的身份。变成大魔头的沐瑄看不出，现在的沐瑄自然也看不出，他一直当我是人来着……如果我现在用了避水术,他要是发现我是半魔,依着他现在苍岚派大弟子的身份,定是会二话不说就砍了我。

我怎么能不明不白地死在这里!

呛进嘴里的泉水越来越多,便在这时,一只温热的手托住了我的后背,将我往上一抱。我贴在了一个温暖的胸膛上。但没贴多久,我就感觉自己像死鱼一样被扔在石头上,然后胸口上被狠狠按压了两下,力道大得几乎把我的胸都给摁平了。

我呛咳出两口水,然后开始拼命地拉着嗓子呼吸。

面前是湿答答的沐瑄,他头发上的水滴滴答答往我脸上掉,我隐约听见他在嫌弃地呢喃:"如此没用……"

我捏了拳头,忍住骂娘的情绪,转过头去看广阔的星空,想象自己是天边的月亮,这些凡尘俗事都无法挑动我的情绪。我幻想了很久,终于把自己安抚了下来。

喘了好一会儿,随着我心情一起冷静下来的还有我的体温。我浑身衣物都已湿透,冬天的小风一吹,衣服贴在我身上真是比刚才的泉水还冰凉。

我嘴唇开始发抖:"师师师父,我不洗了……我们先……先回回回去吧。"

沐瑄挑眉:"冷?"

有眼睛不会看吗?难不成我这还能是自己激动得抖成这样的?我再次忍下几乎已经冲到喉头的言语,只乖乖地点了点头。

沐瑄没动,沉默地打量了我好久。

真不愧和大魔头是同一个人,这种讨人厌的习惯还真是一样的,我都尿成这样了,有什么事,您老直说不行吗……

我舔了舔唇,刚想直接开口问他,他却在这时忽然转身走了。

我一愣,抱着胳膊坐起身来,却见他自大石头那边拿来了他先前扔在地上的衣服。

我眼睛一亮,看见了衣服里面包裹的灵镜。

扔给我!扔给我!

师父有病　049

我听到了自己瞬间沸腾起来的内心最浑厚的呐喊。片刻后，他确实把衣服扔给我了，却只是……衣服。

他将灵镜揣到了身后，然后站到了石头另外一边："把衣服换了再回去。"

我拿着他的衣服，愣了好一会儿，明白过来，这家伙现在是在内疚来着！他今天将我扔到水里定是想试试我有没有法术，结果没想到差点把我淹死。

我探出脑袋往石头另外一边看了一眼，他正倚着大石，望着前方，目不斜视，一派正人君子的作风。

我松了一口气，还好刚才在水下忍住了，没有露出破绽，要不然把我托起来的恐怕就不是一只温热的大手，而是杀气凛凛的兮风剑了吧……

他心思还挺深。不过这下我用命一憋，他应该相信我之前的话……的一部分了吧？至少我不会法术这事他应该是相信了。

我脱了湿衣服，换上了沐瑄的衣裳，沐瑄看起来不胖，但他的衣服套在我身上就跟套在小孩身上似的。

"换好了没？"

他在石头那边等得有些不耐烦了。

"嗯，好了。"我走出去，"师父，你体格甚是魁梧，衣服真大。"我一只手揪着衣领，另一只手拎着衣摆，看了看自己的脚下，我发现不管怎么抓，一只手都没法将拖在地上的衣服完全提起来。我知道他爱干净，只得无奈地抬头来望他："师父，我这当真不是故意的，明天我保证把你这身衣服洗得干干净净的。"

他望着我沉默，目光比平时多了几分怔然。

我眨巴着眼望他："师父？"

他目光一动，扭过了头："走吧。"

月色下清风里，我好似不经意地瞥见了他耳根子有些许红润。

难道！难道这就是传说中的……害羞！

我在这一个月里花了一百倍的心思没有换得他半个眼神，现在只是这样浑身湿透披头散发衣服宽大地往他面前一站，就能引起他的情绪波动了吗？

　　男人……果然是……

　　我咬了咬牙，开始深刻地思考关于直接色诱沐瑄然后拿镜子的可能性了。

第四章

　　泡冷水又吹凉风的后果是，几十年不生一次病的我，终于生病了。

　　我脸色潮红，手脚发软，但昨天我答应给沐瑄洗的衣服还没洗，和他生活一个月，我知道他是个斤斤计……是个重信守诺的人，于是我翻身下床，在院子里打了水开始搓衣服。

　　今天沐瑄不知道跑哪儿去了，人不在，我洗了一会儿衣服，忽听门外传来了道人声："前段时间听人说师兄你收了个女徒弟，我还不信呢，原来是真的啊！"

　　我转头一看，沐瑄与另一个男子并肩走进院里，他们俩穿着同样的衣服，但"师弟"脸上的笑明显比沐瑄要好看许多："如此说来，我如今也是师叔喽。"他一边说着一边向我走来，在离我三步远的时候，皱起眉头。

　　"师兄，你这徒弟……是不是不太对劲啊？"

　　沐瑄自他身后走来，看了我一眼，随即皱起眉头："你生病了？"

　　我点点头："好像是这样。"

　　师弟立即叫唤起来："那怎么还能洗衣服呀！"

　　我垂头："昨天答应师父了的，帮他洗衣服。"

　　"师兄！你怎么能这样虐待自个儿徒弟啊！我得告诉师父去！"

　　"沐珏，闭嘴。"听了沐瑄这句话，沐珏立即咬了嘴巴，没敢再吭声。原来，他不仅对我，连对自己的同门师弟也是这样寡言少语。"衣服放这儿,先回去躺着。"

我点头,洗了手,在身上擦了擦,转身回屋,路过沐瑄身边的时候,我脚一崴,一头栽倒在他身上。

是的没错,我是故意的。

我抓住他的衣服,哼哼了两声,既是身体不舒服也是演技的真实体现。

沐瑄下意识接住我,但显然他一点都不习惯别人这样的触碰,身体实在僵硬得不行。倒是他师弟沐珏在旁边急得转了起来:"哎呀晕了晕了,这可怎么办,她这是什么病啊?还能活不?"

沐瑄身子僵了一会儿,倒是转头回答他师弟的问题了:"伤寒而已,山下有药。"

"我去取我去取。"沐珏御剑而起,急匆匆地就走了,只在空中留下一句,"别让她死了啊,这才见面,她还没来得及叫我一句师叔呢。"

师叔你好,师叔再见,师叔你真是识趣!

我身子往沐瑄身上又贴紧了几分。见他没反应,我干脆直接往地上滑,果然,他一只手抓着我的手,另一只手抱住了我的腰,没让我直接摔地上。

不管这个动作是因为昨天的内疚还是因为他真的心软,反正我的目的是达到了。我很开心地想,抱吧抱吧,让咱们再亲密一点,隔不了多久你就会对我再无防备了。

沐瑄将我扶回屋里,推开柴房的门,他看了眼漏风的墙还有透着日光的屋顶,更加沉默起来。

我指了指茅草铺的床:"师父,我睡那儿。你把我扔上面就成。"

沐瑄没动,隔了会儿,却是一转身扶着我往他屋里走。他将我放到他的床上,还给我倒了杯茶水来喂我喝。喝着这口温热的茶,我心里在滴血……

原来你喜欢柔弱型的,那你早说呀,我分分钟都能往地上倒的!

沐瑄在我脑袋上搭了一块冰毛巾,伺候完琐碎的事情之后,他并没有立马走开,许是担心我病情变重,一直在我旁边守着。或许是守着无聊，与我对视又太过尴尬，他干脆拿了一本书捧在手里看。

我目光落在他的侧脸上静静地看了一会儿，脑袋越发昏沉，终是开始忍不住频繁眨眼睛。

"师父。"

"嗯？"他转头看我。

逆光之中，他的神色难得地温和。

于是在这一瞬间，我竟忘了刚才想说的话，不由自主地脱口便道："你的眼睛真漂亮。"

沐瑄一愣。我没继续观察他的神情，闭上眼睛就睡着了。

等醒来的时候，守在我身边的已经变成了沐珏。我眨巴着眼睛，在屋子里找了一圈。

"别看啦，你师父被我师父拉去开会了。"他笑嘻嘻地道，"小丫头看起来很依赖你师父啊。"

我甜甜地笑："师父救了我，我当然依赖他。谢谢师叔帮师父照顾我。"

沐珏听到"师叔"二字像是很得意，扭着脑袋笑了笑，又转头对我道："你身体还行，只喝一碗药就退烧了，看来回头是能跟着咱们跑的。"

"跑？"我困惑，"跑去哪儿？"

"你师父没和你说吗？北方静山最近小妖小怪频繁出没，极为扰民，静山山主来向咱们苍岚派求助。咱们这一代弟子吧，鲜少出去历练，所以师父就在和大师兄商量，让大师兄领着我们借此机会出去见识见识。"

我眼睛一亮，好机会呀！出了苍岚山，去了妖怪窝里，到时候打起来一片混乱，谁还知道谁是谁。彼时我将脸一蒙，拿把刀割了沐瑄的裤腰带，抢了镜子就可以跑路了！

"看把你激动的，眼睛都绿了。"沐珏笑得开心，"明天就要走，本来还以为你病了去不了了，但现在看来，你的身体应该是没多大问……"

"她不去。"

门口倏尔传来一道冷淡的声音，沐瑄走了进来，坐在书桌前写东西。

可别啊!让我去啊!这么千载难逢的机会!

沐珏也有几分愣神:"为什么不让她去啊?"

"她才入门不久,我连心法也未曾教她,她会变成累赘。"

"我不会的!"我委屈地开口。

沐瑄却不理我,将字条写好之后去了屋外,想来是用法术传信去了。我可怜巴巴地望着沐珏。"师叔……"我拽了拽他的袖子,"我从小就没见识,我也想去长见识。"

沐珏看了看我,又看了看我拽着他衣袖的手,挠了挠脑袋,最后咬牙道:"好!明天我悄悄带你去。"

师叔,你果然是个好师叔。

第五章

第二天，苍岚派的弟子们早早收拾了东西出发。沐瑄更是在天还没亮的时候就拿包袱走了，天蒙蒙亮的时候，沐珏来敲门，我拎了包便开门蹿出去："师叔，我等你很久了！"

沐珏做贼心虚地左右看了看："我这不是要等他们走了才能来找你嘛。"

我一愣："他们都走了，那我们怎么跟去？"

沐珏贼兮兮地一笑，长剑出鞘，浮在空中："我迟到是惯例了，他们不会在意的，他们人多走得慢，我们御剑过去一会儿就追上了。师叔我的速度可是全苍岚派最快的……"

我不等他说完就爬上了剑："师叔，你快点呀。"

他愣了愣，才跳上来："你倒是胆大，没学过御剑也敢往飘着的剑上爬。"

我表情微微一僵："这不是……相信师叔你法力高强嘛。"

好听的话对沐珏管用，他得意一笑，叫了一声让我抓紧，瞬间御剑而起，直上云霄。

沐珏的话不假，他确实很快就赶上了大部队的步伐。

沐珏一直御剑跟在队尾，不让沐瑄发现我，我虽觉得被发现是迟早的事，但晚点发现总比早早发现来得好。毕竟到时候走远了，谁也没工夫送我回去不是……

御剑赶路无聊，路上偶尔会有几个苍岚派的弟子特意慢下来与沐珏聊几句，他们在听说我是沐瑄的弟子之后都对我报以羡慕外加略微奇怪的眼神，还有几个弟子更是当着我的面就说："师父们还没说咱们这代弟子可以收徒弟呢，沐瑄毫不请示就做了……"

"你懂什么，沐瑄师兄是注定要继承尊者位置的，与我们当然不一样。"

"还找了个女的……"

他们言辞之间颇为不屑。沐珏全当没听见，只是御剑的速度又慢了些许，终是远离了他们。

"南师叔门下的这几个师弟阴阳怪气惯了，你别理会他们。"

我本来就没理会。

不过见到今天这幕倒是让我有点感触，来了这一个月，我只在沐瑄的山头上待着，到目前为止就见着他和这个沐珏师叔一起。看来沐瑄现在和同门处得不太好。

不过想来也是，且不说沐瑄那个脾气本就气死人，便说他的身份地位吧，也是极为尴尬，明明和大家是同级师兄弟，偏偏他的待遇就要高一个规格，连住宿也是和师父们一样单独霸占一个山头。早早确立下来的尊者继承人的位置更是让他在明面受人艳羡的同时，背地里不知挨了多少嫉妒的诅咒。

现在他师父让他带领这一大队人出来除妖，有些人当面不说，背着沐瑄肯定把他的脊梁骨都给瞪弯了。

他这个光鲜的大师兄，看起来当得也不容易。

所以，他是因为不满这些事情才入的魔吗？我下意识觉得不是，虽然只接触了沐瑄一个月，但我想他并不是会受这种事情影响的人。

那到底是因为什么呢……

大部队赶路确实慢，虽然是御剑，可走了一天还没有到静山，临到天黑，沐瑄在前面发指令让大家到下方湖边休整歇息，待到明天再赶路。

我扯着沐珏的衣服，让他尽量挡住我，不让沐瑄看见，但最终还是有一个人影自远处御剑而来，拦在了沐珏身前。

沐珏挠着脑袋笑："师兄……"

沐瑄沉默地盯了我与沐珏一会儿。我最受不了他这样闷不作声，干脆老实招了："是我让师叔带我出来长见识的！你骂我吧。"

沐瑄又沉默了好一阵。"伤寒好了？"

这句话完全在我意料之外，我惊讶地抬头看他，而后忙道："好了好了好了，昨天就好了。"

沐瑄瞥了一眼我拽着沐珏衣服的双手。

因为剑窄，我只好贴着沐珏站，本来还觉得没事的，被沐瑄的目光一扫，我登时感觉浑身都不对劲起来。

"过来。"

我想我大概是耳朵出了问题，竟然听到沐瑄对我说了"过来"两个字。我不敢把手伸出去："师父，你要把我送回苍岚山吗？"

沐珏闻言，立马将我护住："师兄，你看这路都走一半了……"

"谁说我要送她回去。"沐瑄皱起眉头，不耐烦地对我伸出手，"过来。"

我眨巴着眼，心道他只要不送我回去，怎么都好，当即抓着沐瑄的手就跳到了他的剑上。

沐瑄不再看沐珏一眼，转身御剑落地。风声在耳边掠过，沐瑄指责我："他是你师叔，与你容貌年岁相差无几，你可知'避嫌'二字？"

我嘬了嘬嘴，心道，师父你与我看起来年岁也相差无几呢！

落到地面的时候，我晃眼发现面前一棵小树上若有若无地刻着一个印记，这个印记的模样我天天都在梦里瞧见，是灵镜的形状。

我心底一琢磨，猜是大魔头来了，当即沉住心神，不动声色地应付着沐瑄，待得晚间，大家都睡得沉了，我才爬起来。

我一动，倚树坐着的沐瑄就睁开了眼："去哪儿？"声音清醒得就像刚才根本没睡觉一样。

我吓了一跳，但这么多天的"内奸"生活倒是将我的演技磨炼了出来，我揉了揉眼睛，指了指后面僻静的树林："肚子有点不舒服，师父，你帮我看着别让人过来啊。"说完我就往隐秘的树林里走去。

一直走了老远，直到火堆的光都有点模糊，我还是感觉沐瑄的目光落在我的身上。他会千里眼，不会那么容易就让我跑掉的。

我暗暗咬牙，干脆心一横，找了个草丛将裤腰带一解……那道始终尾随我的目光瞬间消失。

我蹲下身子，松了一口气，可还没来得及把裤子穿上，一个人影蓦地站到我的面前。

是大魔头。

他看着我，沉默不语。

此情此景，连向来讨厌沉默的我也有几分沉默。

好在他自觉，识趣地扭过了头。给我时间让我将裤子提上来。

我一边手忙脚乱地系裤腰带，一边回头打量，见那方沐瑄没注意这边，我又连忙转过头来对大魔头比口型："走啊，这里太近了。"

大魔头侧过眼来看我，显得并不在意："我布了结界。"

我一愣，转头一看，并没有感觉到结界的气息。大魔头瞥了我一眼，道："你看不出来，他也是。"

这个"他"说的自然是沐瑄。对于大魔头的话我还是十分相信的，我当即松了口气："你早说啊，弄得我像在偷人似的……"

大魔头看了我一眼，没有说话。

师父有病

第六章

"你这段时间都去哪儿了啊,不是说帮我吗?明明就我一个人在努力!"

"……我徒弟,既然你顶替了他的位置成了苍岚弟子,那他自然该寻找另外的地方生活,我这一个月,将他的事打理完毕,帮他绝了后患。"

原来是帮他徒弟解决仇敌去了……

"你对你徒弟倒是挺好的。"我想了想,心头不满陡生,"不过说来,同样是徒弟,为什么你就那样对我?"大魔头还没开口,我又打断了他:"不对,你在这里,沐瑄在那里,你不是不能离以前的自己太近吗?咱们还是站远一点好。"

"无妨。只要不正面遇见,这些身体的不适我已能克服。"他顿了顿,"我本以为今天会麻烦一些……你能看懂暗号倒是在我的预料之外,让我省了不少事。"

他用一种赞扬的语气说出了如此贬低我头脑的话,我暗暗翻了个白眼,以示我懒得和他计较:"说正事,大魔头,这一个月来,我……"

"嗯,我都知道。"

我一愣:"你都知道?"

"你与以前的我相处之时的所有事情,都会在我脑海里浮现。"

我惊讶地张开了嘴巴。不过想来也是,大魔头和沐瑄本来就是同一个人,沐瑄经历的事情都会变作他的记忆存在脑海里面,而大魔头作为"后来人"继承这些记忆似乎是自然而然的事情。但是……

"我一开始被你识破，死皮赖脸才变成你徒弟的事情，你知道？"

他点头。

"我吹笛子勾引你，然后被你羞辱的事情，你也知道？"

"嗯。"

"我跟你去洗澡，然后被你发现扔进水里的事情，你也知道？"

"都知道。"

我忽然有一种想灭他口的冲动……

尽管理智上我知道大魔头和沐瑄是同一个人，但是！现实中他们就是两个人啊！这些我为了回去而使尽手段做出的丢脸事，"当事人"知道就算了，现在被"另一个人"知道了到底算什么啊！

我本来还打算把自己塑造成一个聪明伶俐却因为其他因素而无法成功完成任务的小机灵呢！现在……

我抚额叹息。

"好……"我稳下心神，接着谈正事，"你既然知道这些事，我就不和你多说了，你就说说沐瑄现在对我是怎么个看法吧，有稍微对我卸下防备吗？更甚者，有没有稍微喜欢我一点？"我眨巴着眼睛，带着期冀望着大魔头，就像是应考的考生满怀期冀地等着放榜一样。

大魔头也望着我，或许是我的错觉，我好似见到了他神情有不易察觉的波动，像是在害羞，又像是在轻笑。

"还得努力。"他给了我如此四个字。

尽管知道会是与这四个字差不多的答案，但听到大魔头亲口说出来，我还是难免失落，失落之后，又有点恼怒："你说你到底喜欢什么样的女子啊，我都拿吃奶的力气来勾搭你了，怎么还不成功……"

大魔头嘴角微微一动，勾起了一个弧度，但很快就沉了下去："接下来有一件事，或许可让他更加信任你。"

我眼睛一亮："来！说！"

"此行静山，有魔族的埋伏。"

我一惊。魔族埋伏……苍岚派此次派弟子出来除妖是为了历练，这一行人里没出过山门的人都有好些，对付一些小妖小怪的还行，要是碰上阴险狡诈的魔族还不全都瞬间躺地上挺尸啊……

我捏着下巴沉思："要我一同与沐瑄浴血厮杀吗？但我不能让他发现我有法力啊……"

"不。"大魔头眸中凝着月光，声色坚定，"我要你拦着他。"

我一呆："为什么？"

大魔头不说话。我皱眉："咱们都这样了，你还对我藏着掖着有意思吗？"他只定定地盯着我。我一声叹息。"好吧，我不问为什么。"我道，"你让我这样做我就相信你。"

大魔头听得我这话，似有几分怔怔，嘴唇动了动似乎要说些什么，却在这时倏尔皱起眉头。

我回头一看，但见那边的沐瑄已经起了身，往我这边走来，我连忙蹲在草丛里，对大魔头挥了挥手："沐瑄起疑了，你快些离开。"

大魔头不再停留，黑色袍子一转，像来时一样，悄无声息地消失在黑夜当中，恍惚间，我听闻林间有他留下的一句若有若无的"谢谢"。

我有几分愣神，可不给我继续发呆的时间，沐瑄的脚步声我已能听见了。我装作大惊地回头："谁？"我提住裤腰带，将草丛弄出窸窸窣窣的声音。

那边的脚步声立即止住。我又问："是师父吗？"

好似觉得在这种情况下对话有点尴尬，沐瑄"嗯"了一声，然后含混说道："我方才见此处没有声息……既然无事……"

我再将草丛窸窸窣窣一阵弄，然后站起身来，小步蹦跶到沐瑄身边："师父不用担心，我不过是肠胃有点不舒服。"

沐瑄闻言，眉头微微皱起："病还是没好？"

我看着他现在清俊的面容有几分失神，对比方才大魔头的模样，我心中忽地莫名起了些许说不清道不明的情绪，到底是什么将好好的一个人折磨成那样呢，让他眉间皱纹深了些许，使他目光苍凉了好多……

明日到静山，被魔族伏击，他是此行的负责人，若是苍岚派弟子有任何一人受伤，他都难辞其咎吧。这一瞬间，我忽然想告诉沐瑄明天会有危险。

但说出口又能如何呢，我要如何解释我为何知道这件事情，又要如何让他相信呢……

在我愣神之际，温热的掌心忽然触碰到我的额头。

沐瑄在探我的体温。像是昨日一样，但因为我自己生了歹心，所以看着他漂亮的眼睛，我不由自主地红了脸颊。沐瑄放下手，皱起眉头："明日我让沐珏送你回去。"

我连忙摇手："不回去不回去。"我眼珠子一转："我和沐珏师叔男女有别，不方便。"

他沉默地看了我一会儿，终于开口："如此，明天便好好跟在为师身边。"

他头一次在我面前自称为师，这应该算是……认可我了吧？

我心里高兴，扬起了大大的笑容，沐瑄看着我，一言不发，只是眼神变得比一开始要柔软些许。

第七章

翌日，苍岚派弟子继续御剑赶路。离静山越近，我心里的不安就越重，拽着沐瑄衣服的手就捏得越紧，直到沐瑄回头看了我一眼："害怕妖怪？"

"啊？"我抬头看他，而后连忙松了手，然后看见沐瑄的衣服被我捏皱了两处，几乎是下意识地，我伸手给他理了理。

"不用怕，不过是些小妖而已。"

就是因为不只是一些小妖而已啊……

便在沐瑄话音刚落之际，身后忽然有一个苍岚弟子大喝出声："那只野猪妖要伤人！"沐瑄回头一看，喝止的声音还没出口，那初见妖怪的弟子便急切地冲了下去："妖孽纳命来！"其他几人跟着他一同落到了地上。

沐瑄眉头一蹙，正在这时沐珏御剑至沐瑄身边："师兄，我下去护着他们？"

"我去。"沐瑄话音一落，我便被摔在了沐珏的剑上，"好好待着。"

我伸手要拦，可哪里来得及，沐瑄已经落了下去。其他人本在空中观战，"南师叔门下的"那几个"师弟"忽然喊道："大师兄，你下去除妖都不叫我们，是想自己抢功劳还是只想自己历练啊？"

正在这时，林间又乱七八糟地窜了几只妖怪出来，那几个弟子一声招呼也不与沐瑄打，御剑便冲了下去加入战场。其他弟子见状，也都御剑而下。

我在心中暗骂他们是蠢蛋,急切地张望着林间沐瑄的身影。直至此时,我才想起一个很重要的问题:大魔头说让我今天拦着沐瑄,可是他没有和我说清楚到底是什么情况什么时候要拦着沐瑄啊!

现在吗?还是待会儿等魔界之人登场再说,又或者……

不等我想完,林间忽然弥漫出了诡异的气息,我知道,是魔族之人特有的气息。

我连忙拽了拽沐珏:"下去下去!"

沐珏皱眉:"下面气息好奇怪啊,你什么法力都没有,下去就是添堵,你别给你师父添乱。"

忽然,树林里传来簌簌的箭声,不过一瞬,林间已有两三名苍岚弟子倒下。

沐珏见状大惊:"这箭从哪儿来的!"他有些惊慌地四处张望:"这里有埋伏!"

我趁机对他道:"就是就是,下去一点,喊给他们听!"沐珏也是个愣头青,遇到沐瑄口中的小妖小怪方能对付,但遇到这样的杀气与埋伏就没了主见,我的主意便成了他的主意,他想也不想,御剑就下去了。"有埋伏!有埋伏!大家快走!"他大声吼着。我目光紧紧锁在正与一只妖怪战斗着的沐瑄身上。

听到沐珏的声音,沐瑄一剑扎进妖怪身体里,抬头对他吼:"上去!"

电光石火间,一支瘴气凝成的黑色长箭自林间射出,直直向着沐珏而来,我一咬牙,不管不顾地一把将沐珏从剑上推了下去。沐珏躲过长箭却掉到树林之中。我"不会"御剑,自然也重重地摔在地上。

一爬起身,我连灰都来不及拍,起身就往沐瑄那处冲去,心里想着,不管他现在要做什么,我都拦着就对了。便是在此时,一群黑衣人像是从土里冒出来的一样,与苍岚派弟子战成一堆,苍岚弟子一时势弱。

沐瑄见状,掌中结印,仙家清气灌入大地,黑衣人与一众妖怪瞬间变得痛苦至极。

然而有一名黑衣人却好似没有受到沐瑄力量的影响,持剑而来,直直向沐瑄心房扎去。沐瑄转身来挡,却还是被刺破了手臂。那黑衣人手中剑势一顿,力道向下,眼看着便要生生削断沐瑄的手臂!

我看得心头倏紧。突然,那黑衣人停住了手,脸上似乎露出了不敢置信的神色。他嘴唇动了动。

隔得太远,我听不见他们的声音,却见沐瑄也似呆住了一般停了手。沐瑄怔怔地看着黑衣人,好似又与他交谈了几句。我此时离沐瑄近了,隐隐听到黑衣人说:"……你若不信,且与我来。"

黑衣人转身要走,沐瑄动了脚步。

他想去追?这种情况下,沐瑄竟想抛下苍岚派弟子,跟着这个黑衣人走!

不用再猜,大魔头说的"拦着他"除了现在还能是什么时候!

我一咬牙,不管不顾向沐瑄冲去,余光所及,我看见一个魔族中人拉弓引箭,箭指沐瑄,我心里大赞这个魔族小胖子干得漂亮,给了我一个靠近沐瑄的理由。

随着他箭射出去的动作,我大喊一声:"师父!"一下扑到沐瑄身上,将他紧紧抱住,后背一疼,瘴气箭深深地扎进我的背脊之中。

我咬牙忍耐剧痛,心道小胖子下手贼狠,但现在也只有狠点才能出效果了,这样,沐瑄应该不会抛下重伤的我跟着这黑衣人走掉……吧?

这是会入魔的大魔头沐瑄啊,如果他真的无动于衷,把我扔在一边就走掉了呢……

那我岂不是傻乎乎地白挨了这一箭?

这个念头一起,本来打算虚弱地滑到地上的我立即拼尽全力将沐瑄死死抱住。

"师父……"我将沐瑄抱得太紧,紧得双手都在发酸地颤抖,也正因为抱得如此紧,我直接感觉到了他的呆怔与不敢置信。

好像隔了很久,他才伸手探向我的后背,除了一手黏糊糊的血,他大概是摸不到别的什么东西的。我仰头看他,只见他震惊地瞪大了眼。我咬牙忍住痛:"师父……你没事吧?"说着这话,我眼前的沐瑄却开始变得模糊,抱着他的手臂也渐渐无力。

此时不是我想装虚弱往地上滑,而是真的腿软了。沐瑄将我抱住。"你来作甚?"他声音一如往常,但暗暗藏着不易察觉的紧张,"快松手。"

"师父没事就好。"我提醒他,"苍岚派的弟子……现在都靠你了……"

沐瑄一愣。

我想以沐瑄的责任感,为了这些苍岚派弟子的性命,他大概不会一时脑热就跟那个黑衣人走了。我抓住沐瑄胸前的衣襟,紧紧地抓出了两个皱巴巴的痕迹,只望待此间事了,他看见痕迹的时候能想起他还有个倒贴来的徒弟为了"救"他,重伤晕倒:"师父……你一定要好好地……"

好好地把我带回去啊。

话没说完,眩晕感袭来,我无奈地晕了过去。

第八章

再醒过来时,窗外鸟鸣悦耳,我又回到了苍岚山沐瑄独居的小院里。身边一个人都没有,沐瑄呢?没与黑衣人跑吧?我心头一紧,连忙坐起身来,后背一阵撕裂的疼痛。

我咝咝抽了两口冷气,挣扎着走到院子里,院中仍旧没人,不知道沐瑄扔下伤重的我跑到哪儿去了。

我正疑惑着,沐珏推门进院,看见我,他微微一愣,忙道:"你怎么起来了,你伤得不轻呢,快回去躺着,师兄可是嘱咐我要好好看着你。"

"师父?"

"对呀,到底是宝贝自家徒弟一些,我可从没看见师兄这么在意过哪个人呢。"沐珏对我招了招手,"你先和我进屋。"

我乖乖地和他进去,问他:"师父呢?"

"师兄被叫去问话了。"沐珏一边帮我调制药膏一边道,"我觉得师父们不对。这次静山之行,谁能想到有魔族的埋伏啊,当时如果不是师兄在,咱们这些师兄弟,能活下来的,恐怕五根手指都数得出来,师父们还要责罚师兄办事不力,真是为师兄抱不平。"

我默了默,忽然想到大魔头告诉我要拦下沐瑄时的神色。

我猜,当年他应该是跟着那个黑衣人走了。

在那样的情况下沐瑄离开,苍岚派的弟子定是伤亡惨重⋯⋯他心里大概是对这件事情极为后悔吧,所以才会那样叮嘱我,让我把他拦下来。但到底是为什么,他要在那种情况下和黑衣人走呢……

总不能是因为……有病吧?

"师叔可知,我师父大概要什么时候回来?"

沐珏撇嘴道:"老头子们训话一般得一天,完了通常的责罚是关禁闭,我想师兄应该会被关个两三个月的禁闭,两三个月之后,你就能再见到你师父了。"

沐瑄也会被关禁闭……

我默了默,忽然转了转眼珠子:"关禁闭的时候,我可不可以给师父送点吃的去啊?"

"照理说是不行的。"沐珏调好了药膏,对着我咧嘴一笑,"不过这次门派上下都崇拜着师兄呢,老头子们罚他是一回事,咱们私下放水又是一回事。"沐珏对我挑了一下眉:"师叔且去给你打点一下。"

我感激涕零地望着沐珏:"师叔真是大好人!"

沐珏又笑得像尾巴都要甩断了一样开心。

沐珏给我叫了一个苍岚女弟子来换药,女弟子的嘴比沐珏更碎了一些,光是换药的时间,她便给我把苍岚派上下关于沐瑄的传言全都说了一遍,什么沐瑄临危不乱的英雄气概震撼人心啦,什么南师叔那一门高傲的徒弟全部被魔族人吓得屁滚尿流,最后被沐瑄救回来啦,什么沐瑄超级心疼自己的徒弟,将伤了自己徒弟的那个魔族人砍成渣渣啦……

听到这些传闻里还有我的名字,我表示十分惊讶,在我看来,沐瑄能把我扛回来就已经算仁至义尽了,他竟还会为我受伤的事情生气……那我便大胆地猜测,他心里应该有点在意我了吧……

拿灵镜有希望了。

我很赞赏自己,觉得自己飞身一扑,舍身救师父那一举动真是干得漂亮。

翌日,我早上起来后沐珏便屁颠屁颠地跑来告诉我,沐瑄果然被关禁闭了。他让我先等个五六天,待师父们不太在意沐瑄这件事了,再帮我去疏通疏通关系。

师父有病　　069

我也没急在这一时，倒是这几天来给我换药的女弟子无意间提到的一个消息让我有几分在意。

她说这次偷袭苍岚派弟子的魔族是距静山百里开外的凫山魔族，而这一族在两三天前被一个神秘人血洗了，不是苍岚派动的手，也不是其他修仙门派干的，有人说血洗凫山魔族的人用的是魔族的法术，这应该是他们魔族之间的内斗。女弟子看起来很是解气，道这是天道好轮回，从不放过谁。

但是听到这个消息，我却一点也开心不起来，算算时间，我猜这事多半是大魔头干的……一个人单挑整个魔族族群，即便是法力达到大魔头这个程度的人，做起这种事来也会相当吃力吧，不管是成功还是失败，他应该都会付出不小的代价。

我忍不住心里的担忧，于是趁着夜深人静的时候，跑到后山放了几只施术的鸟，让它们去寻找大魔头的踪迹。

等了两天，没等来鸟带回来的消息，倒是沐珏跑来告诉我，可以悄悄地去给沐瑄送饭了。

我只好收拾了情绪，拎着菜篮子跑到大雪冰封的苍穹顶上去看望沐瑄。

我去的时候守门的弟子一个不在，看来沐珏打点得还是不错的。

入了苍穹顶的冰洞，寒气渗骨，我不敢用法力抵挡寒气，只能抱着胳膊哆哆嗦嗦地往洞里走，一直走了半炷香的时间才看见洞内的一个寒冰室。

室内寒气更甚，沐瑄独自倚着冰墙坐着，他闭着眼睛，一如我第一次在玄冰中看见他的模样，然而与第一次不同，此时我觉得他周身气息莫名萧索，明明他现在还没有被封印三百年，但我却奇怪地觉得，他身上好像累积了百年的孤独，与前些日子相比，整个人都消瘦了许多。

"师父。"我唤他，他才睁开眼睛。

一双深邃的眼睛直直地望进我的眼睛里，他看了我好一会儿，才声音喑哑地问我："你怎么又来了？"

这个"又"字用得真是让我不解,听不懂的我就毫不犹豫地忽略掉。我提着篮子走到他身边,将篮子放下:"我给你送吃的。"

他瞥了篮子一眼,又闭上眼睛:"拿走,我不需要。"

我奇怪。当时我明明拦下了他,他明明也救下来苍岚派的弟子,现在全苍岚派的弟子没有谁不崇拜他的,照理说他现在虽被惩罚,但心里应该高兴才对啊,这一副如同斗败了的公鸡的颓然模样,到底是怎么回事……

"师父,你不要吃的,那我就陪你说说话吧……"

"不需要。"

"那你陪我说说话吧。"

"……"

我不客气地在他身边坐下,因为冷,便挨着他的胳膊挤了挤。沐瑄终于瞥了我一眼,此时我背上的药因为坐下的动作掉落了些许,于是我拿手去拍了拍后背。

沐瑄见了,扭过头去,沉默了好一会儿才问:"伤怎么样?"

这句话我听出来了,他是想关心我,又不好意思。于是我很高兴地应他:"沐珏师叔说我没伤到要害,过不了多久就能好。他找了他师妹给我换药,他师妹每天都跟我说师父你这次在静山的表现有多英勇,真真成了大家的英雄呢,连一直不服气的南师叔都不吭声了。"

沐瑄闻言,眉目却更是阴沉:"英雄……"他忽然冷冷一笑。

我不明所以,于是忽略了他的神情,兀自说着苍岚派的情况,他的师兄弟们每天的趣事,沐瑄一直不应我,直到我说得脑子都有点迷糊了,脑袋开始一点一点地往他肩上啄,他才拍了我的脑袋,把我弄醒。

"苍穹顶极致寒凉,你伤没好,易招寒气入体。之后……"

"之后我穿厚点来。"我把篮子里面已经冻成冰的馒头递给沐瑄,"师父留着吧,万一饿了还可以填肚子。"

他一愣,没有再推拒。

我打着哈欠,拎着篮子走了。离开冰洞之前我回头一望,见沐瑄

师父有病　　071

把馒头放进嘴里，然后被硬得似砖的馒头硌了牙。我忍不住偷笑，他却一抬头盯住了我。

目光流转间，我忽然莫名有些心跳加速。

转过头，我逃似的离开冰洞。

我知道我大概是对沐瑄生出了点不该有的心思，毕竟……谁叫他长得那么漂亮呢。

但我是不能对他有这种心思的，因为我注定会回到三百多年后，要动心思，也该对大魔头动心思……

晚间时分，我放出去寻找大魔头的鸟回来了。

有一只鸟的羽毛上染了血，我将沐珏给我的药拾掇拾掇带在身上，从后山寻小路下了山，左右一探，没发现苍岚派弟子的身影。我驾云而起，跟着鸟飞了两座山的距离，终于在一条河边发现了大魔头。

他趴在河边，浑身都湿答答的。我走近一看，才发现弄湿了他衣裳的不是河水，而是他的血。

我将他拖到河边平坦的地方，将他的上衣扒了，见他胸膛一片鲜血淋漓惨不忍睹。我吓得手抖，撕了他里边的衣服，在河里洗了回来帮他擦干净身上的伤口，然后哆哆嗦嗦地摸出药敷在他的伤口上。

想当初我割他脖子的时候，匕首都卷刃了，可见他身体的强悍，但这样强悍的大魔头居然伤成了这样，可以想象他与凫山魔族一战，到底有多么惨烈……

他心里得有多恨凫山魔族，才会如此拼命，只是因为在他的过去，凫山魔族杀了苍岚派的弟子吗？

想着当时沐瑄与那黑衣人面对面交谈的模样，我觉得他们之间必定还有隐情。

我从半夜一直照顾大魔头到第二天午时，他一直昏迷不醒。我看看时间，觉得不回去不行，只好就近将他拖到河边石洞里面安置好。

回了苍岚山，我马不停蹄地去给沐瑄送了饭，装作平静地与沐瑄闲扯了一会儿，又收拾了东西赶到河边。

然而，许是山上某个地方下过雨，河水大涨，淹过了我安置大魔头的那个河边石洞，我在岸边呆了好半天，然后才一个猛子扎进河里，在石洞中转了一圈，没有看见大魔头，我浮上来，几乎想哭。

完蛋了。

我把大魔头弄不见了，他受了那么重的伤，被大水冲走，这不死也得残废了。我这辈子大抵是见不到他了。没他的帮助我要怎么用灵镜回到三百多年后啊……

我浮在河里，欲哭无泪地望着绵绵长河，忽然一根树枝精准地砸在了我的脑门上。我仰头一望，河岸上，大魔头坐在大树杈子上，正淡淡地看着我："我还没死呢。"

这一瞬间，我几乎感动得热泪盈眶。

第九章

　　大魔头不愧是大魔头，不过一天的时间，他身上敷过药的伤口便开始结痂了，但外伤到底是小事，最重要的是他的修为损耗了不少。这个我看不出来，也没办法帮他，全靠他自己打坐调息。我唯一能做的就是将沐珪给我的补药扣点下来给大魔头，以做辅助之用。

　　于是接下来的几天，我一直疲于奔波，一边要照顾苍穹顶上的沐瑄，一边要给河边的大魔头送补药。每天在给沐瑄送了饭之后，我照例会与他闲聊两句，但这天我实在累得不行了，把篮子放到他跟前，往他身边一坐，说了句："吃的。"就莫名其妙睡了过去。

　　不知睡了多久，醒过来的时候我发现自己竟靠着沐瑄的身体，脸颊蹭着他的肩膀，手还抱着他的胳膊取暖。

　　完了。

　　意识到我做了什么事情的时候，我纷繁杂乱的脑子里蹦出了几件十分突出的事情：第一，这么暧昧的姿势，沐瑄他为什么没有甩开我！第二，我睡觉的时候有没有说什么不该说的梦话？第三，沐瑄有没有趁机探查我体内气息……

　　按照事情的重要性来看，第三件事应该是最重要的，但我现在却最想知道第一件事……

　　我心怀忐忑地转过头，但意料之外的是，我看见的，竟然不是清醒的沐瑄。

　　他也睡着了……

他靠着冰凉的岩壁,合着双目,呼吸均匀。从我见到沐瑄开始,不管是三百多年后还是现在,他都让自己的表情时刻保持严肃,像现在这样安心的神情,极为少见。

我看了他一会儿,发现自己的小心脏又让人焦心地跳了起来。我忙转了头,放开他的手,打算悄悄从他身边溜走,可刚刚一动,沐瑄的声音便响了起来:"明天不许来了。"他用的是命令的口气,但听在我耳朵里却有几分温柔的意味。"每日上苍穹顶,对你来说负担太大。"

我转头看他,他还是闭着眼睛,但气息已与方才不同,他已被我惊醒了。

"我不来,师父会觉得孤单吗?"

他没说话。我撇了撇嘴:"好吧,我明天不来找你了。"

离开冰洞时,我又忍不住回首一望,沐瑄独自坐在那方,目光沉静地落在我身上。这次,在我转头之前,他自己先挪开了目光:"回去好好休息。"

他在我身后留下了这样一句话。

我拿了补药下山找大魔头,他像往常一样安静地吃着补药,我像往常一样坐在石头上看他,然后忍不住开了口:"大魔头,你是不是喜欢我?"

正在吞药的大魔头像被噎住了一样,沉默地转头看我。

"我是说,你感受一下,那个。"我指了指苍岚山顶,"沐瑄现在是不是喜欢我?"

他吞下了药:"约莫是吧。"

我愣了愣,心里涌出一股暖流,但与我先前想象的那种达成任务的欣喜若狂全然不同,这样的感觉像是冬日进了温泉,四肢百骸都温暖了。

我沉淀了一下情绪,道:"那我找他要灵镜,他应该很容易就会给我吧。"

大魔头轻轻"嗯"了一声。

得到这声肯定,我也没有想象中的欢欣鼓舞,就像这不是我想要

师父有病　075

的结果，让人提不起劲来。

于是在河水叮咚的流淌声中，我和大魔头都沉默下来。

"你当年到底为什么入魔呢？"我望着天空轻声问他，"为什么要杀同门弑恩师勾结魔族呢？明明现在我看到的沐瑄……内心藏着那么多温柔。"

大魔头沉默了很久，在我以为他像之前那样不会回答我的问题的时候，他却倏尔开了口："我和你一样。"

我一愣，眨巴着眼看他："哪里一样？"

他目光落在我的身上，和三百多年前的他没什么区别："半魔半人。"

听到这个回答，我看了他好久，才理解这四个字的意思，然后捂着张开的嘴，不敢置信地看他。"你……沐瑄……半魔？"我惊呆了，"可之前你是苍岚派的大弟子，你自小在苍岚派长大，你师父怎么会不知……"

"我师父知晓。"大魔头道，"只是他从未告诉我。师父将灵镜给我，让我一直携带在身，以前我只以为灵镜灵力充沛，师父让我借其修行，后来才知，灵镜是师父给我用来压制体内魔气的灵物。"

我抓了抓头："等等，我有点乱……你慢慢说，你师父澄素真人知道你是半魔之身却还收你做徒弟？你以前都不知道自己是半魔之身？那你是什么时候……"

我顿住，忽然想起，那日静山之战，沐瑄与魔族黑衣人对话了几句，然后他便想跟着那魔族的人而去……

"你就是在那个时候，知道自己是半魔之身的？"

大魔头默认。

"我娘亲是师父的故交好友，她生下我不久便长辞人世，托师父照料我。师父将我接回苍岚派，为使我不被异样的眼光看待，师父隐瞒了我的身世，包括对我。他教授我的法术，赐给我的灵镜，无一不是为了压制魔气，以至我都未曾察觉自己与他人有别。

"三百多年前，静山一行，凫山魔族首领石厉在与我争斗之时，察觉出了我血中的魔气，辨认出我乃其族人，他以我身世为饵，诱我离开静山，致使那一役之中，苍岚弟子无一生还。"

我惊愕。原来，在那个时候，苍岚派的弟子竟然都……

包括给我上药的女弟子，还有沐珺……

我不敢想象，当沐瑄归来，看见同门尸身的那一刻，他会是怎样的心情。我抬眼看大魔头，他的神色却十分冷漠，好像在说别人的故事一样。

"而后我独自回到苍岚山，仙尊将我幽闭在苍穹顶。彼时，我方从师父口中得知，我生父是凫山魔族先王，他与我娘一样，早已离世。师父知道我的身世再也瞒不住，打算公之于世之际，石厉却先污蔑我勾结魔族残害同门，再使计杀我恩师，令世人误会我，我心生愤恨，最终堕入魔道。我欲寻石厉，却没来得及杀他，便被封印至灵镜湖底。"

寥寥数语，勾勒了他的前生，他独自走过的，无奈又愤恨的一生。

"所以，你不惜受这么重的伤，血洗凫山魔族，就是因为不想让沐瑄经历这些事情？"

大魔头点头："我杀了石厉。"他说着，没有手刃仇人的欣喜，甚至不见一丝情绪波动。

想来也是……

毕竟他干扰的只是另一个"沐瑄"的一生，而他自己已经亲身经历过这些事情了，体会过那样的绝望与不甘，就算回到三百多年后，在他应在的时空里，他的仇人还在，他还是得面对他的残局，一点不变。

"我不用再留在这里了。"大魔头忽然道，"待他出了苍穹顶，我的伤应该也已痊愈，可以催动灵镜回去了。彼时你向他索要灵镜，他应当是会给你的。"他顿了顿。"这段时间……你再努力一些。"

"我很努力了。"我抱住脑袋，"努力得都把自己搭进去了。"

大魔头闻言，沉默着并不说话。

第二天我照常去了苍穹顶，见到我，沐瑄微微皱起眉头。我权当没看见，径直走到他身边坐下。

"不是说了今日不来？"

"我昨天说今天不来找师父，没说今天不来。"我抱着膝盖靠墙坐着，"我不是来找师父的，就想过来坐而已。"

沐瑄无言。

大魔头说澄素真人已经告诉了沐瑄他的身世，我终于明白为什么这几天沐瑄的神色总是那么萧索。

他从小便是苍岚派的大弟子，光华在身，却忽然有一天知道了自己是为世人所不齿的半魔之身，身为半魔半人有多尴尬，我实在深有体会。可我到底与沐瑄不同，我打小就接受这个事实了，不像他，要经历世界观被摧毁的痛苦。

这种时候，大概没人能排解他的痛苦，不过有人陪着他，总好过让他一个人待着胡思乱想。

"我遇见你的那天，苍岚山中确有一行人在追杀一人，不过被追杀的人是个男孩。与你并无干系。我查过你的背景，却一无所获。"沐瑄忽然开口道。我不知道他为什么突然说起这话，只得默不作声地听着。

"你到底是谁？"他的脸近在咫尺，深邃的眼睛里，尽是我的影子，"你到底想要什么？"

我想要灵镜。

"你说，不用再费尽心机，或许我便能给你。"

我想要灵镜。

我想诚实地面对沐瑄，不想再骗他了，于是清晰的声音脱口而出。

"我想要你。"

洞内回荡的声音沉寂下来。

沐瑄怔怔地看着我，我在他眼中看到了同样怔怔的自己。

我说了什么……

我好像把心里真正的大实话脱口而出了。

"所以为了达到这个目的,你……拜我为……师?"沐瑄眼中的我仍处于呆滞状态之中。我张了张嘴,想要解释,最后却什么都没说出口。只见沐瑄侧过了脸,轻声道:"真是大逆不道。"

他的声音中好似藏了笑。

我嗫嚅道:"反正我不会害你……"

说完这话,我陡然一阵心虚,其实也不是不会害他,灵镜会压制他身上的魔气,我拿走了灵镜,沐瑄身上的魔气便难以压制了几分,虽说半魔之身一般不易被人察觉,但苍岚派到底是修仙之地,若有什么意外致使沐瑄需要大量使用法力,没有灵镜,无疑会害他身世暴露。

"嗯。"听得沐瑄这声答应,我更觉心虚了几分。

第十章

大魔头身上的伤终于好了,时间也过了三个月,今日便是沐瑄出苍穹顶的日子。苍岚派的弟子们都很高兴,我随沐瑄回山顶小院的时候,有许多人跟沐瑄打招呼,相比之前的尊敬客气,现在的称呼里面多了几分亲近。

沐瑄觉得有些不自然,我却很开心:"发出去的小册子起作用啦。"

沐瑄看我:"什么小册子?"

"我和沐珏师叔合着写了一份'大师兄生活小事合集',根据沐珏师叔提供的线索,我记录下了不少师父你的事,把你高高在上的大师兄这个身份打破,将你从尊者继承人的神坛上拉了下来。大家看过册子,再见你,想到的都是那些事,自然就没那么生疏啦。"

沐瑄沉默。

那天下午,我在院子里给沐瑄做接风宴的时候,听说全苍岚派的弟子都在后山看沐瑄与沐珏比剑,沐珏被打得直接御剑跑了。

到了夜晚,沐瑄独住的小院里安静了下来,我布好了一桌丰盛的接风宴。

我指着盘子挨个给沐瑄讲,这一道一道菜都是我从大魔头那里打听来的。我报完了菜名,一抬头,对上沐瑄的目光,我扬起笑容:"师父,喜欢吗?"

他坐下,夹了一块青菜,吃进嘴里,然后淡然道:"盐放成糖了。"

"哎!"我惊愕,"不可能啊。"菜端上来之前,我明明有好好试过的。我取了筷子，正要去夹菜，沐瑄却忽然手一伸钩住了我的脖子，将我往前一拉，唇触碰到了我的唇，他嘴里的青菜变成了我嘴里的青菜。

他淡定地放开我，然后抹了抹我的唇角："可是甜的？"

青菜噎住了我的喉咙，一时间我是真的分不清自己放的是盐还是糖了。

他拍了拍我的脑袋："如此道行，还敢妄言想要为师？再努把力。"

他说这话时，真是像极了大魔头的模样，不过……他们本来就是一个人。

想到大魔头，我迫使自己冷静下来。大魔头要回去，我也必须回去，因为在三百多年后，苍岚派即将处决一个魔族的人。那是我亲爹，我当初就是为了偷我爹的牢房钥匙，被苍岚派弟子发现，慌乱之下才跳进灵镜湖的。

其他事我都可以犯迷糊，唯独回去这件事，我十分清楚以及坚持。

这顿接风宴我怀着复杂的心情吃完了，我对沐瑄道："师父，房间里我也给你烧好水了。"

沐瑄点了点头，回屋沐浴，屋子里隔着一块屏风，沐瑄将脱下来的衣裳放在旁边的篮子里。我进了屋，唤了一声："师父，我把你换下来的衣服拿去洗喽。"

他应了，于是我拿了他的衣服，不意外地在换下来的衣服里面看见了灵镜："师父，你怎么还随身带面镜子呢？你这面镜子真好看。可以借我玩两天吗？"我这话只是客套话，当然不打算用这样的理由将灵镜骗走，毕竟沐瑄知道了自己的身世，他自然也知道了灵镜对他的重要性，他不会那么容易就给……

"拿去吧。"

屏风那边传来沐瑄的声音，我觉得自己是不是在这瞬间幻听了。

"镜子……给我吗？"

"喜欢便拿去玩。"

我沉默了半晌，一咬牙，一狠心，收了沐瑄的衣裳，拿了灵镜，

师父有病　081

出了门,屋里还传来他沐浴的声音。我觉得自己大概没心思继续在这里待下去了,我一路跑到后山,我与大魔头已经说好,取得灵镜之后,在冷泉大石边上会合。

今夜月色皎洁,老远我就看到了大魔头的身影。我冲大魔头挥了挥手中灵镜:"我拿到了。"

大魔头一如既往地神情严肃,沉默着不说话,然而在我离他尚有五步远时,他忽然屈指为爪,我只觉一股吸力猛地袭来,抢走了我手中的灵镜!

我一愣,回过神来之时,灵镜已经到了大魔头手上。

我怔然:"你急什么……"

大魔头后退一步,凌空踏在冷泉之上,他脚下法阵光芒大作,我大惊:"大魔头!你要作甚!"

"三百多年后太混乱了。"大魔头道,"你就留在这里吧。"

我不敢置信地瞪着他:"你什么意思……"不等我把话说完,大魔头指尖光芒一闪,一股大力撞上我的肩头,直直将我撞出了三丈远的距离。疼痛让我站不起身来。

"你便当我自私,想给自己不同的人生……"

"想给自己不同的人生,把我留下来干什么?我还要回去救我爹呢!"

我咬牙忍着剧痛,挣扎着往前面爬,想要扑到法阵里面,但法阵的光芒越来越强,我都看不见里面大魔头的身影了。

"我会救你爹。"这是我听到的大魔头对我说的最后一句话。

光芒消失,后山彻底安静下来。

他回去了,丢下我一个人在三百多年前……

肩膀上的疼痛好似越来越厉害了,我一阵委屈。除了委屈,我心底还慢慢浮出了惊慌不安与不知所措。

我和大魔头一起到这个世界来,虽然大部分时间见不到他的人影,但好歹我知道这个世界不止我一人是异乡客,我相信他,甚至依赖他。

但现在，他背叛了我，消失了踪影，并且再也不回来了……

眼中渗出泪水，我胡乱抹了一把，眼泪却报复似的淌了更多出来。

旁边忽然传来沐珏的惊呼声："这里魔气怎么那么重……小师侄，你怎么在这儿？你……你怎么了？"

我只顾着埋头哭。

沐珏吓了一大跳，连声问我怎么了。我索性躺在地上，捂住胸口，肆无忌惮地放声大哭。号了半响，我好似听见沐珏无奈地对另一人说道："师兄，你家徒弟疯了。"

"怎么了？"温热的手掌托起我的后背，泪眼蒙眬之中，我看见了沐瑄紧蹙着眉头的脸。现在看着的这张脸真是让我又是愤恨，又是愧疚，我索性将脑袋埋在他的胸膛里，继续号啕大哭。

他拿开我捂着肩膀的手："伤得重吗？"

"镜子……镜子没了。"

沐瑄将我抱起，手在我后背上轻轻拍着："没事。"

"镜子被抢走了。"

"无妨。"

"我对不起你，我对不起你！"

"别哭了。"

"我做了好多对不起你的事，我……我呜呜……如果我回头告诉你，我坏，我骗你，很多事……你也别杀我，最好也别讨厌我……我会伤心……"

我哭得打嗝，于是沐瑄就像哄小孩一样不停地拍着我的后背，声音轻柔地哄道："我不讨厌你。"

我听得愣了，很明显身后的沐珏也愣了："师……师兄……刚才是你在说话吗？"

沐瑄转头对沐珏道："你先回去。"

沐珏显然不想走，但在沐瑄的瞪视下，他唯有不甘心地一步三回头地渐行渐远。

沐瑄静静地陪我坐了一会儿，等我稍稍冷静下来之后道："再隔

师父有病　083

两日,我便会向师父请求,将我的身世公之于众,那时候我会弃剑离山。"

沐瑄……他跟我提他的身世?照理说,他应该不知道我知道他的身世才对啊。

"我知道拿走镜子的人是谁,同处在这个时空之中,他能感觉到我,我自然也能感觉到他。"

我呆住。

"从静山之行开始,属于他的记忆便出现在我的脑海里。你们说的话,商量的事,我都知道。"

难……难怪我能这么轻易将镜子拿走!

如果说从静山之行开始,他就知道了大魔头的存在,那在苍穹顶的时候,他一定像大魔头知道他的事情一样,知道大魔头的事情了,但他却什么都没有透露……

沐瑄这个……演技帝!

"谢谢你。"这三个字出现得太突兀,我不由得失神地望着他的侧脸,听他道,"谢谢你为我做了如此多。"他顿了顿,"他将你留了下来,以后……你就留在我身边吧。"

我盯了他许久:"不然我还能去哪儿啊……这里一个熟人也没有。"我一咧嘴,又想哭了。

沐瑄失笑,揉了揉我的脑袋:"那就陪着我吧。一直陪着我。"

尾声

沐瑄将身世公之于世,苍岚派上下一片哗然。他把兮风剑还给恩师,与我下了苍岚山。

走过那天初遇沐瑄的那条小路,我眼珠子转了转:"为什么当时我要死不活地躺在这里,你不像大魔头说的那样,对我动恻隐之心?"

沐瑄瞥了我一眼:"当真要饿死的人,岂会目露精光地看着我,你那眼神简直……"

"简直什么?"

沐瑄轻笑:"简直像是要将我吃掉。"

"……"

师父年迈

楔子

　　我乃上古天罡最后一人，被天界奉为女战神。征战半生，在三界战事平息之后，便失业了。时至今日，活了多久我已记不得了。我闲来看过繁花凋敝年复一年，万里苍穹在我眼前轮转了一遍又一遍。时日越是长久，我对这世间的留恋便越发少了起来。

　　我想，离我羽化的日子也不久了。

　　可上天终究不肯让我安安静静地去，愣是在我行将就木的时候，给我的生活翻出了点小浪花来，还是带春色的那种……

　　令三界皆知的那种……

　　让我老脸不保的……

　　那种。

第一章

看着面前不知道从哪儿冒出来的花一样的少年，我义正词严地拒绝他："我不收徒。"

他抬头望我，也正儿八经道："不收徒没关系，可以收了我。"

到底是人老了跟不上年轻人的思路，我一时有些气短："少年，我清修万年了，玩不来新花样。"

"没关系。"他很谅解我似的道，"花样我来玩便好了。"

"……"

这话听起来有点怪怪的，我说不过他，便不说了，挥挥手将他赶出了院子。他在院外站着，眸光定定地落在我身上，神情好似有几分受伤。我看得心焦，想两巴掌把这熊孩子轰出雾霭山了事。

但我是个讲道理的神仙，他又没对我做什么过分的事，这雾霭山除了我的院子，也没哪块地上写了我的名字，我赶他也赶得没有道理，于是我便掩上门扉，让他在外面自己挂着受伤的神情面门思过。

我回屋睡觉，一觉睡了三天，再醒来时，以为那少年已经走了，可一开门，我便倒抽了口冷气。

他就倚在门边上，我一拉开门，他的目光便一转，落在了我身上，眸中光亮一闪而过。"你醒了。"他笑着问我，"要出门吗？"

所谓伸手不打笑脸人，这句话真是救了他一命。

我没搭理他，转身便往山下走去。他也不多话，就这样跟在我的身后。

师父年迈

雾霭山下有镜湖，我在湖边留了根鱼竿，闲来无事便去垂钓。今日我坐下去后，身后的少年便也没了动静，他在旁边待了一会儿，转身便往树林里走去。

我还道他是嫌跟着我无聊，终于想通要走了，结果哪儿料不过片刻，他便从林子里折了根软竹，拈了根细草绳过来了。他坐在离我三丈远的距离，一挥竿，也就地垂钓起来。

不一会儿，太阳出来，湖面起了风，岸边有小浪"啪嗒啪嗒"地在脚下拍，拍得我是……无比心焦。

旁边"哗"的一声，又是一条鱼从湖中被钓了起来。

而我这边却一点动静也没有。我深觉受到了不公正对待，不由得转头看他，咳了两声："你是属蚯蚓的吗……鱼竿上都没有饵，你是靠什么钓上鱼的？"

他看着湖面，坦然淡定道："靠脸。"

"……"

真是不要脸。

他默了一会儿，似突然想起来了什么一样，转头看我，冲我一笑："我若是钓你，你上钩吗？"

我像被雷劈了一样僵在原地。虽然我现在面貌好似二十出头的少女，但内心真的已经沧桑了万年！这一个毛头小子居然敢……调戏我？

一瞬间我有一种八十岁老太被十八岁小伙摸了胸的荒唐感……

我又清了清嗓子，觉得我一把年纪了，也不能和个小孩计较。今天既然钓不到鱼，我便收竿了事，往回走去。可这少年见我一走，他也立马将钓起来的鱼拿绳子一穿，提上了跟在我后面。

快到院子时，少年倏尔极其自然地在我身后开口道："你是想吃清蒸的鱼还是红烧的？"

我认真琢磨了一下："清蒸吧，比较鲜。"

"好。"

他应承之后我倏尔觉得有哪里不对，可别的话都还没来得及说出口，他便提着鱼进了我的院子。我跟着他进去，但见他在厨房熟练地生起了火，烧开了锅，杀鱼料理鱼弄得是轻轻松松，一看便是个中好手。

我舔了舔嘴，直到他将清蒸的鱼端上桌，也没再说出赶人的话。

鱼是别人钓的，菜是别人做的，我总不能捡了鸡蛋就把鸡杀了吧……

毕竟我还是讲道义的神仙。

少年倒是没与我客气，自顾自地拿了碗筷，在我对面坐下了。我吃饭专注，头也不抬。那少年约莫吃了个半饱便放了筷子，就在桌对面望着我："你真美。"

我一根鱼刺卡住了喉咙。

"喀喀"地咳了好几声，救下自己一条老命，我像吃了屎一样望着他，他却已经转了话题："你为什么不收徒呢？"

他问的其实是一个好问题，我为什么不收徒呢？

因为我因噎废食。

第二章

其实百来年前我也是收过一个徒弟的。可是那徒弟却死了——
盗我神剑，叛出师门，徇私报仇，然后……
死了。

当年初遇我那徒弟时，他还是个青葱少年，比如今这个胆大包天敢调戏我的男子还要嫩上几岁。

我现在都还记得，那天天气不好，漫天飞雪，呵气成雾，他满脸仓皇，一身狼狈地闯入雾霭山中，在走投无路之际，踉跄踏破镜湖的薄冰。

我站在悬崖松树之上，看着他身带血水，失足落入湖中，他在冰冷的湖水里慌张挣扎，到底是沉了下去。

我还记得那日，我将沉入湖水中的他拉出来后，按压了他的胸腔，让他吐出呛进去的水。他躺在冰上眼神迷离地看着我，声音沙哑，神色恍惚："你是神仙吗？"

我答："对啊。"

他问："你是来救我的吗？"

我顿了一下。其实我只是偶然下山遇见了他，但当时看着他像受伤的动物一样无助又惊惶的眼神，我便鬼使神差地心软了，竟然点了头："对啊。"

得到这个答案，他好似终于松了一口气，结结巴巴地吐出"谢谢"两个字，便晕了过去。

那时我并不知道他在从前的人生里到底经历过什么，我只觉这少年长得漂亮又看着可怜，于是便将他带回了我山中独居养老的小院里。

我治了他的伤，医了他的病，等他清醒，又养了他几天，待他能下床了，我想将他送走，于是我问他："你家人呢？"

他白着脸不答我。

我又问："你家乡呢？"

他依旧白着脸不回答我。

我叹了声气，想将他送去山外的凡人村子，随便将就一家，让他安安稳稳过一生了事，可他却握住了我的手。

我转头看他，只见他眼神中藏有惊惶，忐忑不安地望着我："你要丢了我吗？"

他将我的手握得极紧。他的掌心灼热，与我正好相反，我活得太久，内心丢失了很多热烈的感情，身体也丢失了很多热烈的温度。我本是凉薄之人，可看着那时的他却不知为何，动了恻隐之心。

或许……是因为少年的眼睛，长得太好看了吧，抑或是因为他的声音太好听了吧。

最后我留下了他，成了他师父，没追问他的过去，不探究他的往事。我告诉他，入了我的门，从此前尘往事尽抛。他答应我了，于是我就相信了他。

我有一个很质朴的想法，现在养个徒弟，练个百来年，再笨也该练出点成就了，然后徒弟可以传承我这一系的法术，继承我的衣钵，我的名字将以另一种方式流传在世间。想着我死后百年三界之内依旧有人提起我的名字，便觉得好有成就感呢。

可最后，事实证明，所有质朴的愿望都是天真的。

而我这清寒小徒弟，用他所学的法术，将我的天真都烧了去。

清寒学法术比我想象的快，甚至比我当年还快，人家学五年的东西，他两三个月便熟练掌握了。我心知这是一个修仙奇才，心里更是开心激动，教得完全不遗余力。

而这样教学的后果便是，清寒虽然打不过我，但他熟知我所有的习惯,能摸清我所有小表情背后的所思所想。

百年之后……他暗算了我,将我打晕,偷了我的神剑,出山去了。

我气他背叛我,更气他大逆不道敢对我动手,还气他竟然将我打赢了!而最气最气的,莫过于这样的小徒弟,在出山寻仇之后,竟然死了。

连和我说一声对不起也未来得及……

第三章

  我不再收徒,即便面前这个人的脸比我初遇清寒时还让我惊艳。
  想起往事,我有点失了胃口。
  对面的人细细观察我的神色,关切地问道:"怎么了?"
  我放下筷子,随便扯了句话来说:"想到自己快死了,这饭是吃一口少一口,一下就觉得咽不下去了。"
  他一愣,双目怔怔地看着我,显然是没想到我竟会说出这样一句话来。
  不过我这说的倒也是事实,我没想瞒着他,径直对他坦白道:
  "和你直说吧,我大限将至,快到羽化的时候了,近来眼睛也花了,耳朵也听不大见了,神志也总是恍恍惚惚的,法力退步得厉害得紧,我没什么好教你的。我观你根骨奇佳天资聪颖,人也蛮不要脸的,应该是个修仙的好材料。你也别浪费时间,出我这小院门右转,顺着小道麻溜点走,离开我这雾霭山,另寻其他高人拜师去吧。"
  我说了这么一通,他大概是没将我的中心思想听明白,只直愣愣地盯着我,脸色微白,声音喑哑地问:"这些都……什么时候的事?"
  我看他这脸色,猜到他心里大概也明白过来自己来错地方了,后悔自己浪费时间缠着我了。
  我一个要死不死的人,累别人耽误了修仙的时间,我也觉得挺对不住,便答了他的话:"百来年前便开始有这迹象,当时还想收个徒弟传承衣钵,但到底是给玩毁了,现在也就剩下一两年可活,我就想安安静静地在这院子里养老,不折腾了。"

听了我这话,不知为何他的脸色更白了,像中了邪似的,双目发怔地看着我。

我最后吃了一块鱼,起身便往屋内走了:"你吃完了碗筷放着吧,我去睡会儿觉,醒了再弄,你便自行离开吧。"

可我转身还没走出一步,手便被人抓住了,连带着一阵"乒里乓啷"的乱响。我一回头,见是少年起身太急,将桌上碗筷尽数撞在了地上。

可他像看不见这些碎碗,听不见这些声音一样,就这样隔着桌子抓着我的手,目光焦灼又带了几分恳求。他盯着我,唇角颤抖了许久:"不收徒也没关系,不要赶我走。"

这句话,这个语气,一瞬间便让我想到了百来年前的少年,当时的他目光惊惶,神色不安。

我便一时有几分失神,待得他将我的手握得有点发麻了,我才回神问他:"我不收你当徒弟,你留在这儿干吗?给我养老送终?"

他嘴唇一抿,好似被我这两句话砸疼了一样,然而我却并不知道这两句话有什么好让人疼的。

他垂了目光,看见满地狼藉,又抬头道:"我帮你做饭。陪你钓鱼……"他一顿,又说,"洗碗也交给我。"

好嘛,还真是给我养老送终来了。

我从他手里将手抽回,然后好整以暇地看着这个小年轻。他身体里没有半分仙妖气息,理当是个凡人,可一个凡人,不为修仙问道而来,不为长生不老而来,就想在我这儿陪我钓鱼,给我做饭?

是打算在我这儿建个修身养老会馆吗?

当然,也可能是因为我现在仙法退步太多,而他的法力比我高深,我看不出他身上的气息,所以才会以为他是个凡人。

"说吧。"我抱起了手,也不和他拐弯抹角了,径直问道,"你真正想要的是什么?"

他也在桌子那头面色沉凝,一本正经,目光灼灼地盯着我:"我想要的是你。"

我顿时又有一种被鱼刺卡住了喉咙的痛感……

"少年郎。"我揉了揉眉心，打算和他好好谈谈，"刚才我说的话你是没听明白吗？我，天命将至了，收不了徒，更谈不了恋爱啊。"我一字一句地告诉他："我要死了。没时间也没精力陪小年轻玩耍了。"

听了我这话，不知为何，他脸色一寸更比一寸白，像被万千利刃穿胸而过似的。

他唇角紧绷，隔了许久才道："并不是玩……"他像是下了什么决心，咬牙道："其实我……"

我摆了摆手，不想听他再多言，转身往屋里走去。"我和你直说吧，我不收徒是因为以前收过徒，只是那徒弟背叛了我，我被伤透了心，再也没法信任何人。"我顿了顿，"至于这乱七八糟荒谬至极的男女之爱，更不适合我了，活了这么多年，没动过几次心思，现在更是如此，你呀，趁早走吧。"

入里屋之前我回头看了他一眼，见他面色煞白，垂头看着满地狼藉，落寞得像一个被撕碎之后抛弃的破布偶。

不就被拒绝一下，至于难过成这样吗？我撇了撇嘴，径直回了房间。

第四章

躺在床上，入睡之前，我的思绪不由得飘忽了一下。其实说到爱恋这回事，我并没有自己说的那么清白，我心里也是有一些不可见人的小九九的。

百来年前，清寒日益长大，一张甩出三界男人平均颜值十条大街的俏脸日日在我面前晃，难免晃得我这枯燥了万年的心有点荡漾。

可当时的我只是一个曾经历过铁血沙场，未曾经历过风花雪月的女战神，我太过单纯，甚至不知道自己对清寒的心思叫作……喜欢。

我也笃定清寒对我不可能有男女之情，我是他的救命恩人，是他的授业恩师，甚至像他的家人一样，是他可以依赖的存在。我一直没去摸他的心思，也没理清楚自己的心思。但如果说完完全全一点都没有意识到，那也是不可能的，在这百年时间里，我还是有两次偶然意识到了我对清寒的不一样……

第一次是一个山里的小猪妖修成了人形，爱上了清寒……

本来小猪妖只是悄悄爱慕着，我虽看出来了，但并未多言。

后来有一次清寒外出之后，两日未归，我在山里好生找了一通也未找到他，正忧心之际，他却与猪妖一同回来了，我这才知晓，清寒竟是被这小猪妖拐去山外住了两天。

我面上未动声色："你长大了，知道自己出去玩，也不知会我一声了。"

清寒将我的脾性摸得清清楚楚，所以饶是当时我说得那般轻描淡写,他还是听出我不高兴了,当即便神色紧张地道:"我本以为一天能回……师父……"

"神女大人。"小猪妖在一旁插了话进来,"你莫怪清寒哥哥,是我将清寒哥哥骗出去玩的,我骗他我爷爷生病了,他才与我出去的……"她垂了头。"你要怪就怪我吧。"

敢情她以为装装可怜我就不会怪她了吗?

我挑了挑眉,应了她的话:"好啊,那你说说,要受什么样的惩罚吧。"

小猪妖一愣,脸上神色有几分错愕,完全没想到她只是客套一下,我就真的要罚她。"我……"

场面一时静默,小猪妖咬着唇一脸委屈,我抱手站着,不为所动。

清寒却在这时开了口:"师父……是我的错,我疏忽了,没告诉你我要出山门……"

好小子,倒学会怜香惜玉,在我面前护着别的小姑娘了!

我心里一口气正提了起来,小猪妖又恰好添了把火:"神女大人,是我,是我偷偷爱慕清寒哥哥,所以才缠着他骗他和我出去的,你别怪他了,你罚我吧,真的罚我吧!"

我像是一个严肃沉闷不通情理的师父,站在一对亟待破除枷锁、追求自由婚姻的小情侣面前……气过了头,我一笑:"罚什么,不罚,清寒你现在是大了,出山门自是不用与我说,要与谁走也都行,我不管了,即日起便当你出师了,爱去哪儿去哪儿吧。"

我那时说的自然是气话,而当这话脱口而出的时候,我自己都吃了一惊,并不明白自己怎么能生出这般大的火气,说出这样重的话。

而清寒听得这话,脸色更是霎时堪比纸白。

我看着觉得闹心,转身便往屋里面走。

清寒此时怎肯放我走,他想拉我,可又觉得于礼不合,于是闪身落在我身前,拦住了我的去路,看来他的法力修成了一定气候。

我瞥他:"怎么,要和我动手?"

他一抿唇,"扑通"一声便跪了下去,那般干脆果断,我退了一步:"作甚,要吓死我?"

他垂头道:"清寒错了,望师父责罚,徒儿愿承担任何惩罚。"

旁边小猪妖显然也被吓到了,她犹豫着要不要上前来跟清寒一起跪地求情,我看了她一眼,只觉更加闹心:"不敢罚你,有人帮你求情呢。"

清寒闭唇不言,小猪妖却被一股无形的力量往门外推,小猪妖有点慌,一直叫着"清寒哥哥",但直到她被那股力道推出了门,门扉掩上,清寒也没应她一声。

他又道:"求师父责罚。"

我没理他,回了房间。

可坐了半炷香都不到的时间,我便坐不住了,起身走到屋门口,看着还跪在地上垂头丧气的他咳了两声:"还没跪够?今日下午不打算练功了?"

他仰头看我,漆黑的眼眸里像是瞬间亮起了星光:"师父不赶我走了?"

四目相接,我在他眼里看见了自己的身影。为这么小一件事生气,说出这样重的话,让我感觉自己像个任性的小孩。我一叹:"起吧起吧。"我试图给自己有点过激的行为做出解释:"我在山里找了你两天。不告而别让人着急是件很愉快的事?"

他一默,垂下头道:"清寒日后……绝对不再行不告而别之事。"

我点头,算是原谅他了。

在那之后,我就再也没有见过那个小猪妖了。后来山里别的精怪告诉我,清寒不知与小猪妖说了什么,她被狠狠伤了心,在洞府里哭了整整三天三夜后,背上行囊离开了雾霭山。

照理说,听了这样的消息,我该是有点内疚的,但我神奇地在得知小猪妖离开之后,笑了出来,心情舒畅,宛似击退了一个劲敌。

也就是从我笑的那一刻开始,我第一次意识到,我对清寒,或许是有点不同于普通师徒之情的感情。

至于第二次意识到我心里的小九九,那便是很长的一件事了……

第五章

　　清寒在拜入我门下之前是有仇家的,他被人追杀到雾霭山来,这件事我从来没忘过,但我也从来没问过清寒,具体是什么情况。

　　因为在我看来,入了我的门下,成了我的弟子,自然而然地与外界纷争就划清了界限,外面那些小辈的爱恨情仇,放到我这儿来,都是年岁不达标,不够我看一眼的。

　　清寒在入门时也向我保证了,从此前尘往事尽抛。我既然信他,自然便不会再去询问他的过往。不管他以前是地痞流氓还是王公贵族,在我眼里,他的生命就是从我救起他的那一刻开始的。

　　而可惜的是,清寒……并不这样认为。

　　他也有自己的小九九。

　　于是当时机成熟,他学了他认为足够多的法术之后,便暗算了我。

　　我现在仍旧记得那日天阴,一副将下雪未下的模样,我那时便隐隐有了神力衰竭的先兆,身子总容易乏。我正在屋里眯眼要睡觉,倏闻清寒的千里传音:"师父,镜湖有妖。"

　　我登时一个激灵,从床上跳了下来,镜湖有妖而我竟未察觉到!想来必定是大妖!清寒从未这般急切地千里传音过,必定是被困住了……

　　我当机立断,破开床下封印,取出自离开战场后便再未用过的厉水剑,这剑陪了我数千年,对我来说它更像是我的老战友,记录着我过去的辉煌岁月。

师父年迈　101

我急急行至镜湖,然而等待我的却并非我想象中的"大妖",而是清寒,他设阵于镜湖之上静静待我。

我便像傻子一样一头扎进了他的网里。

我费大力气破了他的阵,却再无力与他相争。他给我施了定身术,我便立在镜湖之上,眼睁睁看着他从我手里拿走了我的厉水剑。

我唇角颤了颤,怒不可遏。

清寒在我面前跪下,深深地磕了三个响头,将结了厚冰的湖面都生生磕出了裂缝,他抬头起来之前,双拳握紧,仿佛在忍耐汹涌情绪,但待一起身,他却脸上什么表情也没有,决绝地转身离去。

从头到尾他一言不发,而我已是无言以对。

我将他从镜湖之上救回,他则在镜湖之上将我背叛。倒真是一个可笑又讥讽的轮回。

直至今日,我依旧形容不出我当时心里的感觉,只有一个念头无比清晰地冒了出来:这小子以前说绝对不会再对我不告而别……

好的,他现在做到了,他用打败我的形式,告诉我,他要走了。

他头也不回,仿佛毫无留恋。

看着清寒的背影消失在雾霭山的小道上,那一瞬间,我感觉自己这么多年就像养了一头白眼狼。他当初那般恳求我将他留下,教他仙法,原来只是为了像今天这样离开我。

他计划得很好。

但……

我看起来像被人背叛之后大度一笑毫不计较的人吗?

显然不像。

我心眼小,受不了这样的刺激,一怒之下,在定身术解了之后,我踏出了多年未出的雾霭山,誓要将这孽徒捉回山来!狠狠抽上七七四十九下屁股!

可我没有想到,当在茫茫三界再找到这孽徒的时候,却是在魔界魔渊边上。

我没再看到清寒的身影,被我抓住的魔族人苦着脸告诉我,我那孽徒已经和他的仇人——魔族的厉亲王一同掉入这魔渊里面，同归于尽了。

我怎么也想不到雾霭山镜湖那一别，竟是最后一别。

我更想不到我这徒弟，竟然是魔界厉亲王与天界一个仙子的儿子，厉亲王自清寒出生起便幽禁了清寒与他母亲，在清寒与他母亲外逃之时，厉亲王亲手杀了他母亲，于是清寒现在便亲手杀了自己的父亲。

我最想不到的是，彼时站在魔渊悬崖边上的我，竟然不再怪他背叛我，不再怪他带着我的剑坠入深渊，甚至连他的屁股也不想打了……我竟然只怪他做了这些事之后，为什么没有等到我来……

为什么不等我来……他就死了。

那般轻易地丢了他自己的性命。

明明他的命该是我的，明明他的人……也该是我的。

我没回雾霭山，在魔渊旁边住了下来。

魔族人对我意见颇多，魔界朝堂之上为了我闹得不可开交，他们说一个神女住在魔界腹地，简直就是在挑战他们魔族的尊严。魔族的人威胁天界，说我是在挑衅他们，意图两界战火再起。

于是天界慌了，派人来劝我回雾霭山，他们说："你那徒弟回不来了，谁不知道魔渊之下戾气横生，便是神女你下去了，也回不来呀！"

我知道这个道理，千万年前，魔王便是沉在了这魔渊之中再未出世，我自知即便在全盛时期也斗不过魔王，更别说现在了。所以我也知道，自己入了魔渊是出不来的，更别说……清寒了。

但我却不打算理会别人。

他们又苦口婆心地劝："不给魔族留尊严便罢了，好歹给天界留点面子，听话回去吧，神女。"

我一扬手就把来劝我的人扇走了，顺带削了魔渊旁边的一座山，将在山头上打算轮番来劝我的天界文官全部吹走。

这一下把天界与魔界的脸面一并打了。

看我耍横，他们自己又打不过，便没人再敢来劝，天界的人转头

师父年迈　103

去劝魔界的人，魔界的人想想魔渊那边被削平的山头，便也把火忍了下去。

我安然在魔渊旁边住了三年，也等了三年，我日日看着魔渊之下戾气翻涌，却等不回我想等的人，看不到我想看的景。

那三年，便是我第二次认识到，我是喜欢清寒的，并非师徒之情，并非教养之德，而是男女之爱，带着几分刻骨铭心，留在了我心头。

三年后，我回了雾霭山，在那之后，我的身体更是大不如前，直至如今这个地步……

仔细一回想，当年的事情历历在目，清寒不在了的这些年，雾霭山的景并没有任何变化，时光对我而言也没有了丝毫意义，甚至活着与死了，也毫无区别。

抛开这些纷乱往事，我闭眼睡觉，却不经意在梦中再次见到了清寒，是年少时候的他，站在院里的梨花树下，在梨花如雪纷纷落下的时候，他转头看我，说：" 师父，今日我给你酿了梨花酿，以后你就不用去山下买酒喝了，别走了……"

他不喜欢我离开他，所以总是想尽办法让我留在他身边。我留下来了，可是他先走了。

一觉未睡得安稳，我坐起身来，听见风吹得窗户有点晃，抬头一看，竟是外面下雪了。我起身去关窗户，刚走到窗边，便见那少年竟还未离开，他站在院里的梨花树下，伴着漫天飞雪，一瞬间我好似回到了梦中的那个场景。

那个少年站在树下有些害羞和不安地告诉我，他给我酿了梨花酿，他不想让我离开他，哪怕只有片刻时间……

霎时，我心绪涌动，喉头一甜，我强行压下胸中翻涌的血气，咳了两声。

外面的少年目光立时转了过来，落在我身上，他微微蹙着眉。我不知为何，倏尔失神，鬼使神差地问了他一句："你叫什么名字？"

他顿了一下："我叫流月。"

他叫流月，不是清寒，我垂了眼眸，只觉自己方才心中一闪而过的念头，简直荒唐。

　　我关了窗，隔绝外面的风雪。我抚了抚胸口，心道自己真是快死了，竟会这般频繁地想起那点不甘心的往事。

　　不过想起也就想起吧，左右，等我死了，这个世界上便再也没有人去怀念那样一个少年了，趁我还在的时候，我便多念他几遍吧。

第六章

那小子还没走，赖在我的院子里，我想着在这风雪天气里待了这么多天还不生病的人，大概真不是什么凡人，应该是我现在法力衰退，看不出他身上的气息了。

我琢磨了一下，觉得自己应该是打不过他的，便也没继续赶人走，省得回头打起来，输了难看。猜不出他留在我这里的意图，那我索性不猜了，总之，是狐狸，总有露出尾巴的一天。

"鱼羹。"一碗香喷喷的鱼羹送到了我面前，我舔了舔嘴，倒也没客气，直接接了过来。

流月便自然而然地在我身边坐了下来，他歪着头，专注地看着我。我用余光瞥了他一眼，一时觉得嘴里的鱼羹有点难以下咽："你这般盯着我作甚，能将我看出花来？"

我本来是讽刺他的，却不承想他竟是我从未见过的厚颜无耻之人，他一点头。"对啊。"他道，"于我而言，你便是山间花，云间月……"

我狠狠打了个寒战，年纪大了，到底是听不得这些哄小女孩的甜言蜜语了。我抖了抖身上的鸡皮疙瘩，豪爽地将鱼羹仰头喝干。"洗碗吧。"我使唤他。

他坦然接受这般使唤，出屋门之前问了我一句："今日阳光好，下午要不要出去走走？"

真像在伺候老人一样。

"不了，有点乏，我下午要小睡。"

他眉头一皱，好似有些担忧。可还没有担忧多久，他倏尔目光放远，望向院外，眸色霎时起了几分冷意。

我一时不懂他在冷个什么劲，可下一刻，我便感觉到了山下弥漫上来的魔气。没多久，一道风倏尔刮进了我这院子，带着凛冽的魔气，一个身着黑袍的女子在院中出现。她看了我身边的人一眼，然后目光才落在我身上，将我上上下下一打量，不知为何怒上眉梢，竟一言不发地一鞭子便向我抽来。

这鞭子来得凶猛，我还没动，旁边的人便一伸手将这鞭子从半空中截住了。

女子见状眉眼一冷，声色俱厉："你从我们的婚礼上离开，千里迢迢来找的，便是她？现在还要护着她？"

我一挑眉，这话听起来有很多故事啊！我有点想搬小板凳到旁边去嗑瓜子了……

流月手一震，力道之大，径直将那女子生生推出去了三丈远："这不是你该来的地方，回去吧。"

少女银牙一咬，似是怒极："从来没人敢对本宫说这样的话！"

哟，口气倒挺大，我将这少女上上下下一打量，看见她袖口上绣的凤纹，我隐约猜出了她的身份，便觉得，她这样说话也没错。

魔族自打他们那个大魔王落入魔渊再没爬出来后，便再也没立过魔王了，每一代统领魔界的其实是他们的转世灵女，说是灵女，但经过这么多年的发展，已经变成了像女王一样的存在，着凤纹黑袍，戴灵凤长簪。

看来面前这个少女，大概是魔界新立的灵女了。

我毕竟已经不问世事多年，没见过她是正常的，她没见过我，也是正常的。

思索完这些，我转而看向我面前这少年，不由得又陷入了深思。

这个流月，能与魔族的转世灵女成亲，照理说身份应该不低啊，怎么着也得是个亲王，他这吃饱了撑的，到雾霭山来缠着我这个孤寡老人作甚？

师父年迈　107

不过……

流月这个名字，怎么忽然变得耳熟起来？

"离开这里。"流月并不理灵女的话，声色依旧冷厉，与之前在我面前表现出来的模样判若两人，"别让我说第二遍。"

"我与你本只是族内联姻，与你我喜好并无关系，你有自己追寻的人，更是与我无关。但你不该在婚礼之上弃我而去，如今也不该这般与我说话。"灵女盯着流月，眸中动了杀气，说得咬牙切齿，"从未有人给过我这般羞辱。"

"现在有了。"流月说得轻描淡写。

空气好像凝滞了一瞬，我从侧面绕过去看他，流月便也垂眸看我，待他眼睛里装进我的身影的时候，他眸光霎时温柔了一些。但不管他怎么温柔，该告诉他的话我还是要告诉他的：

"你知不知道有时候嘴贱是会害死人的？"

流月一笑："我知道。"

话音一落，对面的灵女周身魔气炸开，顿时打破了我这院子的百年安宁。

身后的房子被整个儿掀翻，院里的梨花树被连根拔起，地上的泥土石块，被无形的力量掀上了天，我被流月护在身后，周身法力未动也毫发未伤。

但当我的眼睛扫到墙角梨花树下时，我不由得身体僵了。

清寒埋的梨花酿还在下面！

眼瞅着那梨花酿上覆盖的泥土已经被掀开，我倏尔一动，在谁都没有来得及反应的时候，闪身落至陈旧酒坛之前，将酒坛护住，灵女的法术便在我背后炸响，在这一瞬间，我甚至能听到自己后背皮开肉绽的声音。

但即便我这般来护酒坛，酒坛坛口也依旧有一小块被炸开来，里面沉淀了不知道多少年的酒香飘逸在我的鼻尖。

我心口一动，那些带着百年前明媚阳光的画面霎时在我脑海中浮现，刺得我心间又涩又痛，连带着生起了许多年都未曾起过的滔天之怒。

　　仙力涤荡而出，将那灵女的魔力尽数压下。灵女一怔："什……"

　　我转过头去，目光穿透好似帷幕一般落下的尘埃，盯在了灵女身上："念在尔等小辈不懂事，我本欲宽以待人……"我的神剑已被清寒盗去，与他一同消失在魔渊之中，但就算我没神剑，身体已衰，也并不代表我已是无用之人："雾霭山间，何容尔等放肆。"

　　灵女双眸一眯，似对我的话感到很不满意，而流月却倏尔眉头一蹙，他伸手要来拦我，可没等他跨出一步，我已催动雾霭山间灵力，凝结成剑，化无形为有形，在在场两人都未来得及反应之时一剑直取灵女颈项。

　　待刺破灵女皮肤，她才一愣，立马旋身躲过，堪堪落在几步之外。不给她喘息的时间，我再次催动灵剑，直取她心房。

　　招招致命，灵女连连后退，翻身躲过，最后避无可避，只好一隐身形，在我这小院里消失了身影。知她气息还在，我催动灵剑向地，直入大地之中，口中冷然道："我与你魔族圣祖女王一战之时，你尚不知生在何处，区区小辈却敢在老身面前放肆，找死。"

　　话音一落，我院中气息大震，连带着将流月都震得往后退了一步。

　　至此，院中再无灵女气息。想来，她是被我连打带唬地吓跑了。

　　院中恢复以往的安静，我也再控制不住四周灵气，任由它们乱散而去。

　　"我还是宝刀未老嘛。"我自嘲一笑，刚说完，胸中血气一涌，到底是没忍住，我一声呛咳，血自喉头溢了出来。我一抹唇角，看着手背上的鲜红，竟像踩死了一只虫子一样，毫无感觉。

　　麻木。

　　是的，我对这副身体，还有自己的生命感到麻木。毕竟这生命里，再没有什么人什么事值得让我有一丝牵挂了。

　　眼睛有些花，我感觉自己的世界开始眩晕，有人扶住了我的肩膀，让我不致难看地摔倒在地。

　　我没有感谢他，因为此时此刻我心里只想到了一件事。"帮我把树下的酒坛封好。"我道,"那是清寒唯一留下的……再没别的了……"

那是那个少年来过我生命里的……最后一个证明了……

没听到身边人的回答,我双眼不听使唤地闭了起来,对四周一切再无知觉。

第七章

　　我在黑暗中梦见了很多陈年往事，梦里翻来覆去都是清寒的模样。其实如果能一直见到他，就算让我永远沉睡在梦里，我也是不介意的。

　　这些陈年往事梦着梦着，却有几分真实起来，我竟在梦里感觉到有人握住了我的手，在我旁边声音沙哑地叫我"师父"，那么愧疚，那么不安和忐忑。

　　不知睡了几日，我终于慢慢醒转，这日刚睁开眼睛，便听到了外面的声音："你身为魔王，既然从魔渊中出来，重回三界，便该担负起君王的责任，与我成亲，带领我魔族将士开疆拓土，好好出一口这些年被天界那些浑蛋压制的恶气，而今你却只在这山里陪着一个将死的仙人隐居！"

　　听这声音，当是那现任灵女又找来了，只是这次她没有动手，我躺在床上眨巴了一下眼睛，没打算理会。

　　"且不说其他，你可知你陪着的这个女人，当年杀了我魔族多少将士！连圣祖女王都是拜她所赐才早早陨落！你要与她在一起，便是背叛魔族。"

　　"我叛了又如何？"

　　流月答得冷淡，一时间我好像听见了灵女被气得吐血的声音。

　　我觉得好笑，神志稍微清醒了些。而待神志一清明，我霎时便反应过来，难怪之前会觉得流月的名字熟悉，他可不就是当年大名鼎鼎的掉进魔渊之后再也没有爬出来的魔王吗……

师父年迈　111

而意识到这一点的时候，我浑身一僵。

这个魔王，是从那魔渊里面爬出来的……

我一个激灵，翻身起来，鞋都未穿，径直迈出了门去。见我出来，流月眸光一亮，未等他说话，我一把揪住了他的衣襟："除了你还有谁从那里面爬出来了吗？"

流月盯着我没说话。

我没耽搁时间，转头便盯向灵女。灵女一见我看她，就跟我眼睛里有刀子，扎疼了她一样。她往后一瑟缩，又觉得自己这样似乎太没出息，便清了清嗓子道："干吗？"

"魔渊里面还有谁出来吗？"

她眼珠子转了转："你是想问你那徒弟吗？"

"说！"

灵女一震："那地方千百年来我们魔族推了多少人进去，除了魔王，还有谁爬出来过……"

她话音未落，我周身气息一起，径直往魔渊那方而去。

当年我应该下去找清寒的。我想，如果魔王能从里面出来，那清寒说不定也可以，即便清寒不可以，那我下去了，说不定也能在里面找到他。我不该只在上面等的……

我应该去陪他的。

看看我苟延残喘的这些年，都活成什么样了。

我催动身上所有的法力，行至魔渊边，在高空中看着下方巨大的魔渊，恰巧见魔渊边上一处有一些魔族的人围在一起。我行了下去，听见人群之中有一人在喊："那兔崽子呢？让他把我的身体还回来！"

有人在旁边说了一句："这看着有点像当年杀了厉亲王的那个小子啊……"

我浑身一震，推开人群要上前，忽然听得一声惨叫，前面的人迅速散开，大喊着："吃魔了吃魔了！"

人们慌张跑走，我这才看见在离我十来步远的地方，我那个从小养到大的徒弟，衣衫褴褛，披头散发，眼带邪气，正咬着一个魔族人的脖子，在吞噬他的血液。

"我是你们的王！"他大喊着，"把你们的血都供给我！"

我看着他满嘴是血的疯癫样子，即便他顶着清寒的脸，我也清楚地意识到，他不是清寒，他这样像极了连我也只在书上看见过的上古魔物——没有接受过天界文明洗礼的，嗜血嗜杀的魔。

他是真正的魔王。

那来我院子里的那个……

在我意识到这点的时候，我已经没有回身和其他人一起离开的选项了，因为魔王的目光已经落在了我身上。

换作以前，我是不会跑的，正面对上刚从魔渊里面爬出来的魔王，我想还可以战上几百场。可现在我是不行的，毕竟年迈，老胳膊老腿，挥不动了。

魔王身形如风，一闪身便落在我身前，刚才神行太快，我没有力气反抗，被他掐住了脖子。

第八章

他一笑:"神血大补。"

这哪儿行,他要吃了我的肉,可就坏大事了。

我虽然是个年迈的天罡战神,但好歹也是战神,到底是心系天下的。

虽然我刚才心里起了个念头,还想去问问那人一些事,但现在看来,好像也没有问的机会了。或者说,其实本来也没有去问的必要。

我本就是将死之人,问了又有什么用呢?说了又有什么用呢?只要知道,他已经活过来了,他能好好地继续活下去,我的心愿,其实就已经了了一大半。就算他是用着那本属于魔王的身体,我心里也是开心的。

在魔王咬我脖子之前,我冲他一笑,将这野兽一样的家伙看得有点愣神。

他用属于清寒的眼睛阴森地盯着我。我已经想了这双眼好多年,就算现在看见的眼神不对,我也是欢喜的,于是我笑得更开心了些:"我老了,你看我带你走好不好?"

魔王又是一愣,随即对我露出了牙齿,在他牙齿触碰到我颈项的时候,我一剑从他的后背扎穿了他的心脏。

用的不是别的剑,正是陪了我多年,后来被清寒盗走去报仇的神剑。兜兜转转,这神剑还是回到了我手里,老伙计到底是与我一起打完了最后一仗。

在魔渊之下这么多年，这柄剑倒是一直别在这副身体的腰间，可见当年，清寒把这柄剑系得真紧啊。

神剑入妖魔之体，吸食魔血，光芒大长，魔王初回归，身体力量尚未恢复，此时被神剑入心，登时浑身脱力，可这样是杀不死魔王的，毕竟我现在根本没多少神力。

我肩头在他胸膛上一顶，推着他向魔渊而去。魔王死死抓住我的手不放："区区老妇，竟妄图杀害本王……"

他想着拽着我我就不敢撞他下去了吧……

我一撇嘴，一步冲出悬崖，失重感袭来，魔王用清寒的脸表现出了错愕和不甘。

然后魔渊的黑暗便从四面八方汹涌扑来，我笑："你看，我说带你走就带你走，绝不食言。"

黑暗带走了我的视力，夺去了我的触觉，清寒的脸在我眼前消失，我坠入了一片空寂无底的黑暗当中，不知自己的生死，而便是在这样的地方，我竟然恍惚间听见了身后一人痛苦的嘶喊。他喊着："师父……师父……"

带着绝望，还有那么深的爱。

我倏尔想起了之前这个男子问我的话："我若是钓你，你上钩吗？"

你早说呀，要知道你是清寒，我也像镜湖里的鱼一样，别说不用饵，便是没有钩，我也想往你身上蹦跶的。

只可惜……

咱们总是错过。

黑暗里是感觉不到时间流逝的，也没有参照物，什么都没有，我以为我是死了。可渐渐地，我能在黑暗里察觉到一些细微的动静了，这是在有五感的时候所察觉不到的东西。

微妙的气息流动，微弱得连发丝都吹不动的风，还有偶尔会触动我耳朵的声音："师父，这里不是死地。"

他说："这里是活的。"

我越来越多地感觉到这里的动静，这里有气流，有法力，还有……清寒。我能感觉到他的存在，只是我看不见他，摸不到他，甚至无法真切地听到他的声音。

但我能感觉到他的心声。

这是一种非常微妙的体验。我能感到他一直在对我说："跟我学，我能带你出去。"

他在教我东西，他想带我出去。

然后，他便真的带我出去了。

当我重见天日的时候，已不知道是多少年之后了，魔渊边上一个人影也没有，我没有看见清寒，我在悬崖边四处寻找，依旧找不到他，他没有在这里等我，那……

我一回头，却发现，另一个人也从魔渊里面爬了出来。

是我陌生的眉眼，却带着我熟悉的神情。

他的身体是流月的，可我知道，这个人名叫清寒。

他陪我跳下了魔渊，在里面陪了我不知道多少年。

我回望他，站直了身子，轻声笑道："魔王大人，你收徒吗？"

尾声

我和清寒一起从魔渊里爬了出来，这事震惊了三界。

除了我们活着出来这举动很强以外，更多地，是因为我竟然在魔渊底下的杀人戾气当中，修炼着改变了自己的身体，我的身体不再年迈，我不再是将死之人，我的力量不再衰退，又恢复了当年的青春活力，只是……

我不再是神了。我变成了魔，货真价实的魔。

谁也不知道这是怎么回事，我也不知道。天界的人找来，痛斥我叛离仙道。我总是朝清寒的胸膛一摊手："那你们除魔卫道就好啦。"

清寒挑了挑眉。

之后就再也没有仙界的人来叨叨了。

毕竟，打不过就夹着尾巴做人，这是真理啊……

师父来战

楔 子

我拢袖立于仙灵山巅,看着漫天飞雪,不由得一声长叹。

还有一个月便要到五月廿三了,是我修仙满一百年的日子。这本应是个好日子,然而我却开心不起来。

山下的探子又给我发来了消息,说我师父还在扬州城里喝酒吃肉,身上没受一点伤,两天前的那次暗杀行动,显然是又失败了。

我愁得皱起了脸,心里委实万分忧郁。

不为其他,只因为我已没钱再去请一个暗杀组织了。

从今天开始,要杀师父,我只好撸袖子,自己上了。

第一章

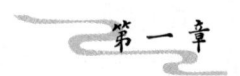

　　我七岁修仙，拜的，大概是这世界上最不靠谱的师父。其实若要较真地说，我还真不是拜进师门的，我那完全是……

　　被拐进师门的。

　　百年之前，魔族初灭，天下仍乱，流民遍野，我的亲生父母早不知在什么时候被冲散到了哪里去，一个孤身老乞丐见我可怜便带着我一起在路上流浪。彼时流浪进一座中原小城，老乞丐生了病，我便在街边端个破碗乞讨。

　　是日天晴，街那头传来了一个中年男子的叱骂之声："你看看你吊儿郎当的样子！哪个有资质的孩子愿意跟着你！收不到徒弟！你这辈子也别想出师了！"

　　"师父，话可不能说得这么满。万一我隔几天就收到徒弟了，你脸面岂不是很难看。"

　　这回答的声音虽然有三分痞气与懒散，却有着我那时从未听过的好听音色，我好奇地抬头。

　　便是那鬼迷心窍的一眼，穿透人群，我看见了面容如玉身形似竹，神态微带几分懒散的男子……

　　那时我小，没见过世面，就这般轻易地被他的脸给迷住了。

　　我看得太入神，手里的破碗掉在了地上，"啷"的一声，在嘈杂的街上本不那么明显，但他却转过头来了，墨玉一样的眼睛盯住了我。

　　和着中年男子"你找啊！你找给为师看看！"怒气冲冲的叱责之

师父来战　　121

声,他倏尔歪着嘴一笑,径直向我行来。

不得不承认,尽管日后我对这个师父有颇多怨言甚至怨恨,但当日阳光倾斜,他白衣翩飞的模样像一幅美得不可方物的画般印刻在了我的脑海里。

"小乞丐。"他蹲下身,平视着我,"我观你根骨奇佳却面黄肌瘦,想来是五行缺钱。"他往我碗里"咔嗒"丢了块碎银,"我有钱,你跟我走如何?"

我失神好一会儿,转头看了看身后的老乞丐。老乞丐即便在病中,也依旧很有职业精神地向他伸出手,抖了两抖。

他了然一笑,解了锦囊,"咚"的一声,将其丢在了老乞丐面前,即便过了百年,我也依旧记得那听起来贼沉的声音——果然有钱!

然后我就随他走了。

当时我以为自己是被买去做婢女的,再次一点,就是去做粗使丫头的。我怎么都没想到,我竟然是被买去当徒弟的……

仙灵山立派数百年,没有哪个师父是用钱把徒弟买回来的。

我这个师父,做到了。

他当时还对他师父——也就是我师祖笑得坏坏地嘚瑟:"师父,您脸疼吗?"

师祖气得吹胡子瞪眼,指着他半天没说出一句话来。

萧逸寒回头拽了我的手,在我掌心里放了一块白玉佩,那时我从未见过这般精细的物什,一时惶恐,不敢要,只不安地盯着他。

他将我的脏手握住,目光和他掌心一样,都是下午太阳将落未落时懒洋洋的温暖:"小乞丐,从今天开始,你就是我萧逸寒的徒弟了,以后别人给你东西,你只能因为嫌弃而不要,不能因为害怕而不要。你得随我,做一个金贵的人。"

我当时不嫌弃这白玉佩,于是便收了,日日佩于腰间,如珍如宝。

后来,我却将那白玉佩解了,置于箱底,理由和萧逸寒说的一样——因为嫌弃。

而现在我又将那压箱底的玉佩翻了出来,想着此次出山是要杀萧逸寒的,他有多不好对付我知道,说不定这是一场耗时长久的拉锯战。这块玉佩我拿着,等到要应急的时候,说不定可以当了换钱。

我御剑出山,不日便到了扬州,找了个客栈安顿下来,我根据上次探子提供的情报找到了萧逸寒经常出没的酒馆。

大早上的,小酒馆基本没人,我点了壶酒,坐在角落里守着门看。

正是烟花三月天,阳光和煦,扬州城里桃红柳绿,真是最美的时节,而今世道安稳,不再像当年那般兵荒马乱,百姓流离失所。

酒馆外面一个小女孩被沙眯了眼,她闭着眼睛一边揉一边闷头走,一不留神便撞到了一个穿得破破烂烂的人身上。

看见那人,我瞳孔不由自主地紧缩。

他披头散发衣衫褴褛,脸上乱七八糟长着胡楂,虽神情比当年添了几分粗犷野性,但这一双眼,是我夜夜梦里的,我自己化成灰,也认得他。

这就是叛出仙门、堕入邪魔外道的,我的师父。

萧逸寒。

小女孩一抬头见自己撞了这样邋遢的一个人,登时整个人被吓得愣住,就眯着一只眼盯着萧逸寒。

萧逸寒也垂头看了她片刻,随即蹲下身,略粗鲁地拉开了她揉眼睛的手,扯起她的眼皮"呼呼"吹了两口气。小女孩流了两滴眼泪,将沙子清了出来,可人也吓得快哭了。

萧逸寒一拍小女孩脑袋。"走吧。"他说话的声调依旧懒洋洋的,只是没有了以前温暖的笑意,到底是世事变更,改变了他,"回头可别撞见别的坏人了。"

他倒是知道自己是坏人。

我心底冷冷一笑,余光看着他走进酒馆,坐在了我斜对面。

我注视着他,新仇旧恨,如缠藤般爬上心头。

一时间我竟有些控制不住自己拿酒杯的手,杯底在桌上磕出了一连串"咚咚咚"的声音。

百年前,我拜入萧逸寒的门下,我本将他当作救世主一般供奉,暗暗发誓一定要好好对他，不能让他失望，要成为让他足够骄傲的人。可我怎么也没料到，他却成了刻在我身上的……

耻辱。

仙灵派有个不成文的规矩，想要出师就必须先收一个徒弟。而如今离萧逸寒叛出师门已过去八十年，即便我献尽殷勤也未收到一个徒弟。

同辈的排挤、小辈的非议让我日日皆生活于孤独当中。不摆脱萧逸寒这个耻辱，我就会永远活在这样的孤独当中……

萧逸寒非死不可。

我收敛了眸色，稳定了心绪，默默为自己又斟了杯酒喝。

萧逸寒坐在我斜对面的桌子上，也倒酒自饮，举杯之时，于时光斑驳的罅隙之中，回忆偏差，我竟恍惚间想起百年前萧逸寒初将我带回仙灵山时。

那时萧逸寒刚收了我，他出了师，有了自己的小院，再没有人管着他，他便成天成夜地在屋里睡懒觉，醒来便坐在院里喝酒，甚至会叫上我。

我那时小，整日唯唯诺诺地待在他身边，小心处事，唯恐哪点惹他不开心了，他会将我逐出门去。

他让我喝酒，我便喝了。

然后一直喝到萧逸寒趴下……

那是我第一次发现自己竟有千杯不倒的体质。

第二天萧逸寒醒来后严肃地打量了我许久，从此，他找我喝酒这件事便一发而不可收……

萧逸寒白日与我酌，晚上与月酌，醉了便不管一切地仰躺在椅子上睡觉打呼。在那只有我与萧逸寒两人的山头上，我只好忙里忙外地给萧逸寒张罗着烧水铺床。

我还记得第一次萧逸寒醉酒后在我铺的床上醒来时的表情，愣怔，呆滞，有点反应不过来，他抓了抓干净的衣领："昨天你给我换的衣服？"

我点头。

"倒是第一次。"他呢喃自语,"有人这般照顾醉酒的我。"

我看着他,老实又憨厚地说:"师父,徒弟以后会一直这样照顾你的。"

他看了我一会儿,随即便眯眼一笑,懒懒地往床上一躺:"好呀,如此,便给我拿点吃食来,待会儿我们便接着喝吧。"

"好。"

我那时天真地以为,喝酒喝得醉生梦死大概就是修仙者们的日常吧,徒弟孝敬师父,大概都是这么孝敬的吧。

直到这样过了好几个月,师祖来看望萧逸寒,见院里酒气冲天,登时动了雷霆之怒,将萧逸寒与我痛骂一顿。之后我才意识到,哦!原来别的山头的师父都不这样带徒弟玩的!

萧逸寒也意识到了,哦,原来他身为师父似乎应该要教我什么东西的。

自那以后,萧逸寒才带我去仙灵派学堂夫子那里上课,我也才过上了正常的修仙生活。也从那以后,我便再也没有那样与萧逸寒共饮了。

时光翩跹,岁月像个调皮捣蛋的小孩,竟将我与萧逸寒的初相处与此刻的重逢,叠在了一起。

而现在,我的心境再也回不到当初的澄澈干净了。

我放了酒杯,站起身来,不徐不疾地行至萧逸寒桌前。

酒馆外的春风徐来,拉扯了他的发丝与我的衣摆。

"师父。"我在他对面站定,唤了他一声,一直等到他带着三分醉意抬头看我……

便在这瞬间!我寒剑铮然出鞘,剑尖直取他咽喉,这一击我没想过会成功,若是萧逸寒这么容易杀,那我雇的杀手早就提了一百个萧逸寒的脑袋来见我了。

可我没想到,此时的萧逸寒却直直地盯着我,周身毫无防备,即便剑尖刺入他的喉间,鲜血渗出,他依旧只是看着我,像是发了呆,入了神一样。

师父来战

我眸光一紧，剑势一顿，便在这迟疑的瞬间，萧逸寒身上法力溢出，将我的剑刃往旁边一推，刃口斜斜划开了他的颈项，破皮流血，伤口却不深。

　　他依旧坐着，身子不动，护体法术在挡开我的剑刃之后便隐了下去。

　　我瞟了眼他颈间落下的鲜血，再直视他的双眼，四目相接，针尖对麦芒："时隔八十年再见，不知师父可否还记得小徒？"

　　"是七十九年又十个月了。"萧逸寒喝了口酒，语调竟似有怅然感慨，"小徒弟，你是我唯一的徒弟啊，我怎会忘怀。"

　　他说的话倒让我有三分惊异，说得好像他对我还有什么情谊一样。

　　可萧逸寒怎么会对我有情谊呢？要真说有，他对我大概只有买卖的情谊吧，毕竟我是他真金白银买来的徒弟。

第二章

萧逸寒在我心中是有三宗罪的,这第一宗,便是他是这世上最不靠谱的师父。

从严格意义上来说,萧逸寒没教过我哪怕一个法术。

萧逸寒将我送去了仙灵派的学堂,便不再管我了。人家师父教徒弟御剑来上学,而我还是自己背着书篓,吭哧吭哧地走一个时辰山路来上学,萧逸寒从不过问。

直到学堂夫子看不下去了,才教了我御剑之术。

我第一次御剑回小院时,还隐隐有些期待,期待师父会对我另眼相待。可萧逸寒别说另眼了,他连正眼也没多看我一下,他只觉我今日回来得尤其早,可以拉我陪他喝酒了……

那是我第一次因为期望落空,而闷闷地拒绝了他。

后来,各家的师父开始带弟子去山外历练了,一去便是一个月,学堂便也停课一个月。

不能去学堂,我便只能待在小院里,我洗了一天的衣服。萧逸寒躺在院里的椅子上,晒了一天的太阳,直到我快将衣服晾好了,才听得他在我身后拖长语调打趣我:"我徒弟总是这么勤快,以后你要收徒出师,我可就舍不得了。"

"我不想出师。"

"哦?为何?"

"来修仙的师兄弟们出身都不卑微,只有我是乞儿,上课时我与他们一起，可下课时，我便无法融进他们。我觉得师父也一样。"

"我？"萧逸寒在椅子上翻了个身，半条手臂没有力气地垂下来，整个人便如猫一样懒散，他似觉好笑地问我，"我与你这小可怜哪里一样？"

"师父也是孤身一人啊。"

萧逸寒没有说话。

"师父找我喝酒，我不喝，你就一个人喝，你待在院子里，我不在，你就一个人待在院子里，师父孤独无依，我也是，所以我想一直陪着师父，不想出师。"

一个山头，一间院子，只住着我与他两人，幼小的我心里认为的相依为命，不外如是。

"你想陪着我？"

我晾好了衣服，转身走到萧逸寒身边："嗯，我陪着师父，也是师父陪着我，这样我们都不会孤独了。"

现下想想，那真是一番感人至深的话，而由当时年少无知、憨傻实诚的我说出来更是情真意切。但萧逸寒回报我的，却是在长久的沉默之后，打的一个哈欠。

"就算你这样说，我也是不想教你修仙的。"

我问他："是弟子天性愚钝，不能修仙吗？所以当日师父捡我回来，只是因为我……可怜吗？"

萧逸寒懒懒地抬眼睨了我一眼："只是因为，我懒得教啊。"

他说得那么无所谓，完全不觉得自己在践踏一个孩子需要爱护的求学之心。

可那时我还是没怪他，我对他孝顺宽容，就像是……他养的一条听话的小狗。

回忆起当年种种，我心头登时又起一股血恨。

看着现在面前百年如一日吊儿郎当的萧逸寒，我扯着嘴角，牵出一个阴森扭曲的笑："好巧啊，我也将师父牢牢记在心中，在你离开的这八十年里，徒儿于日日夜夜中，晨光暮霭里，皆不敢相忘。"

当年老实，暗暗吃过他的亏，受过他那么多践踏，如今，我要踩着他的脸，把那些委屈都讨回来！

我收了剑，在他面前坐下，他这会儿倒是拿正眼瞅了我一下："到扬州来办事？"

"我来找你的。"我道，"仙门空寂，没法待了，听说师父在红尘里逍遥自在，我便来投靠你了。"

萧逸寒失声一笑，长了胡子的脸不再如当年那般诱人美丽，却添了几分沧桑的野性："小徒弟，这么多年了，你还是没学会撒谎。"

拳心微微一紧，可我也不再是当年那个被戳破谎言就在他面前面红耳赤手足无措的小姑娘了。

"我确实是来找你的。"我盯着他，"师父离开之后，有一心愿始终压在弟子心头，过了这么多年，愿望积攒，不慎成了执念，我寻了许多方法破解不得，于是来寻师父，愿师父能破了我这一执念。"

"哦？是何执念，方得我才可破？"

我直言："我想让师父，死一死。"

萧逸寒眸光微深："小徒恨我。"

"是。"我一字一句地说着，"恨之入骨。"

萧逸寒顿了一下，倏尔大笑，笑罢，放下酒杯，点头。"你是该恨我。不过……"他话音微顿，抬起头来看我，"这可如何是好呢？为师如今有要事未了结，暂时还不能放弃这条命，为你解恨啊。"

我将剑抬了起来，再次指向他的咽喉："不劳师父费心放弃，我自己动手就好。"

萧逸寒坐着，眸光自下而上地盯着我，周身杀气好似万千兵刃在他身侧展开。

他以为我会怕吗？我再也不是那个会因他微微皱一下眉头就心慌不已的小屁孩了。我仙力一荡，推开他释放而出的杀气，与他的气息在这家客栈里厮杀碰撞。

酒馆里的碗筷碎了，桌子也塌了，甚至连地也开始生出裂缝，头顶的房梁"嘎吱"作响，眼见便要坍塌。

"小徒弟，修为精进不少嘛。"萧逸寒便在这冲突的当口，冲我一笑，"为师早看出你有修仙天赋，你自个儿也爱好修仙，看来为师离开这些年，你也没有偷懒。甚好甚好。"

我也是冷冷一笑："托您的福。"

八十年前，萧逸寒还在师门的时候，我修仙努力，用功得连萧逸寒有时候都会咋舌，他说我喜欢修仙，其实当年我并没有多喜欢修仙。

当年，我只是过于依赖这个师父，如果我不修仙，我又要怎么陪着他这个岁月于身不留痕迹的仙人呢。他不教我仙法，可我想做他的徒弟，那我总得自己想办法让我有资格和他一直站在一起。

所以我只能自己努力，看在他的眼里，就成了"修仙是我的爱好"。

后来，萧逸寒离开了，为了有朝一日能报复他，我更是努力修行，直至今日……

"不过，今天也就到此为止了。"萧逸寒话音一落，周身气势猛长。

我心觉不妙，撤剑回来护于身侧，只听得周围梁柱坍塌，一阵哗啦乱响。整座酒馆从我头上倒下，我身有护体仙气，自然无碍。

可等尘埃落定，萧逸寒已经再无踪影。只有惊诧非常的路人，还有在酒馆尚还完整的柜台下躲着的瑟瑟发抖的掌柜，以及萧逸寒留在空中的一句话："为师此行尚有要事，小徒休要再跟来了，勿念。"

谁他大爷的稀罕念你。

我咬牙切齿，要念，也只会念你死。

我将剑收于身前，剑刃之上还有方才在萧逸寒颈项上取的鲜血，我并两指将刃上鲜血抹下，指上掐诀，施了一个跟踪术，待闭上眼，我便能在一片黑暗当中，看见一丝隐隐的蓝光，往远处飘去，那是萧逸寒的去向。

我御剑而起，悄然跟随着这道痕迹而去。

想摆脱我，现在可没那么容易。

萧逸寒行得快，我御剑一直追，这场景让我想起了很久之前，有一次萧逸寒带我出山门历练，那可能是萧逸寒第一次像别家师父那样，打算教我些什么，也是唯一一次，可就连那仅有的一次，萧逸寒都没有做好。

那时，我还在学堂上学，别家师父又集体带徒弟去山外历练了，这次他们要去两个月，而我只能回小院待着，看着萧逸寒赏给我的他以前修仙时学的书。

我百无聊赖，每天都望着天空出神，羡慕外出的师兄弟们，精神也极其不好。

终于……

不知道是戳到萧逸寒的哪根神经了，他居然在一个清晨，叫我起床，让我跟着他出山去历练。

我欣喜若狂，他御剑在前面走了，我就御剑在后面追，然后……

我们就在外面御剑走了一圈，等我追上萧逸寒的时候，他就打了个哈欠说累了，要就地歇歇，然后打道回府……

当年没有打死他，可见我的脾气真是非常好呢！

我和萧逸寒就这样落了地，可没想到，那地……却是一个巨型迷阵，我们在里面迷了路。

萧逸寒嫌麻烦，不想走了，一副打算在迷阵里住下来的架势！

那哪儿行！

我又不像他，完全修得了仙身，不吃东西光喝风就能活，我会饿死在树林里的啊！于是我负责开荒寻路，查找阵眼，思索破阵之法，顺带满足萧逸寒偶尔任性的要求。

他今天出汗了，想烧水洗个澡，明天脚累了，不想走，让我给他制了个木板拖着他走……

或许，也就是从那个时候开始，我就生出了一点对萧逸寒的杀心吧。

但不得不承认，经过那几天在迷阵里诡异的"磨炼"，我的修为在不经意间得到了提升。而且有时候在萧逸寒的要求下，误打误撞，我还真能寻得一些破阵的线索。

那一天，我寻得了阵眼，我们终于能离开迷阵，也正是那一天，我和萧逸寒遇上了让我和他师徒关系破裂的那个人……或者说，那个妖怪。

第三章

当时我找到了阵眼,正想将课堂上夫子讲过的东西在实践中检验一下,可刚碰上阵眼,忽觉一阵妖风袭来,我抵抗了不过片刻,便被整个儿吹了起来,正要被吹得随风飘舞之际,一股力道裹上了我的腰间。

只见我那一直"瘫"在木板上的师父,站了起来,以这股仙力牵引着我,将我拉到他的身旁。

脚落了地,可我的心仍旧不踏实,看着强劲的妖风,想来应该会出来一个厉害的妖怪,那是我第一次遭遇妖怪,难免胆寒。

在被妖风吹得睁不开眼的时候,我想寻找一个依赖物,可身边除了师父,并没有什么可以让我抓的东西,而萧逸寒……我从没想过要依赖他。

于是,我抱住了自己的肩膀,瑟瑟发抖。

在这时,向来不靠谱的萧逸寒却好似不经意地往我前面一站,挡住了风来的方向,疾风顿弱。

我睁开眼睛,面前是萧逸寒挺直的背脊,在尚幼小的我面前,宛如一道巍峨的屏障,为我抵挡那些迎面而来的斜风急雨。

"哎,养了这么久,还是厌。"萧逸寒挡在我身前,"怕什么,为师不是还没死吗?"

我自幼无父无母,乞讨度日,朝不保夕,即便后来被萧逸寒买回了仙灵山,心中对于"生存"的危机感也未曾减弱,所以我不对萧逸寒发脾气，哪怕他做得再不像一个师父。我努力修习法术，为了和师兄弟们有话可说。我做一个从不迟到的好学生，怕被夫子斥责，这一切都来源于我内心深处对生活的不安，对周遭环境的忐忑。

我那时小，并没有其他办法排解自己的惶恐，也没有强大到可以给自己足够的安全感，于是我便期望去讨好身边所有人，以得到自己想要的安全感。

可是安全感对我来说一直是稀有的东西……

直到这一刻……

直到萧逸寒站在我的身前，他对我说，怕什么，他在这儿。

他让我感觉，我有人可依，有港湾可靠。

我说不出话，只悄悄地在他身后，抓住了他的衣摆。

萧逸寒没有回头看我，他只望着前方，唤道："哎，你吓着我徒弟了。"话音一落，他手中寒霜长剑一现，仿佛随意在空中一挥，寒芒劈空而去，划破长风，于前方树林一片虚无之中忽然与另一道力量相撞。

相撞的力道之大，致使周遭草木摧折，霎时之间，妖风暂歇。尘土翻涌之中，一个妖娆女子踏步而出，她一袭三彩衣裳显得好不妖媚："仙长使得一手好剑。"她声音动人，我在萧逸寒身后听得心头一软，一时险些被惑了心神。

我从萧逸寒身后探头去看她，她便歪头盯住了我："哟，这小姑娘真可爱得紧，要不要随奴家回洞府呢，我这儿可有好多好吃的呢。"

我在萧逸寒背后缩了缩，将他衣摆抓得更紧了些。

"我好容易拉扯大一个徒弟，你想抢？"萧逸寒有点不满地抖了抖剑，"来，过来受死。"

女妖笑得更妖娆："哟，仙长可真会说笑话。这谁生谁死，可说不一定呢。"言罢，她那方身影未动，我却觉得脚下土地一软。

我垂头一看，登时心头大寒，脚下土地竟化为沼泽，有数条手臂从沼泽中伸了出来，抓住了我的腿："师……"

我话没来得及喊完，萧逸寒手中长剑入地，但听清音入耳，涤荡妖邪，大地之中寒芒一过，那些抓住我腿的手臂霎时被折断，沼泽之中发出了痛苦哀号之声。然而寒芒去势并未停止，径直扩向那女妖所在之地。

女妖面容一肃，抬手抵挡，最后仍被寒芒狠狠一撞，连连退了数步，方才止住脚步。

大地复原，我站稳身子，见那女妖面露惊愕的神色，我便也仰头，望着萧逸寒，他依旧笑得如往日那般懒散："你再说说，谁生，谁死？"

我才知道，我的师父……

竟有如此本事。

不仅是我惊呆了，那女妖脸上的笑意也再难维持，她腰一软，登时换了张脸，道："哎哟，仙长饶命啊，是小妖方才有眼不识泰山，得罪了仙长，小妖这便将阵法解开，送仙长离开，还望仙长饶了小妖一条贱命……"

萧逸寒不为所动道："先解了这迷阵再说。"

女妖琢磨了一番，这才往胸前一掏，似握住了一个吊坠，她将坠子握在掌心，默念法咒。

四周气息变动，我道是阵法已破，刚放下心来，忽然只觉颈间一凉，竟是有一条手臂从我身后的土地里长了出来，抓住了我的脖子，呼吸瞬间被掠夺，我根本没有发声的机会！

在我以为自己完蛋了的时候，长剑自我头顶划过，斩断身后手臂，那妖邪尖叫一声，手臂消失，可刚才拖拽我的力道仍在，我直挺挺地往后面地上摔去……

我下意识地回头一看，身后的土地已经变成了泥沼，里面隐约有仿佛来自地狱的手在舞动。

我心头一阵发麻，萧逸寒却在那一瞬将我抱在了怀里，也在此时，我听得萧逸寒身后一声女妖的冷笑，竟是不知道什么时候，那女妖已经闪身到了萧逸寒的背后。

我目光越过萧逸寒的肩头，眼睁睁地看着女妖持刀，恶狠狠地冲他后背砍了下来。

我心头一紧，瞳孔猛缩，脑海里闪现过近来在书上看见过的所有法术，当时两指一并，操纵着我腰间长剑，长剑出鞘，往上一挡，堪堪架住她的大刀，可到底是我内息薄弱，虽是阻了她一瞬，却没有将她彻底挡下。

只听"咔"的一声，我的长剑断裂，接着便传来萧逸寒后背皮肉被撕裂的声音，鲜血溅出，落在我脸上。

我双目发怔。

萧逸寒像是根本没感觉到痛一样，纵身一跃，将我放在了另一个地方，他手中光华一闪，我周身已现出了护身结界。

这一切都在电光石火之间发生，我根本没来得及做更多的反应。他骄傲地笑着捏了一下我的脸："好徒弟。"像是很自豪一样。

可明明我连那女妖的一刀都没挡下，还让他受了伤……

没再多言，他一转身，便在我眼前消失，待再出现时已经与那女妖战成了一团。

没有我拖累，两人之间的差距那般明显，女妖不消片刻便落了下风。

萧逸寒眸中寒芒胜雪，那是我从未见过的神情，我想他一定会杀了女妖的！

可在他捏住女妖的脖子将她慢慢举起来的时候，女妖却在窒息的情况下伸手抱住了他的手臂，双腿缠绕在他的腰间："仙长饶命啊。"她语气那么柔软，甜得直浸人心。

我以为萧逸寒会不为所动，但没想到他却盯着她胸前一愣，女妖见势用力一挣，竟挣开了，萧逸寒再伸手去抓，只一把抓到了女妖胸前的项链。女妖身形隐去，他也并不去追，只愣愣地望着手中项链的坠子。

直到我带着护身结界跑到了他的身边，他也没回过神来。

"师父。"我喊了他一声，他才放下手中项链的坠子。

我盯着他："师父，这女妖……勾引到你了吗？"

萧逸寒一回身，瞥了我一眼，像是别的话都懒得和我说一样。他随手一挥，寒霜剑便落在了他脚下："走了。"

那次历练就那样结束了。

我到很久以后才反应过来，那时候的萧逸寒原来是真的被女妖给勾引了，只是当时我小，认为那是个妖怪，还弄伤了萧逸寒，他怎么会被那样的女妖勾引呢。

我信任他，甚至有点崇拜他，打从心里承认——他是我的师父。

那次历练结束之后，萧逸寒越来越频繁地往山下去，他每次下山都会带许多酒回来，我权当他是下山喝酒去了，并没多想。

我在仙灵派的日子还是那样日复一日地过，看萧逸寒以前修仙的笔记，去学堂上课，晚上回来打坐修行。

师兄弟们都说我进步快，夸我有天分，可我却并没有什么感觉，我看着萧逸寒那些笔记上的时间，他的进度比我快了不知多少。我意识到，这个连蒙带拐把我买回仙灵山的"懒鬼"或许是个传说中的天才。

可他为什么现在……就开始醉生梦死了呢？而师祖也就这样看着他，由之，任之。

我对萧逸寒的过去感到好奇，不止一次和学堂的夫子打听过，只是每次说到萧逸寒的往事，夫子总是缄默不言。不仅夫子，仙灵派的长老们也都是如此，渐渐地我意识到，萧逸寒的过去或许是长老们心照不宣的隐秘。

我那时虽知道了萧逸寒的懒惰与不负责，可一个山头上住着我与他两人，共看朝阳，同赏日落，就算我有时会被他气得恨不得泼他一脸狗血，但日子总归是安静祥和的。

我开始深深依赖着他。

在人情略显冷淡的仙山之上，他就是我所认定的相依为命之人。

我以为日子会这样一直过下去，可这样安稳的日子没过多少年，仙灵派里忽然传出了流言，说萧逸寒私通妖邪……

第四章

当传到我耳朵里时，这一流言在仙灵派已经尽人皆知了。

我是不信的。

可学堂里的同窗开始毫不避讳地当着我的面，传着不知道从哪里听来的萧逸寒的流言："上个月有师兄在磨坊镇历练，亲眼瞧见萧逸寒从一个漂亮的女妖手里接过了什么东西，看样子，像是符纸法宝！我觉着萧师叔是真的与妖邪私通啊……"

我恍然想起了多年前萧逸寒带我去历练时碰到的那个女妖。

我垂头看着桌上的书，读了这么多年书，我头一次觉得自己竟然笨得连一个字都不认识。

旁边的师姐看了我一会儿，碰了碰我的手臂。

我转头看她，她问我："你有察觉到你师父有什么不对吗？"

我看了她许久。"我师父没什么不对。"我几乎是一字一句道，"我师父很好，他不是你们说的那种人。"我坚定地维护他，犹如在维护自己的信仰。

师姐见我如此，愣了愣，那方正在兴致勃勃传播流言的师兄却冷笑一声，道："他是你师父，你当然维护他。可私通妖邪这事，不是你说没有就没有的。"

彼时我入仙灵派十来年，从未与人发生过这般争执，即便有，也会在对方要抵死争辩之际后退一步，让对方占个便宜，不至于撕破脸面。我没安全感，所以不想得罪哪怕与我没有关系的任何一个人。

可那时，我却像是要将十来年都忍住的犟劲都发挥出来一样，我盯着师兄，道："我说没有就没有。"我直言："你们都不了解我师父，何以道听途说一些事情，就如此对长者施以污蔑？"

反驳之后，师兄果然怒了："师门师兄亲眼看到他和女妖做交易，身为修仙者，见妖类而不除，还与其行交易之事，这不是私通妖邪是什么，这叫污蔑？"

"那便将是何人，于何地，在何时看见的这些事全都交代清楚，师门师兄何其多，若是真有其事，何必遮遮掩掩不说清楚，让无聊之辈以讹传讹。"

师兄好似被我一句"无聊之辈"戳痛了心窝子，登时火烧脑门，一拍桌子："你话里有话说谁呢！"俨然一副要动手的模样。

我那时也胆大得不怕他动手了，心道，即便打一架，这事我也是绝对不退让半步的。

可便在我打算豁出去了的时候，学堂夫子急急赶来："吵什么呢？"

在夫子踏进门来的那一瞬，我仿佛看见在学堂门后，有一个熟悉的人影，带着酒壶站在那方，看着我，身影略有些孤单，眸光里隐有动容。

可夫子在我面前走过，不过一晃眼的时间，那里便没有了人，快得像是我眼花了。

见夫子来了，师兄便偃旗息鼓，看热闹的师兄弟们也各自散去，夫子看了我一眼，没有说话，只拿了书像往常一般开始上课。

明明仙山阳光依旧遍洒学堂，读书之声朗朗入耳，四周一切都还那么正常，可我好似能听到他们掩藏在读书声下的窃窃私语，如蛛丝般将我捆绑，拉我坠入深渊，冰冷而无法自拔。

放了学，我马不停蹄地御剑回了小院。

刚到小院，未及踏入院中，便听得院里一声怒叱："你知道你此番作为意味着什么？"

是师祖的声音，自打萧逸寒收我为徒，有了自己的独立小院之后，师祖便不怎么再来管萧逸寒了，这声叱责犹如我初遇萧逸寒时，在街边听到的那句呵斥一样,只是此时师祖的声音里多了我听不懂的沉重与叹息。

我在院外站着,没有进去,也没有离开,做一个在墙角窃听的贼,听着萧逸寒在里面淡漠地道:"我知道与妖邪联系,仙灵派门人必定非议不断,可我既已收徒出师,我的事,师父自可不必再管。"

一时间,刚才我在学堂里说的话好似化成了巴掌,啪啪啪地将我狠狠打了一通。

"你!你收的那叫什么徒弟!你不过为了出师将徒弟收了,这么多年,你说你教了她什么!"师祖显然也是气得不轻,"你对得起谁!"

萧逸寒顿了一下:"对不对得起谁,这些年便也过了,而今我如此行事,师父若是认为我行差踏错,有辱师门名声,将我逐出仙灵派便是。"

师祖闻言却沉默了下来,半晌之后我只听得他一声深且沉的叹息。"各有各的缘法,为师如今管不了你了,你要做什么,便去做吧。只是一日为师,你便永远是我的徒弟,我断不会将你逐走。"

院里久久一阵沉默,接着光华一闪,是师祖御剑走了。

我呆呆地立在门口,不知站了多久,忽然院门拉开,萧逸寒见我站在门口,默了片刻,也没问我其他的,只像往常一样道:"哟,今天回来得挺早啊。"

我抬头问他:"师父下山,当真与妖邪见面了吗?"

萧逸寒默了很久,久到我以为他不会回答我了,可他说了句:"啊,约莫是吧。"说得那么吊儿郎当,答得那么漫不经心,可我依旧问得认真又执着。

"是当年那个女妖吗?"

萧逸寒点头:"嗯,是啊。"

我直勾勾地望着他,他也看着我,脸上有些挂不住往日慵懒的笑,他微抿的唇角像是覆上了铠甲,在抵御着他想象中的,我即将脱口而出的刺耳言语。

我也以为自己会质问他,会引今日在学堂上那师兄说过的那些话，指责他私通妖邪，叛离仙道，可我一开口，却是一句连我自己都意想不到的："师父当初收我，只是因为想出师吗？"

这句话与我们之前说的事毫无关系，我问出口，自己愣了愣，萧逸寒也愣了愣，他做的所有防御此时都没有了对象。

我的嘴像是和心相通了一样，自然而然又带着点委屈不甘地问道："所以当初你在街上看见的任何一个孩子，都有可能成为你的徒弟吗？即便不是我？"

我明白了，原来此时此刻，我最在乎的竟然是这个。

十多年来的读书学习，道德礼仪，仙家清规，原来在我心中都敌不过想要在萧逸寒心目中成为特别的存在这一件事。

因为他之于我，是那么特别。

我望着他，固执地想得到一个答案。

他收起了所有错愕与怔然，抬眼望向仙灵山浩渺的远方。"当然不是任何人都行，"他沉默了一瞬，嘴角一弯，一副满不在乎的模样，"毕竟相比别家孩子，你最有可能跟我走啊。"

我只觉呼吸窒了一瞬，连心跳也停了一拍。

是的，当时我是乞儿，是他用钱买了我。

别家孩子用钱买不到，但乞儿是能用钱买到的。

一句话，将我的心穿了个通透。

我怔怔地看着他，看着他嘴角的弧度，还有眼里的冷漠与无所谓，感觉自己的心像是被推进了深渊一样，一直往下坠，被冷风撕裂，被寒意刺痛，然后摔在地上，变成一团红色烂泥。

对我来说，萧逸寒的第二宗罪便是，他是世上最会用笑容辜负人心的人。

第五章

想起了这一段长长的往事,我御剑的速度不由得慢了许多。我拍了拍脸,把自己从过往的情绪当中剥离出来,现在萧逸寒辜负与否对我来说根本就不重要。

只要杀了他,抹掉这个我生命当中的耻辱,我就可以回师门收徒,从此告别孤单,走向徒子徒孙满堂的美好未来!

我正想着,忽见萧逸寒去向的那方猛地有一团黑气炸裂,冲击的风挟着魔气扑面而来。

我大惊。

百来年前,天下大乱,就是因为长鸠魔族自魔界而来,横行世间,致使魔气泄漏,民心浮躁,而后长鸠魔族被一仙人剿灭,人魔两界通道被封印,之后这世间虽有妖怪,却再无魔族。

而今此处却出现了这样浓厚的魔气,虽不到人魔两界封印被彻底打开的程度,但也算是封印破了个洞。

我闭上眼睛看见那隐于魔气中的蓝光,心头一颤。

这封印的漏洞,难道是……萧逸寒捅的?

我急急赶去那方,至魔气最浓处,见下方地面似被人凿开了一个洞,里面的魔气井喷似的涌了出来,而萧逸寒的身影正浮在那洞口正中。

他闭目站着,口中诵诀,黑气不停地在他手中凝结。

我不知道他目的何在,但碍于萧逸寒曾叛出仙门,在世间浪荡八十载,其间又与不少妖道中人打交道,我不信他还有一颗修仙者的道心。

是以,要重新将这魔气泄漏的人魔两界封印补起来,我得自己动手。

我修仙的时候,世间已经没有魔了,夫子提过一两句,却没教过我们封魔的法术。而我却会一点封魔的法术,要论原因,大概是从萧逸寒当初丢给我的那一大摞他以前修仙留下来的笔记里学过。

从来没用过,我心里也没底。

但现在哪儿有时间耽搁,我照记忆里的手法掐诀吟咒。趁萧逸寒专心凝聚黑气,无暇分神之际,径直从空中落下,以掌为网,将散漏的黑气尽数缚于掌心。

眼看着我步步逼近,地上的黑洞越来越小,肆意的魔气被渐渐压制,半路忽然横来一剑,在我即将落地,将那黑洞完全握于掌心之前,把我逼开。

我一个旋身,手中法咒未停,一边牵引着那黑洞,将它往我掌心拽,一边冷冷地看着同样用手牵扯着黑洞的萧逸寒:"萧逸寒,在人魔两界封印上撕这么个洞,你到底要做什么?"

"小徒弟,"萧逸寒好像觉得好笑,又有点无奈,"一别不见七十九载,你能修得如此厉害,为师甚是宽心,可你偏偏要今日来坏我的事,为师就不开心了。"

谁管你开不开心。

他不说缘由,我自当他是个坏人,只因过往数十载,他着实没做过几件好事,让人印象好不起来。

我催动体内法力,拼命将那黑洞往自己身前拉。萧逸寒也半点力道都不放松。

黑洞在空中旋转,竟将我与萧逸寒的法力都吸了进去,它拖着我与萧逸寒,让我俩越靠越近,越靠越近,然后……两只手就在空中合在了一起。

只听"啪"的一声轻响。黑洞在我与萧逸寒的掌心之间消失了!

周遭魔气顿消。而我的手却与萧逸寒的手……

粘在了一起……

这什么乱七八糟的玩意！还学人家月老牵红线呢！

触碰到萧逸寒的掌心，猝不及防地感受到了他的体温，许多我原以为忘记的前尘往事都像走马灯一样在我脑海里穿梭而过，我小时候他与我对饮的模样，我将喝醉了的萧逸寒拖到床上给他盖被子的模样，还有……

在他离开仙灵山的前一天，他用同样灼热的掌心，捧着我的脸，吻了我的模样……

我一甩头，迫使回忆戛然而止。我又羞又恼，要将手抽开，然而我一用力往后拉，只觉掌心似有大力牵引着我和他，好不容易分开了一点点，周遭风声又起，魔气霎时从我与萧逸寒的掌中泄漏出来。

我一惊，连忙将手又合上。

"啪"的一声，魔气又消失了。

我："……"

萧逸寒："……"

一阵诡异的沉默之后，萧逸寒笑了出来："看来，人魔两界封印的漏洞，被我们抓在手里，不能随便放开了啊。小徒弟，你看你这乱捣得……"

他说着，竟然像个登徒子一样，掌心一转，手指不由分说地穿过了我的指缝，用十指相扣的手法，将我的手紧紧握住，顺带将我往他身前一带，我一个趔趄，几乎扑进他的怀里。我抗拒地推着他的胸膛，仰头看他，只见他垂头看着我，距离那么近，呼吸都能吹动我的睫毛。

他微带沙哑的声音在我头顶响起："你就这么不想和为师分开？"

暧昧又危险。

我被他撩得一脸通红，害羞之后，肚子里是噌噌往上冒的恼怒，怒得牙齿都在打战："萧逸寒！你越发无耻了！"

萧逸寒像是惊得一跳："哟！我徒弟会骂人了！"

"我还会杀人！"我另一只手抬剑冲着萧逸寒的脖子砍去，哪儿想到萧逸寒现在避也不避，扣着我的手，径直拉着我在他怀里转了半圈，我的背靠在他怀里，他将我另一只手一并擒住了。

他禁锢着我，从我的背后紧紧地抱着我。

我在他怀里挣扎，他只是把我的法力压制住，并不做别的事情，像是……他就只打算单纯地抱着我而已。

"萧逸寒。"我挣扎无果，索性不再挣扎，只冷了声音，"你到底想做什么？"

"小徒弟，为师离山而去这么多年，对你甚是想念，就此亲近一下，有何不妥吗？"

不妥啊！大大地不妥啊！

暂且不论咱们的关系还是不是师徒，就算是师徒，也没见哪个师父用这样的姿势抱着自家徒弟吧！

而且，要真想念，这么多年他会连看也不来看我一眼吗？要真想亲近，当年他又怎会舍得离去？彼时离开山门，任由我如何哭求，连头也不曾回的，又是谁！

想到当年的场景，我咬牙切齿，气得浑身发抖。

萧逸寒抱着我，自是能感觉到我的愤怒，但他却恬不知耻地在我耳边轻笑一声："得，不逗你了，再逗，你就得对我动真格了。"

我一愣，他顺势放开了我，只是他的左手与我的右手粘在一起，看到我欲杀他而后快的眼神，萧逸寒失笑："如今这人魔两界封印的漏洞在咱们的掌心，你要杀我，也得先放放，因为单凭你一己之力是控制不住这漏洞的，若是我一死，气息断绝，你就会被这封印漏洞吞噬。彼时我死了，你也死了，漏洞扩大，魔气遍野，仙门来不及处理，魔族便会重临人世了。"

我在心里默念了一万遍"苍生为重"，方才按捺住要杀他的心。"这到底是怎么回事？"我问他，"这封印漏洞是你撕开的？你打算干什么？"

"我是打算撕开一个去魔界的入口，可没想在这儿撕开。"萧逸寒道,"此行往西去八百里外有一玉泉山,其山上泉水成潭,至清至净,可遏天下污浊之气。我本打算于玉泉潭底开封印,没料到,人魔两界封印诡谲不定,竟在此处出了异动。"萧逸寒抬头看我,"还亏我小徒弟来得及时,要不然,为师如今可就为难了。"

他说得轻描淡写,可仔细想想他说的话,却十分可怕。

今天如果不是我赶来了,出了一份力压制封印漏洞,那现在萧逸寒就已经被封印漏洞吞噬了,这封印漏洞也就此打开,没人管,魔族就会从这漏洞之中重临人世了!

我恨恨地瞪着他:"你最好能有一个宁愿冒颠覆苍生的危险也要做此事的理由。不然今日便是拼了这条命,我也要带你回仙灵山受审。"

背叛仙门不算什么,私通妖邪也不算什么,如今萧逸寒要做的,是所有仙门乃至很多妖怪都无法容忍的事,魔族重临天下,必定生灵涂炭,百年前的惨状,谁也不想再经历一次。

萧逸寒听了我的话,却是一阵沉默。他看着我,嘴角含笑,却诡异地显得有几分悲悯。

"别卖关子!"我斥他,"少给我装高深,有话就说。"

"哎,我是在可怜你啊,傻徒弟。"萧逸寒道,"你把我带回仙灵山能做什么呢?封印漏洞还是在咱们掌心,难道你想让这漏洞在仙灵山里打开吗?仙灵山的老家伙们该走的都走了吧?会封魔之术的没几个了吧?现在它把我们粘在一起。你对付不了它,其他人也对付不了,除了听我的,你还能做什么?"

他说得……虽然讨打,却是事实。

"傻徒弟,可怜你活了这么多年,怎么心眼还没长机灵。"

"……"

"跟我走吧,先去玉泉山,待将这漏洞放置于潭底,你我再做打算。"

我心有不忿,但看着我与萧逸寒紧紧粘在一起的手……也只好这样了。

第六章

我与萧逸寒就这样手牵着手……上了路。

我御剑一日行个四五百里不是问题,想来对萧逸寒来说更是没有什么负担,但要到八百里外的玉泉山还是需要两天时间。我急着让萧逸寒今天就赶路,他却看了看天色,懒懒地打了个哈欠,称今日时间已经耽误了,暂且寻个地方露宿一晚,明日再走。

我斥他:"御剑而行还看天色?过了这么多年,你这拖延的懒病一点没好。"

萧逸寒被我说了也不生气,只是垂头低低笑了两声:"可我徒弟的那副好脾气,却已经消失殆尽了。"

我以前哪里是好脾气,我只是……习惯了忍让他,因为他是我师父,是我敬重且害怕失去的人。

萧逸寒牵着我的手,在傍晚的树林里走着,一会儿往左看看,一会儿往右看看。我不知他要干什么,正要随手指个地方让他去那里歇息——左右今天萧逸寒不走,我也拿他没办法。

萧逸寒将手指放到唇上"嘘"了一声,随即一抬手,一把匕首自他腰间飞出,径直穿过了山坡之上一只野鸡的胸膛,野鸡扑腾着倒了下来。萧逸寒很高兴,回头对我眨了下眼睛:"小徒弟,咱们今晚的吃食有着落了。"

我冷眼看着他。

看他将野鸡拔毛,除掉内脏,然后架在火上烤,他用一只手做完了这些事，然后转头看着我，眼睛映着火光，亮晶晶的，像个找我讨要夸奖的小孩："以前与我出山那次，你不是老抱怨我不照顾你，都是你自己在找吃食吗？现在不抱怨了吧。"

我只冷冷道："我已经辟谷很多年，不沾五谷杂粮，更别提荤腥了。"

时间过去了那么多年，我早已修得仙身了。而我这个师父，却并不知道。

他目光里的点点火光在听到我这句话之后，像被泼了一盆冷水一样，微微熄灭。他一转头，又发出了好似无所谓的低沉笑声："哦，徒弟到底是长大了。"

我没搭理他。

最后那只野鸡在萧逸寒眼皮子底下不小心烤焦了，我与萧逸寒谁也没吃，白白浪费了一条生命。

晚上休息，我与萧逸寒的手分不开，萧逸寒就提议，我俩睡一堆得了，而我指了指一旁的树，说："我俩背靠着树睡。你睡一边，我睡另一边，手就放在侧面，晚上睡醒睁眼，谁也瞧不见谁，不用糟心。"

闻言，萧逸寒看着我，眸光流露出来的好似是一种无奈。

我不理解，有什么好无奈的，分别多年几近断了联系的师徒，这样处理关系，不是正合适吗？

萧逸寒终究还是依了我。我们寻了棵大树，我坐一边，他坐另一边。我们背靠着同一棵树，却各自面朝幽静黑暗的树林，只是手还在身侧握着，沉默不言。

"小徒弟。"在寂静的夜里，我听见萧逸寒轻声唤我，一如过去很多年前他唤我那样，"你在仙灵山过得好吗？"

我没有回答，沉默得就像已经睡着了一样。而萧逸寒没听到我的答案，也就此沉默了下去，像是睡着了。

我闭上眼睛，今日太过疲累，明天还要赶一天的路，我得抓紧时间休息。我想走快点，再快一点，用最快的速度赶到玉泉山，松开与萧逸寒紧紧贴合的手，我不想再感受他的体温，他的温度总是让我心躁不安。

这天夜里，我睡得很不安稳，我做了一个梦。

梦里还是八十年前，萧逸寒还在仙灵山，我还是那个小心翼翼侍奉着他的徒弟。

即便他已经对我说"毕竟相比别家孩子，你最有可能跟我走啊"，即便他已经承认了自己私通妖邪的事情，即便我知道继续跟着他，我就要站在整个仙灵派的对面，我也依旧无法离开那个有他的小院，无法离开他。

我每天不再去学堂，好好地将山头打扫干净，在院子里研读萧逸寒给我的书。我每天望着天，等着师父回来。虽然每次他回来，都不再愿意和我打招呼。

但他能回来，对我来说，就已经感到足够安慰了。

而我这样卑微的满足感终结在了萧逸寒最后一次回仙灵山的时候。

那天半夜三更，仙灵山上一片寂静，他御剑归来，跌跌撞撞，踉踉跄跄，失态得胜过我见过的他每一次醉酒的模样。

我不知道他经历了什么，只像平时一样照顾他。

我将萧逸寒拖到他的床榻之上，还没来得及将被子拉开给他盖上，萧逸寒就猛地坐了起来，目光盯着我，那一瞬清醒得就像没有喝过酒一样。

"小徒弟。"他喊我。

我应"是"。

"别人说我私通妖邪，你不信；我嫌你是小乞儿出身，你不恼；你明知我所行之事，冒天下之大不韪，你不离弃。"他一伸手，触碰了我的脸颊，"为何？"

听他这话，我心里明白过来了，那日我在学堂与人争执之时，晃神看见的门外那道人影，果然是萧逸寒。

我答他："入门没多久，我就和师父说过了，我是孤身一人，师

师父来战　149

父也是，不管怎样我都会陪着你。"

萧逸寒笑了出来，他经常笑，嘲讽的时候笑，耍无赖的时候也笑，打哈哈的时候还笑，可我从来没见过他哪时的笑容如此刻一般，带着三分满足，三分无奈，还有更多无法言明的苦楚。

"小徒弟。"他另一只手也抚上了我的脸，"我难道没和你说过，别用你这双眼睛这么看我吗？"

我不解，在这时，萧逸寒竟下地站了起来，就这样捧着我的脸，然后将唇印在了我的唇上。

温热的触碰，热度从唇瓣一直传到心尖上，像要将我的胸膛炸开一样，我在惊恐、惶然、极度错愕的情况下，整个人像死了一瞬一样，但在片刻之后，我反应过来，猛地伸手去推萧逸寒。

却没将萧逸寒推开。

他近乎蛮横霸道地将我抱住，按住我的后脑勺，让我无处可躲，避无可避，他就这样侵占了我整个思绪，他唇齿之间的酒香染晕了我的大脑。

我便像是也喝醉了似的，在短暂的挣扎之后，对萧逸寒再也无法抗拒了。

在那一瞬间，我脑海里闪过了那些年里与萧逸寒相处的许许多多细节，一时间我明白，为什么当初知道他去找那女妖之后，我心里的酸楚多过愤怒，为什么我现在宁愿站在世界的对立面，也要和他在一起。

原来我对这个总是吊儿郎当没个正经的师父，除了依赖、敬重，还掺杂了那么多我自己都没有看明白的爱恋啊。

什么时候开始的我不知道，可能是从他第一天捡我回来就开始的吧，也可能是某一天看见了他志得意满的微笑，抑或是在外出历练，他挡在我身前的那瞬间开始的。

但不管是从什么时候开始的，直到他吻我的这一刻，我才知道，我早已经将眼前这个人种在心田，藏于脑海中了。

后背一疼，是萧逸寒将我推上了床榻。

我感觉他的吻落到了我的颈项之上。我越过他的脑袋，看见了窗外的月色，我心慌意乱，不知所措，大脑好似已经丧失了思考的能力。

直到听到一声清脆的叮咚响声，是萧逸寒挂于腰间的饰物掉在了床下。

声音那么轻，却像一记晨钟，敲醒了我和他。

萧逸寒转头看了一眼地上的饰物，整个人一僵。我也随他转眼一看，见地上的饰物有点眼熟，我仔细一思索……这不正是当年萧逸寒带我外出历练之时，在那迷阵中遇见的女妖的随身之物吗！

当时萧逸寒从她脖子上抓下来的那个吊坠……

我看了那饰物一会儿，转过头来，看见的却是怔怔地望着我的萧逸寒。

他盯着我，沉默不言。

我从他漆黑的眼瞳中看见了此时的自己，衣襟半开，双颊绯红，发丝散乱，好不暧昧。而碍于我与他之间的师徒关系，这样的我，又好不可怕。

他这样的神情像柄剑刺痛了我，他在后悔吗？后悔借着酒劲吻了我？是因为他觉得对不起他喜欢的那个女妖，还是因为他觉得对不起身为他徒弟的我？更甚者……他心里或许是在吃惊，我居然没有反抗他。

无法再想下去，我猛地起身，一把推开萧逸寒，夺门而出，跑回了自己房间。

真可笑，这样的时候，我也并没有别的地方可去，因为我这一生，就是依附萧逸寒而生的啊。

我在房间里收拾好了自己，枯坐了一夜，直到天明。

天亮了，我压下所有情绪，我与师父之间，这事虽然难以启齿，但碍于他昨日喝得大醉，好歹还是能找个借口，我不打算就此与萧逸寒再不说话，我也做不到如此，所以天蒙蒙亮，我就打算去找萧逸寒好好谈谈。

可我在萧逸寒房间门口敲了许久房门，也未见里面应一声。

他……又下山去寻酒喝了吗？

我垂了眼眸，推门进屋，打算将他的屋子打扫一下，可刚进了屋门便见房间里收拾得干干净净，他把佩剑带走了，酒葫芦也带走了，桌子上就只剩下一盏熄灭了的烛灯，压着一张字条：

为师此去，不再归来，望小徒保重，勿念。

短短一句话，不过十五个字，却字字戳心，我看得头晕目眩，一时间竟觉得整个世界都颠倒了。

我不知道此刻萧逸寒在哪儿，也不知道他以后会去哪儿，我只凭着直觉，径直往山门冲去，心里无数遍祈祷着，希望萧逸寒此刻还在。

值得庆幸，我赶到山门前的时候正巧看见他与师祖道别，背了一个包袱，拎着他的酒葫芦，没带剑，没穿仙灵派的衣裳，就这样一步一步走在下山的长阶上。

"师父！"我几乎从剑上滚下去，追到萧逸寒身边，"师父！"

我伸手去拉他，可在指尖未触到他手臂的时候，便被一个结界大力弹开，我毫无防备，径直被结界弹出去了三丈，撞在阶梯上，又往下滚了几阶，体内气血翻涌，我手骨传来折断般的疼痛，可狼狈地站起来后，我还要去追他，却被师祖拦住。

我抬头一看，师祖白发苍苍，他叹息着摇了摇头："他去意已决。小徒孙，勿再伤了自己。"

我泪眼蒙眬地转头再看萧逸寒，只见他信步走着，越走越远，潇潇洒洒，好似对仙灵山里的岁月毫无半点留恋，对我也没有丝毫不舍。

方至此刻，我终于哽咽："师父，我愿随你一道走，你去哪儿都可以。"我跪着往阶梯下行了好几步，喊他："我怎么都可以，你怎么对我都可以，只要你别抛下我！"

我嘶哑的声音在狭窄的山道之间回荡，宛似幽魂："你别抛下我。"

可直到我哭得眼睛都快看不见了，也没见萧逸寒回头。

他就这样消失在了我的视线当中，直到如今，八十载岁月，我独留仙灵山间，孤身一人，修得了仙身，也修得了一心空无一物。

第七章

"小徒弟……小徒弟?"

我被人摇晃了两下,陡然睁开眼睛,入目的是萧逸寒微皱着眉头的脸。他的手还放在我肩头,见我睁眼便问我:"做噩梦了?"

我眨巴了一下眼睛,方觉一点湿润冰凉的水滑过脸颊,落入了我的嘴里。

我陡然清醒,将眼泪一抹,心觉丢人。我打掉了萧逸寒的手,站起身来,萧逸寒与我粘着一只手,他便也站起了身来,他目光一直紧紧盯着我,好像十分关心我的模样。

但我却觉得很好笑,萧逸寒在我心中的第三宗罪便是——他是我此生所遇见的,最薄情寡义之人。他脸上最不该出现的,便是关切的模样。

"无妨。"我道,"什么时辰了?"

"约莫寅时了吧。"

"你休息好了吗?"

我问他,他目光却放肆地在我脸上打量,对我的问题避而不答:"你做什么噩梦了?"

对付萧逸寒这种人,我也只好用他的招数,当没听到他的话一样道:"休息好了我们现在就赶路吧。"

我手一抬,不再管萧逸寒,御剑便要走,哪儿想萧逸寒却将我的另一只手一拉,握在他掌心:"小徒弟,我不在的时间,你在仙灵山

师父来战 153

过得好不好？"

我嘴唇一动，胸中的情绪险些就要按捺不住了。可最终我还是忍了下去，只冷冷道："你问这些有什么用，你只要知道，了结了人魔两界封印漏洞的事，我还是要杀你的，就行了。"

萧逸寒听罢沉默。

我将手从他掌心里抽出来，刚想使出御剑术，斜里猛地吹来一阵诡异的风。我一愣，一抬头，与萧逸寒对视的瞬间，我便看懂了他眼中的想法——

妖气。

"唰"的一声，一支利箭破空而来，我侧身躲过，本以为妥妥没有问题，哪儿想那利箭在离我不过三寸之处猛地炸开，分作无数细针，直向我扎来。

我一愣，在这怔怔的瞬间，只见一道幽蓝的光芒在我面前一闪，是萧逸寒布下的结界在我面前展开，将那些细针尽数抵挡在外。

萧逸寒将我往他身后一拉，立在了我身前。

背脊还是那么挺拔，与很多年前，帮我挡住那女妖妖风的他没什么区别。

我失神了一瞬，待回过神来，立即道："不用你帮忙，我自己能解决。"我想从他身后站出来，萧逸寒却抓着我的手，让我待在他身后。

"没帮你忙，这是来找我的。"他说，"你老实待着。"

他这样说，我倒不好动手了，要再往前面站，倒显得是我赶着想要帮他忙一样。

刚才那一发急箭之后，林中便没了动静，我左右探看，萧逸寒却不急，坦然等了一会儿，扬声道："你们不动手，那就换我来吧。"

言罢，他掌中光华一现，寒霜长剑凝成，他仿佛随意极了地一划，只见利刃在黑夜之中画出一道月牙似的弧度，往黑暗的树林中呼啸而去，所行之处，幽蓝薄光如摧枯拉朽一般将林间繁密的树尽数斩为齑粉，在这一击的轰隆声中，夹杂了不知道多少个偷袭者的惨叫声。

蓝光隐去，林间草木尽折，来偷袭的妖怪们再无遮蔽，他们有的倒在地上，有的勉强能撑住身形站在原地。

我站在萧逸寒身后，愣愣地看着他。

难怪，我这些年请的那么多暗杀者都无法将萧逸寒除掉，他而今的修为，比起之前，不知道又高出了多少。

萧逸寒向最近的一个妖怪走去，我亦被迫跟着他往前行。走到那躺在地上动弹不得的妖怪身前，萧逸寒用脚尖撩开了他的衣裳，见他腰上的挂牌，挑了挑眉："又是你们。"

我看了那挂牌，也是一愣。"居然是你们？"我脱口而出，"任务不是终结了吗？"

萧逸寒转头看我："什么任务？"

"……"

我看着萧逸寒的眼睛，想了想，觉得，反正我现在已经明说了我要杀他，让他知道这些事也没什么大不了的。我坦然道："我请的暗杀组织，挂了榜，给了钱，让他们来杀你。"

"呵！"萧逸寒难以置信地一笑，随即沉默了很久，"小徒弟，你这是恨我入骨啊。"

明明是句半开玩笑的话，可萧逸寒说这话的时候，却将头转了过去，让我不能看见他的表情。

当然，我其实也不是很在乎他这个时候是什么样的表情，我踢了踢地上那妖怪的脚，皱眉问："我去挂榜的时候，可没听说过你们组织会请妖怪来办事。说！你们这个组织，到底是怎么回事？"

我是修仙的人，虽然请的是暗杀组织，可还是恪守着修仙者的规矩，绝对不会找妖怪办事。而那个暗杀组织也是由一个仙门领头的，从来没听说过他们之中居然还有妖怪。

可我刚问了一句，却见那妖怪不知咬破了嘴里的什么东西，一咽，头一歪，七窍流血，就这样服毒自尽了。

我抬头一看，只见方才不管是站着还是躺着的妖怪，此刻都服毒自尽了。

保密竟然……这么严？这可不像一个普通的暗杀组织会干的事。

我转头看萧逸寒，只见萧逸寒也皱起眉头，他转头看我："我们真的得快点赶路去玉泉山了。"

不再耽搁，我与萧逸寒立即上了路，我与他一同御剑而行，我的速度到底是慢了他一点，我努力赶上他，最后萧逸寒瞥了我一眼，竟直接动手把我拉到了他的剑上。

我推他，他却一本正经地说："这样快些。"

是……他确实快些。

我又在心中念叨了一万遍天下苍生，然后忍耐了与他的身体接触。

可身体贴着身体站着，沉默地赶路，天上除了云，什么都没有，我觉得有点尴尬，便与他道："方才那个暗杀组织，我只请了他们一次，第一次未成功，我便撤了任务，自己下了山门。这一次我并不知道他们为何而来，你且反思反思你近日所为。"

"我知道他们为何而来。"萧逸寒答得肯定。

我转头看他："你离开仙门，在这世间到底在做什么？"

他沉默不答，就在我以为他根本不会回答我的时候，他道："我要去魔界寻找我的亲人。"

这个答案全然出乎我的意料，我从不知萧逸寒竟然还有亲人，师祖他们也未曾向我提起过……对了，关于萧逸寒的事，仙灵派的老辈都是刻意闭口不谈的。

"你的亲人是谁，为什么会在魔界？"

萧逸寒顿了一下，显然不想回答这个问题，于是便挑了我前一个问题回答："你找的这个暗杀组织，与魔界有千丝万缕的联系。百年前人魔两界的封印虽然立了起来，然而魔界仍旧有余孽在世间行动，他们隐藏身份，伺机而动，一直想寻找漏洞打开封印，以便魔族重回人世。

"先前你请的这个组织的人，是一些流窜的修仙者，他们来杀我不成，我捉了一个贪生之人，询问之下才知道这个组织竟然一直在帮魔族余孽行事，他们一直在寻找两界封印的薄弱之处，我从他们那里找到了线索，捕捉到了最近封印薄弱处会出现的时间与地点，先他们一步打开了两界通道，然而两界封印虽只有一个漏洞，却力量巨大，我一时未控制住，才致使魔气泄漏。"萧逸寒晃了晃，看了我一眼，"好徒儿，得亏你来得及时。"

这样说来，竟是我无意之间帮了他一把，让他找到的封印漏洞吗……

"他们许是察觉到了昨日泄漏的魔气，于是便在今日寻了过来吧。"

我垂头看了看我与萧逸寒紧握的手："待将封印漏洞放入玉泉潭底，你又要如何？直接去魔界吗？"

萧逸寒没有回答我。

在接下来的路上，我与他一路无言，各自沉思着。

萧逸寒御剑行得极快，不过夜半时分，便到了玉泉潭边，比我预料的快了大半天。

我与他将紧粘的手一同放进了潭水之中，萧逸寒闭目念咒，我只觉与萧逸寒掌心之间的那股吸力渐渐小了下去，黑气慢慢渗入潭水之中，却没有扩散，像是凝固了一样，在潭底渐渐凝聚成一个圆形，还是那日我看到的那个黑乎乎的洞口，却没有魔气渗出，潭水之上还是一片清澈。

果然如萧逸寒所说，这玉泉水抑制了魔气。

我的手和萧逸寒的手终于分开了，他将手抽出，我的掌心便登时被冰冷刺骨的潭水淹没。

他看着我，笑道："好了，小徒弟，你可以走了。"

我一言不发，拔剑出鞘。"杀了你我自然会走。"我道，"在仙灵山这么多年未曾听过你有什么亲人，你不过是想诓我吧。封印漏洞在此，我不会放任何人通过。"

谁知道萧逸寒到魔界去的真正目的。这人做事任性随心，我可不放心他。

萧逸寒听得我的话却笑得更加开心了，他向前迈了一步，胸膛抵在了我的剑尖上："小徒弟，我说，你不会杀我，你信不信？"

师父来战　157

第八章

不杀他?

我冷笑:"那就试试。"

我挥剑冲他砍去,萧逸寒的身影却在我面前一闪,眨眼便挪到了我的身后,他抓住我的手,轻笑:"有哪个杀手会在一开始就报上自己的目的,你不过是终于找到了个借口,说服自己来见我这个师父吧。"

"胡言乱语!"我斥了一声,回身挥剑,手臂穴道却被他一点,一时间整条手臂如遭雷击,长剑脱手而出。我往前一踉跄,萧逸寒顺势接住我,将我搂进怀里,他一只手倏尔抚上了我的脸。

这个姿势太过熟悉,很长一段时间里,几乎夜夜出现在我的梦里。我想要推开他,却使不上力。他只轻轻捧着我的脸,笑容有点无奈:"小徒弟,你别闹,我答应你,等我从魔界回来之后,我就一直和你在一起,再不抛下你了,好不好?"

好不好?

此时此刻,此情此景,时隔八十载,他对我说出这样的话!他居然好意思问……好不好?

"不好!"我高喝一声,爆发了身体里所有的力量,愤恨地将他推开。我往后一退,一个踉跄,自己摔在地上。

"八十年前我哭着喊着让你别抛下我,你一言不发地走了。现在,我终于可以不在意你的抛弃时,你却这么轻描淡写,让我再接纳你?

凭什么？"

我瞪着他："这些年，我被同门排挤的时候，你在哪里？我日日在山头小院等你回来的时候，你在哪里？你走之后，我受同门孤立、欺辱，若不是师祖看我可怜拂我，我恐怕连这仙身都修不到。师祖仙去，我孤身立于仙灵山头，十年是一人，二十年是一人，三十年四十年五十年！年年皆是孤身一人。隔了这么久，你却好意思让我再和你在一起？"

我冷笑："你哪儿来的脸说这句话？"

萧逸寒眸光微动。

"这些年你与妖邪接触，你与妖邪厮混，你在山下如何快活的消息传回山里。托你的福，年复一年！我都因你而被嫌弃，我没有师兄弟，也收不到徒弟。你知道什么叫孤独吗？当有一日我在山巅风雪中醒来，发现我肩上积雪比崖上枯石还厚的时候，我想大概我坐化为石，也不会引起别人的丝毫注意。"

我看着他："你问我这些年过得好不好？我告诉你吧，等你死了，我才有资格把以后的人生过好。"

一通话说完，玉泉潭水之上一片沉寂，我垂头看着地，忽然觉得，自己真是傻极了，为什么要在萧逸寒面前把这些话说出来呢，简直……就像在博可怜一样。

我拾起了掉在一旁的剑，知道我今天奈何不了萧逸寒，正打算同他放个狠话，哪儿想萧逸寒却开了口："既然这样，那你就杀了我吧。"

说得那么干脆果决。

我抬头看他。

天上的月色映入潭水，波光潋滟，投射在我与他的身上。

他在我的注视下，又说了一句："如果能让你好受一点，这条命就给你。"

我嗤笑一声："萧逸寒，你以为我不敢要吗？"话音一落，我提剑上前，剑刃覆上了法力，萧逸寒若无防备，一剑我便能刺穿他的心房！

师父来战　159

我剑尖扎破他的胸膛，破开衣裳与皮肉，鲜血流出，萧逸寒果真丝毫不避。

他只看着我，脸上又挂起了吊儿郎当的笑，好像刚才的严肃正经只是我的错觉："小徒弟，砍头也就只砍一刀呢，你这是要拿我练钝刀子割肉？"

我握着剑柄的手在微微颤抖，看着他胸膛上涌出的血，一时间，我发现自己竟然动不了手。

我想了那么多年，想了那么多遍，可真当这一天到来，萧逸寒站在我的面前，任由我宰割的时候，我竟然可笑地……下不了手。

此刻我方知，我杀不了萧逸寒，不是因为我技不如人，而是因为，我真的杀不了他。

即便到现在，我也舍不得……

我咬紧了牙，真是恨极了自己的没出息！

剑刃从他胸膛中拔出。皮肉伤对现在的萧逸寒来说根本就算不得什么，他不言，我不语，好像能就此沉默地站到天荒地老。

可到底没有，一个意料之外的声音打破了平静。

"哎呀，奴家收到大人的消息就赶着去投胎一样赶过来了，可累死奴家了。"声音妖娆，一个姿态妩媚的女人从树林间出来。

我转头一看，竟是……多年前的那个女妖。

她容貌半分未变，依旧魅惑人心。只是现在我已不像小时候那样容易被迷惑了。

女妖见我手上的剑沾了血，又见萧逸寒胸膛上有血，登时愣了一下："哟，大人……"她连忙行到萧逸寒身边。"大人昨儿个信里说，我今日来的时候，你一准将你徒弟打发走了啊，现在怎么弄成这样了？"

萧逸寒没有答话。

我冷眼看着他们，心里了然，他果然还和她联系着呢。不过……能有什么办法呢？反正……我现在也杀不了萧逸寒。

我对自己失望至极，一时间觉得，萧逸寒想干什么就去干吧，我再也不要和他扯上什么联系了。

我转身离开，连御剑的力气也没有了，就像萧逸寒当日离开仙灵山一样，一步一步，慢慢走远。因为我知道，我现在恐怕连御剑，也会分神跌下来，惹人笑话……

我在玉泉山里走了一天一夜，也没有走出去。

萧逸寒从八百里外御剑来的时候，也不过一天一夜，我现在却窝囊得连脚都迈不动了。

我在山林间点了火，坐在火堆前发呆，琢磨着自己之后要怎么办。

如果不杀萧逸寒的话，我好像也没有什么别的人生目标了。回仙灵山吧，那方一片孤寂，回去也没什么意思，不回去就在尘世吧……我现在还修了个仙身，连等死都等不到。

我往火堆里丧气地砸了根柴火。正是最无聊之际，天空中一片妖气袭来，将我面前的火堆吹得几乎熄灭。

我也懒得管这到底是什么妖怪，只想着，这妖怪要找我打一架也不错，反正没什么事干。就在这么灰心丧气之际，那妖怪一把抓住了我的胳膊，拉我站了起来。我一看，面前正是昨天见到的去找萧逸寒的那个女妖。

只是她现在一身的血，相比昨日，狼狈了好多。

"哎哟，仙姑救命啊！"她冲我喊道，"你快去救救你师父吧，他要死了！"

听得这话，我沉寂了一天的大脑像是忽然被唤醒了一样，目光重新将眼前人打量了一遍，见她一脸泫然哭泣的模样。"你师父死了，这人界可就又要大祸临头了！"她说。

"什么情况？"我问。

她抓了我的手："咱们边走边说！"

女妖在路上告诉我，萧逸寒确实有一个哥哥，而且他的哥哥还相当有名，就是百年前以身血祭人魔两界封印，重新分隔人魔两界，使人界重获安宁的那位大仙人。

听到这个名头，我就愣住了："从来没有人和我说过，萧逸寒自

师父来战　　161

己也没提过。"

"他当然不提，死的是他的亲哥哥，还是代他去死的，他平白无故和别人提这个，揭自己伤疤作甚啊。"

"他哥哥代替他去死的？"

"嗯，其实后来很多人都不知道，当年与长鸠魔族族长对抗的仙人有两个，一个是萧逸寒大人，一个是他哥哥。"

闻言，我又是一愣，萧逸寒竟在之前……就已经厉害到了那种程度吗？

"百年前，长鸠魔族找到了人魔两界封印的薄弱之处，将封印打开漏洞，大举入侵人界。萧家世代承袭封魔之术，只是到了萧逸寒父亲那一代，因久不见魔族入世的他们少于修炼，萧家一夜之间被入了人界的长鸠魔族血洗。萧逸寒与他哥哥侥幸逃离，幸得仙灵派收留，兄弟二人在仙灵山苦练从家中带出的封魔之术。萧逸寒大人自小灵根聪慧，学起东西来进步神速，他哥哥反而要落后他一些。"

女妖一叹："他们杀了长鸠魔族的族长，要封闭人魔两界封印时，因为萧大人与他哥哥都受了伤，以他们的力量或许不足以封闭封印，唯有以一人血肉为祭才能彻底封闭，萧大人本来打算以自己的血肉之躯为祭，没想到，他哥哥将他推开，去祭了封印。当时萧大人要去救他哥哥，其实当时如果拼一拼，说不定可以救下他哥哥，也能保住大人自己的性命，但仙灵派的人却不敢让他冒这个险，将他拦住了，因为没有萧大人，封印就没人守了，日后再有漏洞，世间就没有人可以补了。"

我沉默。

所以萧逸寒在那次大战之后，整日以酒度日，对仙灵派的长辈们也不爱搭理。长辈们因为对此有愧，所以对他的往事闭口不谈吗？

"九十年前啊，魔族在人界的余孽找上了咱们妖族，说是找到了当时祭封印的那个仙人的头骨，就是萧大人哥哥的头骨，说那仙人的血肉祭了封印，补上了封印的漏洞，也让封印有了个弱点，只要有这头骨，就可以重新撕开漏洞，到时候魔族重临人界，也会厚待我们妖族。统管妖族的长老们当时同意了,便开始协助魔族,花了十年时间终于找到了人魔两界封印的一个小漏洞,将那头骨送到了魔界去。

"当时这事经了我的手,那漏洞大家好不容易扒开了一小点,里面就涌出滔天魔气,周遭登时树木枯萎,我心里发颤,就有些后悔了,觉着这事恐怕对妖族来说也不一定好。我临时变卦,想带走头骨,可最后只抢到了嵌在头骨里的一个吊坠,还被打伤了。后来我寻了个僻静的树林,布了个迷阵休养,也就是那时候第一次撞见了大人,啊对,当时你也在。"

我恍然大悟,原来……当时那个吊坠,萧逸寒一直戴在身上的吊坠,竟然是他哥哥的东西。

第九章

我望着女妖："这些年，萧逸寒一直在与你联系，你们就一直在谋划这些事？"

"是啊，他哥哥的头骨被魔界的人拿去了，他这些年一直在寻找两界封印的漏洞，想要到魔界去抢回来，可你们仙灵派办事死板，准是不会让他冒这种险的，所以他干脆出了山门，也省得因为自己的举动，连累你这个小徒弟。"

是，萧逸寒做的这一切是隐忍，是痛苦，也听得让我心疼，他好像自己一个人承担了所有的委屈和苦难，可对我来说，萧逸寒只做错了一件事，只这一件事，便足够让我记恨他到无法原谅——

他从没问过我，我愿不愿意他这样做。

女妖与我说完这些事的时候，我们已经回到了玉泉潭水边。看着玉泉潭下的黑洞，我问她："那为什么，现在又要来找我帮忙呢？"

"论封魔之术，世上无人可以与萧家相比，师承一脉，你之前不也和萧逸寒一起封住了那漏洞吗？找你自然是……还是……"女妖惊诧地看着我，"你不想救你师父啊？"

我没说话，她表情显得有些为难："仙姑，你师父这辈子一颗心里没有藏着谁，只有你……昨天你不是在这儿扎了他的心口吗？后来我问他，要是你真狠心扎进去了，该怎么办。他说，那辜负了苍生也罢，好歹能让你从他那儿得到片刻宽心。"

我听得微微握紧了拳。我闭上了眼，撇开情绪，冷静地问："现在那边是什么情况？"

女妖拽着我的手，一下跳入潭水中，我们一起游入了下面的黑洞里。一进入黑洞，魔气便开始挤压我的身体，在短暂的眩晕之后，失重感猛地传来，我发现自己竟然已经浮在了空中。

御剑而起，我在空中立稳，打量四周，鲜红的天，干裂的地，这就是魔界。

而此时在远处有一座黑色的大山在不停地飘散着魔气，地上到处都是魔族人的尸首，竟是……萧逸寒血洗了这一片地方吗……

女妖拽着我往那方赶，越来越近，我才看见，那哪里是山，那就是一团由黑色的魔气凝聚而成的影子，在那影子的顶端，正是一个苍白的骷髅头。

而在那骷髅头正前方十来丈远的地方有一道蓝色的身影，他撑着结界，寒霜一般的光华自他手中长剑散出。

不用女妖再做解释，我便知道了眼下的情势，萧逸寒与那骷髅头僵持住了，而现在是在魔界，魔气源源不断，继续僵持下去，萧逸寒只会耗尽内息而死。

他需要人帮他毁掉……他哥哥的头骨。

等靠得更近了，我瞥见了萧逸寒后背上破裂的伤口，皮开肉绽，一身血，很是狼狈。

情况比我想的更严重……

忽然，萧逸寒察觉到了什么，他转过头来，盯住了我，满脸的不敢置信，随即斥责女妖："谁让你带她来的！"

没去管女妖的回答，我抬头一望，只见那骷髅头还在源源不断地吸收着魔气，它似乎也察觉到了我的到来，魔气开始狂躁地翻涌起来，萧逸寒不得已转身全心与其对抗，然而他现在已是内里空虚，勉强抵抗之下，竟是一口鲜血涌出。

我当即不再耽搁，肃容上前，一道青光随剑刃而去。青光破开魔气直取骷髅头，然而那头骨比我想的更加坚硬，一击之下，毫无损伤。

师父来战　165

女妖在我身边惊呼:"你这么厉害。"

我自是不弱的,萧逸寒留下的那些书我早就翻烂,熟背于心,这八十年,我别的都没干,光修仙了,若连这唯一的事都做不好,我也没有脸面苟活于世了。

萧逸寒之前想必也看出来了,所以他才说,我没有对他动真格。

我打量着那骷髅头,闪身挡在萧逸寒身前,此刻我回头看他,只见他苍白的脸上再没了平日漫不经心的微笑,他皱着眉头斥我:"这不是你该掺和的事,回去,通知仙灵山的人,让那些仙人来想办法。"

我没理他。感受着面前越来越凶戾的魔气,我轻抚手中长剑:"萧逸寒。"

我望着那骷髅头,掂量自己体内的力量,我明白,今日不交待一条命在这里,恐怕是了结不了这件事。我回头看了他一眼:"师父,我这一生,最埋怨的人便是你。"

萧逸寒瞳孔微微一缩,他好像知道我要做什么事,伸出手来想要抓我。

可这种时候,哪儿能耽搁,我护体结界大开,径直将萧逸寒弹了出去。

一如当年,萧逸寒下山之时,我被他的护体结界弹出去一样。

那么狼狈。

"不行!"他喊着,声音有些嘶哑。

而他现在已经没力气追上来了吧。我转过头不再看他,然而听着他的声音,我在此时体会到了八十年前,他离开时的心情,原来,是真的会难过的,是真的有心脏被擒住了一样的疼痛。

我紧紧一咬牙,将所有的声音与情绪都摒弃在外。

手中长剑与我合而为一,我径直冲向那骷髅头,周遭的魔气登时化为刀刃,将我切割得体无完肤,腰侧藏着的萧逸寒初遇时送我的玉佩随风而落,我没时间去管它,只听前方"咔"的一声,是骷髅头破裂的声响。

在我的世界完全寂静的前一刻，萧逸寒声嘶力竭地嘶喊："给我回来！"

我回不去了。

我这一生，最埋怨的人，是我的师父，而最喜欢的人……

也是他啊。

尾声

　　四周一片荒芜，幽静黑暗，在混沌一片的世界中，我忘了我是谁，忘了我所有的过去，我只知道自己站在一条河边，听了不知道多少年的叮咚水声。
　　好像每隔一段时间，都会有人来同我说："姑娘，该过桥啦。"
　　但每次我都只是摇头。
　　而为什么要摇头，我也不知道，我好像站在这里，是为了等一个人，但到底是要等谁，我却记不得了。
　　我就这样混混沌沌的，日复一日，年复一年在这河边飘荡。
　　直到有一日，我看见我面前一直漆黑的河水里面出现了一个男子，他胡子拉碴，醉醺醺、疯疯癫癫地走在三月扬州的道路上。
　　春风吹不散他的酒气，红桃绿柳掩不住他的浪荡，他一只手抓着一块玉佩，另一只手抓着一个酒葫芦，他见人就说，他在找一个人，他在找他徒弟，但若有人问他，他徒弟叫什么名字，他却笑着答不上来。
　　他说，当年他懒，连名字也没给他徒弟取一个，反正他也只有一个徒弟，小徒弟小徒弟地叫着，也就一直叫到了最后。说着说着，他就哭了，在道路旁边，喑哑地哭着。
　　看着河水中的这些画面，我的脸上不知为何，也滴滴答答地落下了水珠。
　　"姑娘，该过桥啦。"

我身后又出现了这道声音，我转头一看，老妇人站在我的身后，端着汤，叹息着："世间万事，有舍才有得，你舍了你的等，他才有机会找到你。"

我看着老妇人手中的汤，终归是饮了下去。

我舍了我的等，但愿，他能在来生找到我吧。

也愿到时候我与他之间，再没那些埋怨与隔阂，只有朝夕相处，只有扬州三月的风，吹得人面依旧。

师父有毒

楔子

  我拜了闻名天下的仙人——清和真人为师。

  别人都道我幸运,羡慕我从此踏上了仙道,或可得长生,然而没有人知道,自打入门开始,我心里便日复一日地打起了小算盘……

  盘算着,我要怎么做,才能死。

  我没疯,我只是有个很长的故事……

第一章

我原来是一只千年人参精,就是话本里写的那种,但凡有人要死了,作者就让人去啃一口的千年人参化成的精。

身为名贵药材化的精,我从小的生存环境可想而知地恶劣,在我活的一千年当中,有整整九百年,我都在想方设法藏匿行踪,不被任何仙人、妖怪、凡人、动物……所有一切能吃我的东西找到。

不是我疑心病重,而是他们真的要吃我。

打从我满了一百岁,化成人形开始,所有见我者,皆如我见秋季大闸蟹、除夕大饺子……并且这种想吃掉我的目光,随着我岁数的增加,越发可怕。

我没有朋友,因为朋友要吃掉我;我没有爱人,因为爱人也想吃掉我;我没有亲人,倒不是因为他们想吃掉我,而是因为他们已经被吃掉了。

孤独一只参,寡行人世间。

我其实对死亡没什么恐惧。我唯一怕的是,如果真的能投胎,我下辈子又投成了一只人参……

我知道总有一天我会死在别人嘴里,但我想错了,我死的那天来得十分突然。我还记得那日我在躲避一个挖参人,慌不择路地进了一个僻静的山洞,我在里面靠着石壁躲着,不敢出声,我躲了很久,挖参人也没有找到我,然后我就睡着了。

再然后……

师父有毒

我就死了。

其实也不算死，我只是在一觉醒来之后，变成了一个人类小女孩。

我连撞了好几次门柱子，头痛得让我不得不接受了现实。我就这样变成了一个人类的孤儿，年纪八九岁，独居小山村外，靠村人接济为生。

最初，我以为我和一个人类小女孩交换了身体。但后来，当我看见心口处的一个咒文时……我惊呆了。

我虽然是个没什么用的妖怪，但怎么也活了千年，这个咒文我还是识得的。

这是一个还魂咒。

禁术！用来将死人的魂放到一个活人身上，借活人的寿活下去！

看见这个咒文在这个小女孩的身体里，而我的意识占据了这副身体，我倏尔意识到，这件事情证明，我原来的身体已经死了，有人将我的魂放到了这个小女孩的身体里面。

是谁杀了我？又是谁救了我？为什么要这样做？

我不得解，于是只好继续浑浑噩噩地过日子。苦恼无用，我只得安慰自己好好过现在的生活，而且现在怎么也比之前好，因为无论如何，我不会被人当药材、食材或大补丸盯着了。

然而，事实证明我还是太天真了。

第一个新月之夜，我的魂魄与这个宿体产生了强烈的排斥，犹如凌迟一般的痛苦缠了我整整三天三夜。

我熬过了一次，但这样的疼痛并没有停止，在接下来的三个月里，每一个新月之夜，这撕心裂肺的疼痛都如期而至。

我不得不强调，其实，经过这么多年做人参精的日子，我经历了很多次的追杀、背叛和算计，很多次！我自认为已经变成了一个处变不惊、遇事坦然、脾气很好的人参精，但现在……

每个新月之夜，痛得在草棚里打滚的时候，我骂遍了让我还魂的人上面八十辈子的祖先。

太痛了。

那入骨的疼痛让我几乎有了自尽的冲动,可偏偏,被施了还魂咒的身体,除非咒术破除或者施咒者身死,我还就死不了了!

求死不能,最悲哀的人生莫过于此。

第四个新月,我再一次熬过了三天三夜,我面色苍白地躺在草棚里思考人生,忽然,外面村子里有人敲锣打鼓大声喊着:"上仙来了,上仙来为我们祈福了!"

等我痛得迟钝的大脑将这句话的意思消化掉之后,我撑着疲惫的身体倏尔从草堆里弹坐而起,眼瞳大亮——

仙人血,破世间万种咒。

这还魂咒,自然也不在话下!只要能喝下他一口血,我必定能瞬间飞出这副身体,摆脱人世的痛苦,快乐踏向黄泉路!

咬!就要咬他!

我跟跟跄跄奔出了院子,顺着那敲锣打鼓的声音往前面追去,天上刺目的毒日头让我头晕眼花,才痛过的身体还没恢复,我脚步虚浮,整个人犹如踩在云端,可要咬那仙人一口,要喝他血的意志却尤其强烈!

我歪歪倒倒,一步一歪地走上一个小坡,在坡上看见下方人群之中有一个白衣男子。

他一身仙气缥缈,与身边的凡夫俗子气度全然不同。

"喂!"我用最后的力气高高喊了一声,下方的村人皆转过头来望我,有人喊我小乞儿,有人问我作甚。我不看他们,只盯着那仙人。

他抬头时,周遭一切世俗喧嚣好似都离我远去了。他给我的感觉有一些若有若无的熟悉,就像在过去千年中的某个不经意的瞬间,我曾见过他一样。

"大仙……"我咬牙,以最后的力气道,"给条活路呗……"

让我喝一口你的血,一口就好。

让我从这个人世解脱就好,这日子,真没法过了。

我后面的话没有说完,眼睛一闭,径直从山坡上滚了下去,村人

师父有毒　175

的惊呼、身体的剧痛混杂而来，到最后，我昏迷之前，只记得有一只温柔而有力的手轻轻托起了我的脑袋。

我全然没力气睁眼了，却莫名其妙记住了他身上的幽香。

第二章

等我再醒过来的时候，我就已经不在那山村里面了。

松软的棉被包裹着我，我犹如睡在云端一样舒适，耳边有风吹过青松的声音，还有好听的男声在我耳边开心地喊着："她醒了，师父！大师兄！她醒了。"

我转头一看，床榻边有个十八九岁的男子往屋外高兴地呼唤着，而在他身边还站着一个十五六岁的少年。少年抱着手，靠在床柱子上，斜眼打量着我，上扬的眼角自带三分傲慢。他审视着我，又轻声嫌弃地说了男子一句："二师兄，克制一下。"

二师兄一回头，看见我，立马挡了一下嘴，有些不好意思地道："吵到你了，不好意思呀。你有好好睡饱吗？想吃肉肉，还是想喝粥粥？"

这态度，像是在问小宝宝似的。

也是，我现在这副身体看起来确实是个小孩子。

我没答他。这时，屋外又走进来一人，眉目冷硬，身姿挺拔，他穿着与二师兄还有那少年一般的衣裳，想来，应该就是大师兄了。

这个大师兄看来是个不苟言笑的主，在我身边一坐，探手便抚上了我的额头："烧退了。"他说罢，便向二师兄吩咐道："下午送她走。"

我一愣，随即反应过来，我不能走，我还等着喝你们师父的血呢！

二师兄也是一愣："这就送走？我听说她山下家人早没了，这世道又不安稳，她一个小女孩孤苦伶仃，万一……"

对呀，万一我有个三长两短呢？虽然……如果按照保命这个条件来看，我待在你们师父身边才最危险……但架不住我想死啊！

你送我走了，我在外面根本就死不了啊！只会一个月一个月地生不如死！

我抓紧了被子，含了一汪波光潋滟的眼泪，巴巴地望着大师兄："叔……叔叔好可怕。"

演，是我这千年以来，得以在众多猎食者手中活下来的绝活。我现在是个孩子，自然就要利用孩子的优势，我一哭，一示弱，果然，二师兄就心软了，立马开始护犊子："大师兄！你吓到她了！她还是个孩子！"

"……"大师兄沉默不言。

这时，旁边却插来一道挑刺的声音："是个跟我们没什么关系的孩子。"骄傲的少年不咸不淡地看着我，"天下孤儿这么多，二师兄你能挨个儿都抱回来？我看这丫头眼珠转得比二师兄你快，精明着呢，用不着咱们管。"

啧，这个臭小子！

我心里对他暗暗不爽，于是连忙抓了二师兄的手，往他手臂上一蹭，眼泪啪嗒啪嗒往下掉："小……小哥哥也好可怕。"

"师弟！"二师兄果然肃容斥了臭小子一句。

臭小子轻轻"啧"了一声，没等他说话，我连忙顺着二师兄的手臂就往上抱："大哥哥，大哥哥救救我。"我脆生生地喊他，拽着他的衣服轻轻啜泣，唤得二师兄连忙把我抱了起来，拍着我的后背忙不迭地安慰。

我心下得意，抽了抽鼻子，嘴角刚挂了一丝微笑，就见门口处还斜斜地倚着一个人。

青玉簪松松地别着头发，一袭宽松的袍子垂坠于地，他抱着手，一双淡然的眼睛看着屋里这出戏，嘴角有三分若有若无的浅淡笑意。

我看着他，他看着我，四目相接，明明什么交流也没有，可我却倏地心底一凉，竟然有一种他嘴角这个笑，是在笑我的感觉。

大师兄也发现了门口的人，他恭恭敬敬地行了礼："师父。"旁边的臭小子也规矩地弯腰行礼，而二师兄抱着我，无法作揖，便手忙脚乱地深深鞠了个躬："师父。"

那人抬了抬手，免了三人礼数，他一动，我鼻尖便嗅到了与那日一样的幽香。

是一股让人觉得有几分熟悉的味道。

我望着他，他站的地方有些逆光，显得他像画像里的神明一样，有几分神圣起来。"缘分一场，便将她留下吧。就当是给你们添了个小师妹。"

大师兄依旧眉头紧蹙："山上清贫，无人可照料她……"

"我来照料！"二师兄第一个举手，一副兴高采烈的模样，就像亲娘找回了自己失散多年的骨肉一样。然而这屋子里却只有他一个人情绪那么激动，他抱着我开心了一会儿，转了几圈，让我看遍了大师兄冷漠的脸和臭小子鄙夷的眼神。

他自顾自地开心了好久，才想起将我放到地上，给我指了指面前的白衣仙人："还不拜见师父清和真人。"

听到这个名头，我登时一怔。

我对这些修仙修成真身的仙人其实并不太感兴趣，因为……这些仙人也需要寻找天下灵草灵药来巩固他们的修为。对我来说，他们也不过是一张张想要吃我的嘴罢了。

但清和真人的名头，却大得让人不得不记住。

清和真人，姓晏名霖字长依，传闻他至十六七岁的年纪依旧只是个普普通通的读书人，但适逢家变，不知他有了什么奇遇，半道出家来修了仙，接着就跟上天专门给他铺了路一样，一路扶摇直上，几年内便攻克几重修行难关，不过十年时间，便修得真身，自此长生。

他没有师门，没有师父，独自修行，这么短时间内就有了这样的成就，怎能不令天下惊骇。

自此他闻名天下，但他为人又极度低调，是以时至今日，也没有人知道他到底是什么模样……

原来。

我呆呆地望着他，心道，原来，传说中的人，就是长这模样啊。

是和那些一般的人，不一样。

有幸跟着他修仙，说不定还真能得道呢，只是……

苦了我这个一心求死的。

我望着晏霖久久没有反应，二师兄便轻轻拍了我一下。"哦……"我回过神来，"多谢师父！"说着我便跪地行拜师礼，我打算结结实实地磕个头以表诚意，然而我这头还没磕在地上，就撞进了一个温暖的手掌心里。

我抬头，见阻我之人竟是晏霖，从见我开始，他嘴角一直噙着一抹笑意，我不知道他在笑什么，正在心里琢磨，是不是他这个仙人真身，能看穿我的灵魂……"啪"的一声，晏霖好看的手指在我脑门上轻轻一弹。

"心眼倒是实。"他话里带着些许揶揄，"你这般磕头，不心疼脑袋，我可心疼地上的砖石。"

我看着他，又有些失神了，不为其他，只为他面上的笑容，好看得胜过了我所见过的世间任何美景。

身为一个活了千年的药材、食材和大补品，我甚少见到他人对我露出这样没有任何目的的笑容。"真人……"我动了动嘴，有点想告诉他我现在真实的状况。

但转念一想，他是一个仙人，万一他知道我身上有还魂咒，把我和邪魔外道之类的挂上钩，到时候我不但讨不了他的血喝，搞不好还得被关起来受一顿苦刑。

我是求死的人，没必要让自己冒风险吃苦头。找个机会捅他一刀，或者狠狠咬他一口，放一点他的血，我就能解脱，没必要和这个仙人扯那么多道理。

毕竟……表面看着是个好人，心里念头乱七八糟的人多了去了。哪怕是什么仙人贤人圣人……

我这千年来，吃够了这些人的苦头。

"还叫真人？"二师兄见我开了个头又住口，以为我害羞，便帮腔道，"叫师父呀。"

"师父。"我乖乖配合，寻了个由头，将这事糊弄过去，"我有点……饿了。"

然后屋子里默了一瞬，四个男人一时都没有言语。已经成了我三师兄的臭小子笑了一声："在仙山修道还想吃饭？饿着，辟谷。"

我巴巴地望着二师兄，二师兄一咬牙："我来做饭！辟谷慢慢学，不能断粮。"

臭小子听得二师兄这话，恨恨地一咬牙，瞪了我一眼，甩手就出门了。

我被他瞪得莫名其妙，这小子，对我的敌意简直来得太过突然。

第三章

从那以后,二师兄就变成了我的奶娘……好听点便叫衣食父母,我的一日三餐皆靠二师兄来打理,虽然他做的东西不好吃,但好歹吃不死人,我对食物的欲望也没有那么强烈,我只是对晏霖的欲望很强烈。

可我知道,我现在一个小孩子,硬碰硬是肯定不能让晏霖出血的,我要骗他心甘情愿地为我流血。为此,我规划了几个场景,其中一个叫"慈母手中线"。

其意在让晏霖为我缝补衣裳。在他缝补衣裳时,我捣乱碰他一下,让针尖扎入他的皮肉里,我再露出一个无辜的眼神,"嗷"地来一句"师父你受伤了!",然后就可以出其不意攻其不备地把他手指头含进嘴里,吮吸他美味的血液,轻松奔向黄泉路。

这是一个非常好的计划。

是日,天气阴沉,天将降雷雨之际,各个师兄都在自己屋里打坐修行,独有晏霖在悬崖边的山石亭上观云观风,摆局与自己对弈。

我在衣服上别了针线,瞅准时机,往山石亭上跑去,刚要跑到山石亭上时,一脚踩在青苔上,我"哎呀"一声就摔了,"刺啦"一声,衣袖裂开,我含了两汪泪,抬起头来,哭唧唧地望着亭子里的晏霖:"师父。"

我知道,我这样子非常愚蠢,但是!我现在是小孩啊,小孩的特权就是可以不用负责地愚蠢。

当时，他手上正拿着一颗黑子，微微侧眸瞥向我，见我这般望着他，他嘴角又起了几分笑意，收了黑子，歪了一下头："怎么了？"

"我衣服破了。"我爬起身来，上了亭子，站到晏霖身前，将自己的袖子给他看。

天上乌云摩擦，闪电划过，"轰"的一声雷响犹如炸在耳边似的。晏霖在这电闪雷鸣中不动声色地将我衣袖提起来看："是破了一条口子。"他眸光一转，"哦，这儿正好别着针线呢。"

"咦？可能是二师兄昨天帮我缝衣服的时候落在上面的。"我找了个借口糊弄过去，然后又眼巴巴地望着晏霖。

"嗯，那回头让子清再给你缝上。"

"……"

师父……这种时候，难道你不应该说，你来帮我缝上吗？你到底懂不懂套路？

我转头见雷雨已至，稀里哗啦地在亭外下了起来。我打了个喷嚏，抓了抓因破了袖子而露在外面的手臂："好冷啊。"我不想让晏霖再回避，径直开口："师父，你帮我把袖子缝一下吧，正好有针与多的线。"

晏霖眸光微动，倒也没再拒绝："好啊。"

他说着，捏起我破了的衣袖，拈了针，开始帮我缝补起来。

我就站在他的面前，能感觉到他在给我缝补衣袖时的一呼一吸，他缝针手法娴熟，看得我都有点惊讶："师父，你好会缝衣裳。"

晏霖轻笑："幼时家贫，只得自己缝补衣物。"

我陡然想起，这人在十六七岁之前都只是一个普普通通的读书人，一时间我无比好奇，他到底是经历了什么，才变成了现在这样。但是，这显然不是我该好奇的事情，我的当务之急是……

"轰"！又是一道惊雷落下，我"呀"地叫了一声，动了动手臂，抬手的角度恰恰将针头顶向晏霖的手指头。

我在心里得意一笑，我虽然是个没什么用的人参精，但这些小把戏，我还是玩得很转的，从这个角度顶上去，即使晏霖是个仙人，也

师父有毒　　183

没办法在这出其不意的情况下避开。

果不其然!

我只见那针头直刺晏霖的手指,电光闪烁间,"啪"的一声脆响。

电光隐没,雷声消退,针……断了。

啊!

我居然算漏了!仙人仙身,这俗世的针根本就扎不破啊!

"哎呀。"晏霖也有几分错愕的样子,"针断了。"他只得就此在衣服上将线头打了个结。"剩下的回去让子清给你缝补吧,或者……"他笑眯眯地看我,"你去找针,我再来给你缝。"

如果不是看在他不知道是我谋划的分上,我几乎都要怀疑他最后这句话是在挑衅和打趣我了!

"慈母手中线"这个计划失败了,不过没关系!我还有第二个计划,那就是"师徒情也深"。

我现在既然拜了晏霖为师,找他讨要个防身仙器什么的也是自然的,这普通的针伤不了他,但他给我的仙器总是可以扎破他的皮的,到时候我拿着仙器去他面前比画,一个不小心,往他手上一扎!

我再"嗷"地叫一声,扑上去,抱住他的手就可以吸血了。我要不了多少血,能破我这身上的咒就行了。

打定了主意,我选了个天晴的日子,打算去找晏霖。

那时,晏霖正在屋子里不知与大师兄晏子明在说什么,窗户开着,我看见大师兄的表情有些凝重。晏霖的表情倒是淡淡的,等走得近了,我看见晏霖将大师兄的手腕一拉。

我眉梢一动。

嗯?

这是……作甚?

只见大师兄被擒住手腕之后,当即皱眉,往后一退,可晏霖不由分说地再一用力,将他拉到身前,然后……在他掌心轻轻摸了一把,接着与大师兄的手十指相扣!

大师兄表情当即又急又恼:"师父……"

我的表情也非常错愕。

这……这是师父该做的事？这不是登徒子调戏姑娘的戏码吗？

晏霖不愧是修成了仙人的人，只见他这一套动作做下来行云流水，相当娴熟。将大师兄的手握了片刻后，晏霖终于放了手，表情自始至终没有丝毫的波动，相当冷静。

"好了，去吧。"

大师兄唇角颤抖了一下："师父，徒儿……"他话没说完，晏霖一转头，盯住了站在门口有些目瞪口呆的我。大师兄将后半句话咽了进去，然后隐忍着情绪转身离开。

我能猜到他要说什么，这种情况，他肯定是要说"徒儿不能从"啊！

这谁能从啊！晏霖，没想到你居然是这样的一个仙人！难怪平日里不敢在大庭广众之下出现！

你们这些仙人果然没什么好人！

"怎么了？"晏霖行至我身前，蹲下身来看我，一双眼眸中藏着温和浅淡的笑意，完全不像刚轻薄过别人的模样，"袖子又破了？"

"我……呃，嗯，师兄他们都有自己的剑，我也想要一柄自己的剑。"

"哦。"晏霖点头，他转头看了看，随手就将屋里挂在墙上的桃木剑取了下来，递给了我，"这是柄好剑，你拿去用吧。"

"……"

哄小孩呢！

我忍住了将桃木剑摔在地上的冲动，乖乖接了剑，看了眼笑眯眯的晏霖，就这么被打发走了。

不过，我现在已经不是很关心这件事了，我的心思完全被师门八卦吸引过去了……

晏霖对大师兄有所图谋，这事二师兄和三师兄知道吗？他们知道这个道貌岸然的师父，私底下会悄悄地去拉人家的小手吗？

三师兄晏子和是个臭脾气，他不待见我，我也不待见他，于是在

师父有毒　　185

第二天饭后,我晃荡到了正在帮我洗碗的二师兄身边。

"二师兄。"我脆生生地喊他。他应了一声,一脸温和地转头来看我,就像在看自家孩子一样亲切:"小师妹,怎么啦?二师兄在洗碗,待会儿和你玩好不好?"

"好呀,二师兄,刚才我看见大师兄又下山了。"

"嗯,大师兄最得师父真传,下山除妖的时间多。"

"哦,这样啊,可是我怎么觉得,大师兄好像有点不喜欢师父啊?"

"嗯?"二师兄转头看我,"为什么呀?"

"上次我看见师父抓了大师兄的手,大师兄想将师父推开,结果没能将师父推开,大师兄还恼了。"我睁着天真无辜的大眼睛,眨巴眨巴地望着二师兄。

只见二师兄温和的神情在脸上凝住,手中盘子"哐"的一声落在了地上,碎了个稀烂。

素来温婉如亲娘的二师兄此时脸上再无笑意,也未与我解释,一转身出了厨房,眨眼便不见了踪影。

他修得仙身,行得快,我追不上,但也不愿错过这仙门八卦,于是吭哧吭哧地往晏霖的房间跑。

我跑到的时候,二师兄正在与晏霖说话:"师父怎能如此?"他言语含恨,竟不顾礼节,一把往晏霖的手腕上抓去!

我"呵"的一声,倒抽一口冷气,立即捂住了嘴。

什么?二师兄难道对师父……

晏霖一挥衣袖,避过了二师兄的手,他指尖光华一闪,在二师兄脑门上轻轻一弹,与那日我入门给他磕头时,他弹我脑门一样,只是力道全然不同!

只见二师兄脑袋往后面一仰,生生地被弹得摔坐到了地上。

"没大没小,这些年教你的礼数又忘了。"晏霖斥他,虽言语中并没有带多少生气的意味,但摔坐在地上的二师兄却红了眼。

我看他是委屈的。

二师兄对师父有那啥，师父喜欢的却是大师兄，但大师兄的心思没放在师父身上。

这这这……这清和真人门下，真是好大一出戏。

我看得津津有味，却见晏霖一转头，瞧见了将脑袋伸过窗户的我。

他一挑眉，隔了片刻，掩盖了眸中情绪："小不点，你又来作甚？"

"我……"我转了转眼珠，"我来找二师兄。"

二师兄闻言，从地上爬了起来，他转头看我，嘴唇动了动，终究还是出了门，将我的手牵了："小师妹，我先带你回房睡午觉。"

我在二师兄面前是要卖乖的，于是点头应了，随着他走，待要离开晏霖院子的时候，我回头望了晏霖一眼，只见他孤身一人站在偌大的院子里，仰头望着院里的飞花，阳光落在他脸上，竟将他面色照出了几分苍白。

我有些怔神，在这时，晏霖目光一转，与我四目相接，他轻轻一笑，向我挥了挥手，而刚才那几分苍白，便像是我的错觉一样，不复存在。

第四章

远离了晏霖的院子,我仰头问二师兄:"二师兄,师父为什么要打你呀?"

二师兄嘴角一抿,眸光暗了一下:"师父没有打我,他是在保护我。"

保护他?这是何意?我有点不懂他们之间的套路了。

就在我纠结师父、大师兄与二师兄之间的关系的时候,二师兄牵着我正巧路过了三师兄晏子和的院子。我见那臭小子正在院里练剑,看见二师兄的一瞬间,他眼睛亮了亮,待见了我,那乍亮的目光霎时一暗。

我心头打了一个突。

哎呀!

这个感觉……莫不是……

这三师兄对二师兄……

细细一想,这臭小子对我的讨厌来得很突然,如果这样一想,确实也是能想通的呢!

我觉得我千年来历经世事而建立起来的人生观在此刻有点摇摇欲坠,像是经受了一场巨大的洗礼一样。我垂下头,沉默地回了房。

这清和门有毒啊,这师徒四人玩法简直太新颖了,我有点扛不住,得尽早奔赴黄泉才是。

可想得容易,我没办法从晏霖那里寻得能伤他的仙器,这三个师兄估计也不会帮我,为今之计,只有寻求外界帮助。可这清和门素来与别的门派没有交流,也没什么仇家,一时半会儿,我上哪儿找一个能把晏霖捅出血来的……

"哎，小孩。"

山石亭外，有人叫了我一声，我一转头，见来人有十来个之多，皆是青衣白袍的打扮，人人腰上佩着一块白玉，见了他们，我心头一怵，下意识地转身就要跑。

但脚刚一迈开，我想到如今我是一个人类小孩的身份，已经不再是人参精了，我不用跑。

"你们是谁？"我问他们，然而心里却清楚得很。

他们是白玉门的人，白玉门是天下最大的修仙门派，以前我当人参精的时候，没少被他们这门派里的人追逐……好几次都差点死在了他们那些高阶修仙者的手上。

"我们乃白玉门人，来寻清和真人，清和门在这山间何处，你可知道？"

晏霖的这个清和门，说是个门派，拢共五六间小屋，藏在山林里，根本就看不见，不像这白玉门，动不动就成百上千人的，没进山就能看到仙门的屋瓦。

而我现在待的这山石亭，离晏霖的屋子并不远，会仙法的话，掐个诀就到了，只是我不知道该不该和这群人说。

我对白玉门人的印象并不好，加之十来人都是一脸讨债相……

"往那条道走。"我给他们指了条错路，"拐过去，往山上走就看得到。"

为首那人转头往那方张望，其他人的注意力也都转向了那方，我趁此机会缩着身子打算开溜，哪儿想到我指的那个方向竟"啪嗒啪嗒"地跑来一人。

"师叔，那方是下山的路。"

当场穿帮，我心道不妙，凭着多年逃跑的经验，埋头打算跑路。

但我现在连以前一千年的修为都没有了，跑了两步，衣领便被人提住了，一把被抓到了空中，任由我两条小短腿怎么折腾也挣脱不了。

"你这小孩！为何要骗我？"被唤作师叔的那人厉声叱问，还一巴掌拍在我后脑勺上，"给我说实话。"

我被衣领勒得几乎要喘不过气，更别说回答他的话了。

我憋着劲挤出几个破碎的气音，可这"师叔"并没有放开我，那些白玉门的弟子还在叽里呱啦地讨论"这小孩和清和门有什么关系"。

胸口窒息般疼痛，我眼前开始发昏，便在此时，忽见一道白光犹如晴天霹雳转瞬而下。

犹如那日晏霖与自己对弈时，我在这亭里看见的远处的雷霆。

"轰"的一声！擒住我衣领的手陡然松开，我在摔在地上之前掉进了一个温暖的怀抱，我用力地呼吸着空气，喘息的声音像是驴的惨叫。

温暖的手掌在我后背轻轻拍了两下，抚平了我久久不能平息的心跳。

我这才有精力抬起了头，只见晏霖的下颌弧度精致又干练，与素日面对我与几个师兄的温和不同，他此时，眉目间的肃杀让我看得一呆。

这个从我们见面开始就一直笑眯眯的仙人，原来……也会有这般面目。

"我的徒弟，岂容你们欺负。"

这保护的意味简直不能更明显，我小小的手紧紧地拽着晏霖的衣裳，说什么也别想让我松开。

被人保护，多么幸福，在过去的千年里，我连想都不敢想……

我转头看白玉门中人，他们望我的眼神霎时不一样了起来，为首之人方才抓我的那只手的袖子已经被尽数烧掉，化为灰烬，他胳膊裸露在外，皮肤有些焦黑，他抱住手，咬牙瞪着晏霖："江湖上从未有人说过清和真人收了个小徒弟……"

"我收徒，从未告知天下。"晏霖径直打断了他的话。

晏霖说得在理，他收徒，确实从未告知天下，至少我之前就不知他这三个徒弟是什么样的，因为我自己保命都来不及，哪儿有时间探听人家门内之事。但我知道，江湖中人对清和真人门内的事，却是十分津津乐道的。

那白玉门人中有人为他们的师叔抱不平："再是如何，清和真人这般伤人也太过分！"

　　晏霖将我稳稳地抱着，让我坐在他的臂弯里，方便我转头看戏："小徒年岁尚幼，你们欺负她，还道我伤人过分？"晏霖微微眯了眼睛，"你们白玉门没教你们要尊老爱幼，我便帮你们掌门补上这一课。"

　　言罢，周遭风起，乌云自四周而来，以不可思议的速度快速聚拢，在天空中堆积挤压，闷雷犹如龙鸣在其中响起。

　　我看得心惊，晏霖不动声色地将我眼睛一遮，我只觉周遭风声一起，待晏霖将手从我脸上拿开的时候，我耳边已经变得很清静了。

　　刚才肃杀的风已经全然不见，窗外是寻常我见惯了的院子，有青草和小树。

　　我竟被晏霖带回了他的房间里。

　　我下意识地往窗户那方张望，想知道那些白玉门人的情况，但晏霖却将我身子一扳，让我面对着他，他看着我的脖子，伸手轻轻摸了摸我脖子上的勒痕，皱起眉头。

　　"师父。"我问他，"那些人呢？"

　　"过一会儿他们就自己走了。"他摸着我的脖子，"疼吗？"

　　受过每月新月之夜的那种剧痛，这点疼又算得了什么？

　　我爽朗地一摇头："没事。"

　　然而晏霖的表情却不轻松，他沉默地看着我脖子上的伤，又摸了摸我的头："本不想让你再受任何委屈……"他说得含糊，我没听明白，只是觉得奇怪，他这句话的意思是……他知道我以前受过委屈？

　　没等我细想，二师兄倏尔急匆匆地跑了过来。"师父！我听见山石亭中有雷动……"他看见我，后半句话吞了进去，"小师妹怎么了？"

　　我摸了摸头："衣领被别人揪住了。"

　　二师兄这些天给我当爹又当娘的，就差给我把屎把尿了，完全把我当自家孩子在养。见我脖子上的红痕，他面色一阴："来者何人？"

　　"白玉门的。"晏霖浅浅答了一句，"已经打发走了。"

　　二师兄大怒："这白玉门简直混账！仗着近年势大，其下鸡狗都要升天！无缘无故竟敢扰到此处来！"

"只怕并非无缘无故。"晏霖应了一句,浅淡地瞥了二师兄一眼。二师兄方收敛了怒气。晏霖吩咐道:"子明还在山下,你今日去将他寻回,近来外面怕是不太安宁。"

二师兄垂头应是。

离开晏霖房间,我问二师兄:"为什么外面不太安宁就要把大师兄找回来?大师兄不是除妖最厉害吗?"

二师兄顿了一下,倒也没瞒我:"大师兄原来有过一个师父,叫石门真人。"

其实二师兄说到这里,我便明白了大半。石门真人,这个名头已经是我大半生的噩梦。

这个石门真人天赋极高,但喜欢追求歪门邪道来修行,一直游走于正邪之间,他对灵丹妙药极感兴趣,对仙草更是全力以求,尤其是对我……

身为千年人参,我好几次差点进了他的嘴里。

"石门真人在江湖上名声不太好,他修行之道有所偏颇,时间长了,会在自己身体里积累毒素,要定期清除,他便将体内的毒过到了别人身体里。"

这事在江湖上闹得沸沸扬扬的,我也曾听说过,后来石门真人就被江湖门派攻而杀之。

没想到……大师兄以前竟然还拜过这样的人为师,他背后的故事深得很哪!

"大师兄出自石门真人手下,即便在石门真人死后,他依旧是江湖里正邪两不靠的人,其他门派害怕石门真人的弟子中再出一个石门真人,于是要斩草除根,是师父收了大师兄为徒,将他庇护在羽翼之下,赐姓晏,名子明,令大师兄撇开障目谣言,永远明晓本心。"

我点点头。

我本来还奇怪,晏霖那么占大师兄便宜,大师兄为什么不干脆离开,原来有这种渊源在里面。大师兄内心对师父的感情……想必十分复杂吧。

第五章

　　下午二师兄下山找大师兄去了，我闲得无聊，坐在院子里看飞花，听见旁边院里有"唰唰"的练剑声。我爬上墙头，往晏子和院里张望，那臭小子已经练出了一头的汗，很是用功。

　　我趴在墙头上观望，看得无聊，便晒着太阳睡着了。不知睡了多久，忽然一道剑气从我耳边擦过，"唰"的一声打在了我旁边的青藤上，青藤碎裂，我吓得胆战，根据多年的生活习惯，像兔子一样埋头下了墙就要往屋里蹿。

　　但转念一想……

　　我跑什么？现在又没人能吃了我！

　　一定是那臭小子故意吓我！

　　意识到这点，我怒向胆边生，气冲冲地走到晏子和院门前，敲了门："三师兄，你太过分了！"

　　晏子和开了门，脸上还有几串热汗挂着。"哦，眼睛瞪得倒圆。"他不咸不淡地说着，"我见你手脚挺麻利，平时那般走路都要人牵的柔弱劲上哪儿去了？"

　　我一默，静静打量着他。

　　倒是忘了，这个三师兄对二师兄可是……

　　我抱起了手，懒得在他面前装了："你有本事也变矮变小变柔弱啊，二师兄一样牵你走带你玩，还给你喂饭呢。"

　　晏子和闻言面色一青，果然是吃醋了："你这臭丫头……"

他这话未说完，忽见天上一道人影御剑而过，急匆匆地赶去了晏霖的房间。看那剑尾流光仙气，像是二师兄的身影，二师兄回来几时这么急过，而且晏霖不是让他下山去找大师兄了吗？怎么……

　　我与晏子和对望一眼。

　　晏子和身形一闪就要走，我腿短跑不快，又急着过去看戏，于是拼尽全力一把抱住了他的大腿。

　　"你作甚？"他诧然大怒。

　　"带我一起走！"

　　"你……"

　　"你磨不磨叽！"我斥了他一句，他许是也心急过去，嫌弃地"啧"了一声，倒是一把拽了我的胳膊，将我拉了起来，一施法术到了晏霖的院子里。

　　"……那白玉门弟子的死相与多年前被石门真人害死的人一模一样，白玉门人近来正四处寻找石门真人以前的弟子，可石门真人的弟子多为功法所累，已经身死，唯有大师兄……先前在山下，他们与大师兄相遇，动了手，这下已经将大师兄擒走了！"

　　我与晏子和赶来时恰好听到了二师兄这么一番言语。

　　我仰头望晏霖，只见他眸中覆了寒霜，良久之后，只淡淡问了一句："他们带着子明去白玉门了？"

　　"是……"

　　晏霖起了身："我稍后回。"他留下这句话，身形一隐霎时消失了踪影。二师兄大喊一句："师父！"便也跟着消失了。

　　我心头着急，可我现在半分修为也无，唯有拉着晏子和的头发扯了扯："你跟上啊！"

　　晏子和一恼："要你言语！"他御剑而起，倏尔想起什么，道："你从我身上下来！"

　　我死死抱着他的胳膊："我不下！我也要去！"晏霖那架势看着就是要去打架的！搞不好我今天就能讨得一口血喝呢，虽然……我其实并不想在那种场合喝晏霖的血，但我也没有别的办法了……

"瞎磨叽什么!"我斥晏子和,"赶紧走!"

晏子和无奈,他功法本就是几人中最为薄弱的,御剑已经跟不上,确实也没时间耽搁,当即认准了方向,便跟着追了过去。

一路上我趴在晏子和背上,像打马一样打他:"你快点,你快点啊!"迟了,血都干了,还喝什么喝,土都没的吃。

可晏子和用尽了全力御剑,与晏霖和二师兄晏子清的差距还是在那儿摆着。我俩迟迟赶到时,晏霖在白玉门的这一战都已经要结束了。

我所见之处皆是一片焦土。天上黑云压下,天雷依旧在其中翻滚,晏子和御剑停在半空之中。我四处张望,寻找了一会儿,见下方有一处还有法力撞击的光华。

"那边那边!"我拍了晏子和的肩。他没好气地应我:"我看见了!别吵!"

待御剑过去,只见晏霖护着身后半跪在地上的大师兄,而二师兄就站在师父旁边,与他一同将身后的大师兄挡着。他们面前是一堆白玉门人,数也数不清,手持利剑,对他们怒目而视。

如果说这是一场两个仙门之间的争斗,那清和门简直势单力薄得让人心疼。

但我看着晏霖挺得笔直的背脊,即便没有见到他的脸,我也感觉他这一身气势,能胜过敌方千军万马。

我看得愣神,晏子和比我心急,转瞬而下,落在了二师兄的身侧。

晏霖瞥了他一眼,眸光落在我身上,他没开口,二师兄先急了,斥了晏子和一句:"你为何将她带来了!"

我见晏子和被斥得一愣,满心的担忧霎时咽入喉头。我见状,心知这样下去晏子和得恨死我。我连忙道:"是我要来的,我担心……"

我看了在场四个男人一眼,他们的关系太复杂了,我这时候好像说担心谁都有人会吃醋吧!

我还在为难,二师兄便继续斥晏子和道:"她小不懂事,你也不

师父有毒　　195

懂事?"

呃……

我发现了,好像在晏子和面前,二师兄才更像是师父,而真正的师父,好像并没有什么存在感。晏子和对晏霖,也并不是太关心的样子……至少比起对待二师兄的态度,他对晏霖,委实要生疏一些。

这个清和门果然是让人看不懂的存在。

四个人凑在一起就是一出戏。

晏子和一咬牙,任由二师兄骂,他垂头,没做任何辩解,只是目光落在了二师兄的手臂上,我顺着他的目光看去,这才见二师兄衣袖里的手正在啪嗒啪嗒地往下滴血。

二师兄受伤了!

那晏霖……

我目光下意识地就往晏霖的手上瞥去。

可他袖子太广,将手遮住了,我也没看见有血从他袖子里滴下来。我想绕到前面去瞅瞅,可刚跨出去了一步,晏霖便一抬手,按住我的肩头,反手将我推到了他身后。

我仰头看他,他只盯着前方,拍了拍我的脑袋:"乖一点。"

这语气,竟有几分宠溺的意味。

在这样对自己不利的情况下,他还这般有闲心来安慰我,让我乖一点……

不说其他,这人的心也确实挺大。

"清和真人。"对面的老头一身白袍,胡子飘飘,他盯着晏霖开了口,"你这番大闹我白玉门,不明事理!包庇罪徒,可是要与我众仙门正道为敌?"

晏霖语气淡淡:"我徒弟有罪无罪由我自己判断,轮不到你们审,更由不得你们抓。"

老头大怒:"我门中弟子横死,乃中了石门真人之毒,而今这世上只有你徒弟晏子明身带此毒,先前我将他带来白玉门时便已探过,他身体里的毒已清除,谁都知道,石门真人的那邪功,修炼之后,毒素永生不可除，只有累积到一定程度，过到他人体内，他身上才会没毒，不是过到了我弟子身上，还能去哪儿？"

晏霖没有说话，我转头看大师兄，见他紧咬牙关，一脸恨色，我不知道他在恨个什么劲，只听得二师兄一声怒叱：

"你们白玉门简直血口喷人！我师父以己之身过师兄体内之毒，自石门真人去后，年年如此！这么多年以来，从未有过一次将毒过给其他人。如今你们有何证据如此妄断！"

此言一出，对面白玉门人皆是一惊，老头诧异道："你能化解石门那邪毒？"

我也怔怔地看着晏霖。石门真人那功法的毒，可是过到谁身上谁就死，晏霖竟然帮大师兄分担了这么多年的毒吗……

这果然是真爱啊！

另有白玉门人不甘道："便是清和真人帮他过毒又如何，这世上再没有别人有石门之毒，我门弟子死于此毒……"

"除我外还有没有其他石门弟子我不知。"大师兄终于开了口，压制着情绪道，"你们白玉门人，我从未动过。"他捂着胸口艰难地站起身来，我想扶他，他抬手就在我脑门上一按，我个头矮，正好成了他的拐杖。

我被他按得脑袋一晃，见大师兄退了两步："家师恩厚，多年为我吸纳体中毒素，前段时间才冒着风险将我体内毒素清除……"

嗯？前段时间？

我看着大师兄拳头握紧，倏尔想起之前在院里看见的晏霖抓了大师兄手的那一幕。难道……那个时候，不是晏霖在占大师兄的便宜，而是……在把大师兄体内的毒过到自己身体里？

这倒也说得通。只是奇怪了。

如果说年年如此的话，那为什么这一次二师兄还会那么惊讶，跑去找晏霖？

"我这一身修为，无多大作用，反倒累得家师因我而年年受苦，如今更因我蒙此大辱。"大师兄退远了。晏霖盯着大师兄，倏尔一眯

师父有毒　197

眼，轻轻唤了一声："子明。"

"师父，你赐我子明为名，望我明晓本心，可我从未如今日这般明晓本心。"他一握拳，周身气息一动，我见他身上气息逆流，竟是一副要自废功法的架势！

"大师兄！"二师兄欲前去阻止，而大师兄周身逆行的气息却越转越快。

晏霖抬手将二师兄拦住。

"这一身功法，要来拖累，不如散了。"话音一落，大师兄周身光华大作，一股气浪扑面而来，我没有修为，抵挡不得。正在这时，面前人影一闪，有人蹲下身来将我脑袋一摁，一把把我抱入怀里，以他的身体帮我抵挡了那激荡的气息。

有一股幽香在鼻尖萦绕，是晏霖的味道。

我越过他的肩头看见了在他身后的那些白玉门人，功法稍显薄弱的已经被这激荡的气息震倒在地。

这震荡瞬息即散，我没能看到身后大师兄的模样，不过我也想象得出，应该不太好看，自行散功的人，轻则七窍流血，重则经脉尽断，爆体而亡。

晏霖将我抱起来，自始至终按着我的脑袋，没让我转头看大师兄。我只见所有人的目光中都满是惊骇，包括白玉门人也都是一副怔愕模样。

"子清。"晏霖语调一如既往地平淡，平淡得就似任何人都无法触动他一样，"将他先扶回去。"听这话，大师兄应该是还活着的。

我心头松了一口气，拽着晏霖肩头衣服的手稍稍松了一些。

而我一松手，这才察觉出来，那双抱着我的手有几分微不可觉的颤抖。

我方才知晓，原来，这个看起来一直微笑着的，万事淡然的师父，其实内心……也是会被触动的。

第六章

大师兄自废功法，白玉门人又拿不出实质性的证据，这一场怀疑就以这样几乎两败俱伤的模样收了尾。

晏霖将我与晏子和带回去之后，忽然手上一松，我"扑通"一下就摔在了地上，一转头，见晏霖竟"哇"地吐了口乌黑的血出来，此时他跪在地上，高度正好让我能清楚看见他的脸，我这才发现，他额上已是一片冷汗，唇色过分苍白。

"师父……"

不知为何，看见晏霖这模样，我心里陡生一股惶恐。

他吐血了，是的，他吐的血也是血，但我看着他唇边的血，一时竟全然忘了我原来的目的。"你怎么了？"我问他。

"师父毒发了！"晏子和在旁边肃了面容，他往屋里望了一眼，"二师兄此刻肯定在照顾大师兄，别声张。"他吩咐了一句，将晏霖的胳膊扛上了肩。

我在旁边出了一把没什么用的力，撑着晏霖的腿，让晏子和将他扛到了屋里。

晏霖倒在床上，牙关咬紧，紧闭着眼，他这副模样与我在新月之夜时似乎并没什么两样，好似痛得马上要死过去一样。

原来，他将大师兄身上的毒过到自己体内之后，自己的身体其实并没有将这毒化解掉，他只是把这毒藏在自己的身体里，仗着自己修为深厚而强行压制。

师父有毒　199

晏子和拿来了湿毛巾往晏霖头上抹，我沉吟片刻，坐到了晏霖身边，将他的手拿了过来，细细把着他的脉象。

晏子和见状，皱眉看我："你会把脉？"

我会啊，因为我是活了千年的活药材啊，为了活命，我可是学了不少技能呢，只是现在在这副身体里，为了避免被人看出来异样，所以通通要装不会罢了。

照理说我现在也该装着，本来晏子和就已经怀疑我了，我实在不该让他继续起疑。但是看着晏霖这样……我没办法作壁上观。

"晏……师父从什么时候开始给大师兄过身上的毒的？"我皱眉询问，声色不由得变成了以前的模样。晏子和被我问得一愣，可也知道现在不是在意其他事的时候，只道：

"不知道，我入门之时，大师兄便已经入门几十年了，这么长时间里，一直都是师父在给大师兄过毒。"

几十年……

能要好几十条人命呢。我心情有点沉重，晏霖的身体已经被这石门的毒浸泡透了，完完全全就是一个毒人。

这样的毒……我喝一口他的血，真不知道是这咒先解，还是这身体先死掉。

"他多久会毒发一次？"我正在询问，只听门外有急匆匆的脚步声传来，是二师兄寻了过来，他身上大概都是大师兄的血，见晏霖痛苦地躺在床上，二师兄咬紧了牙，额上青筋几乎都要跳出来。

我没有管他，只手法熟练地掐了晏霖身上的几个穴位。

二师兄见状，表情也有些诧然。

他没有插话，只听晏子和回答我："不确定，师父内息浑厚，能压制住体内的毒，每次在受了重伤抑或内息不够之时，便会毒发。"

我望向二师兄："我们到之前，师父便与白玉门人有过激战？他体内并不似有内伤的模样。"

二师兄怔了片刻，还是答道："我动了手，师父没有受伤。四五个月前，师父不知在山外出了什么事，回来后体内气息薄弱，昏迷了好长时间。"他垂眸。"为大师兄过毒的日子要到了，我本与大师兄商议，这次师父昏睡才醒，内息不足，便由我替大师兄过毒。哪儿想到……那日师父竟不由分说，自己动了手。"

我恍然大悟。

原来如此，难怪当时二师兄要生气，大师兄要恼怒了，也难怪二师兄当时说，师父是为了保护他。

因为不想让石门的毒过到二师兄身上，所以即便内息不足，晏霖也强行为大师兄过了毒。

这晏霖……对二师兄也是真爱啊！

他……我转头看着面如金纸，痛得不省人事的晏霖，轻轻按了按他头上的一个穴位……

他真是一个温柔的人。

既温柔，又强大，还让人心疼。

"那几个月前师父昏迷不醒又是为何？"

"不知。"二师兄摇头，"师父自外归来便昏睡了整整三个月，他醒来后什么都不愿说。"

我摸他脉象，确实没摸出什么伤来，只觉气息格外虚弱。"有什么方便凝气的丹药吗？"我问，"他身体里的毒外物解不了，只得靠他自己化解。"

其实也不是外物解不了，要是我原来的真身，千年人参精的精气是可以帮他解毒的，但我已经死了一次，也不知道我的真身在哪里……

"药房里有些丹药，只是师父鲜少借助外物凝神聚气，那些丹药没什么用……只有一些参片。"

听到"参片"这个词，我下意识地觉得皮肉一紧，但也别无他法："拿……拿来让他吃点吧。"我放开了他的手，退去了一旁，守着看晏子和拿来参片，放进了晏霖的嘴里。

我看得遍体生寒，只埋着头默念同根莫怪。

这一晚，晏霖这边折腾了一宿，大师兄那边也不轻松，我到底

师父有毒　201

还是见到了一身是伤的大师兄,与二师兄和晏子和说了一些要注意的事,便让他们帮大师兄包扎,我回去守着晏霖。

沉闷的一晚过去,直到第二日午时,晏霖才睁开了眼睛。

我那时睡得有些迷糊,凑过去,下意识地抬手摸了一下晏霖的额头,然后将手放到自己额头上。

"没什么大碍了。"我拍了拍他的肩膀,"你身体底子还行,换别人早死透了。"拍完了,我收手打了个哈欠,正想回去睡一觉,忽然觉得晏霖看我的眼神有点不对。

我还没打完的哈欠僵在了半空中。

我……刚才好像忘了进入之前一直在演的身份了,我……是不是穿帮了?

我转了转眼珠,盯着晏霖,见面色依旧有几分苍白的他也盯着我,刚才那幽深的目光好像只是我的错觉,他唇角又勾起了那一抹若有若无的笑意:"你守了一夜?"他问我,好像一点没觉得我有哪里不对。我便也当他睡迷糊了,跟着打哈哈:"师父,你可让我还有二师兄三师兄担心了!"

听到我提他们,晏霖的心思果然被引了过去:"子明如何了?"

"二师兄他们照顾着呢,说是伤势平稳下来了,就是……一身功法没了。"

晏霖垂了眼眸,点了点头。我看了晏霖一会儿:"师父,你……不难过吗?"师父辛辛苦苦教了这么多年的徒弟,为了帮他活着,给他过了几十年的毒,最后,这个徒弟为了不再拖累师父,将那一身功法都废了,大师兄……经常下山除妖,在山下人的眼里,他那么优秀,晏霖应该也将他当作自己的得意弟子吧。

晏霖顿了一下,抬头望了我一眼,此刻我才看见他笑意背后的无奈:"他既然自己这般选择了,便随他吧。"

但是,他是难过的吧,就像那时看见大师兄自废功法,他手臂不住颤抖。

我抬手,像先前他拍我头时那样,拍了拍他的头:"师父,别难过。"

晏霖一愣，随即眸光柔了下来："嗯。好，我不难过。"

"过了就好了。"

他盯着我，双眸映着我小小的身影，瞳孔里的光仿佛都被揉碎了一样软："嗯。"他被我摸着头，像是我们俩的身份倒过来了一样，他像一个小孩，而我是安慰他的大人。

恍惚间，我有一种错觉，好像在过去的千年之中，有那么一个片刻，能和现在的场景重叠。

可也只有这一瞬间，过了便不那么觉得了。

半个月后。

大师兄在伤好之后，来求了晏霖，让晏霖将他放下山去，因为他如今已不再是一个修仙人，他是普通人，该过普通人的生活。

晏霖没有挽留。

送大师兄离开的那一天，我与晏霖还有二师兄、三师兄一同站在小院门口。

大师兄跪在地上，磕头三拜，用力得将额头都磕出了血来。拜别恩师，了断这仙缘，大师兄头也不回地往山下走去。看他渐行渐远的身影，我转头望了晏霖一眼，他是高高在上的仙人，并没有多少情绪的波动，但我却莫名觉得，他身影萧索得让人想抱抱他。

晏霖其实……有一颗很柔软的心。

我拽住了晏霖的手，晏霖垂头看我，我冲他笑了笑："师父，以后你教我练剑吧。"

晏霖一怔，微微一笑："好。"

他还有三个徒弟。

我握着晏霖的手，忽然觉得，其实，我可以不用喝他的血了。

像这样一直在这小院里，和他，和两个师兄一起生活下去，也没什么问题。我已经渐渐习惯这样的生活了。这样的生活，足够幸福得让人沉迷。

师父有毒 203

第七章

　　大师兄走了，晏霖身体恢复后，并没有人追究我为什么小小年纪就会医术。

　　大家装糊涂，我自然也乐得装糊涂。只是我现在开始好奇一件事，那就是我原来的真身既然已经死了，那现在到底在哪里。

　　因为，现在如果找到我的真身的话，或许可以清除晏霖身体里的毒。

　　我想调查这件事，但我现在是个小孩，并没有这个能力，于是我打算让晏子清和晏子和来帮忙。大师兄离开之后，二师兄担负起了大师兄以前的职责，经常下山收拾跑进村里的小妖怪，照拂山下村民，忙得不见踪影。我便想去撺掇晏子和，但是……

　　晏子和也经常不见踪影！

　　晏霖自打从白玉门回来之后，闭关调理的时间多，也没时间管我们三个，说来，对我这个三师兄，晏霖以前也没怎么管过，反而二师兄更像三师兄的师父……

　　我正琢磨着要去什么地方找晏子和，便见天上一道御剑的光芒掠过，这光我认识，是晏子和御剑下山了。

　　他下山做什么？

　　我不由得跟出了院子，晏子和在天上御剑，行得不快。我也没打算要跟上他，只是跑到了一个山头上，想看看他到底要去什么地方。

　　御剑的光往后山的一处密林里去了，那里没有村庄，人迹罕至，晏子和为什么要去那里……

我还没想完，忽觉脚下石头一松，竟是前段时间雨下得太大，将这山石泥土冲得有点松散了。我只觉身子一沉，都没来得及叫一声，"哗"的一下便从这个山头上滚了下去。

天地在不停地旋转，我滚得头昏脑涨，身体皮肤被山石树枝野草胡乱划过，最终我撞在半山腰的一块大石上，将大石撞得往下一滚，我还以为要跟石头一起继续往下滚，哪儿想到大石下方竟是一个空洞，我"扑通"一声摔了进去。

"啊……"

终于停下来了……

身体像是要散架一样痛，但在经历了新月之夜灵魂与肉体的互斥之后，这点疼痛对我来说已经不算什么了。我撑起脑袋，将摔得脱臼的脚弄了回去。

然后我抬头往上一看。

只见头顶约莫有三丈高，高处隐约露出山石的一条缝隙，周围皆是石壁，有一条幽深的小道通往更深处，地面上有水光波动，借着头上漏进来的天光，水波反射着光芒，照亮了洞穴。

我站起身来，拖着红肿的脚走了两步。"救命啊！"我喊了一声，声音在洞穴里回荡，估计没有人能听见。

毕竟刚才我已经滚了好长一段路。

我一声叹息，为今之计，只有等他们三个谁发现我不见，然后出来搜山了。

我靠着山壁，正打算坐下，忽然，有一股奇妙的味道吸引了我的注意力，在这水波通向的小道深处，我好像闻到了……以前我自己身上的那股……参味……

我登时神情一凝，嗅着这股味道就往山洞深处走。

越走，这股参味便越明显，终于，我走到一间宽大的石室里，面前是一面冰墙，我看见我那似手臂一样的真身，正嵌在那冰墙之中。

我一惊。

师父有毒　205

我……我居然在这里发现了我的真身!

我!居然死在了这里!

我惊愕地瞪大了眼,半天也没说出一句话。

我死在了这儿,这是清和门的山,平时村民都不敢上来砍柴,怕玷污圣地,小妖小怪的,在村子里闹闹,也是不敢上山的,别的门派的仙人更不用说了,哪个门派找到了我不会把我藏在自己门派里?

而我的真身在这儿,也就是说,我就是被这山上的清和门人……杀的?

意识到这件事,我心底大寒。

是谁,谁杀了我?

大师兄?不对,他已经下山了,如果是他杀的我,他应该会将我的真身带走。晏霖?不对,他身体里有毒,如果杀了我,应该会第一时间将我吃掉给自己解毒。二师兄?有可能,但是更有可能的……是晏子和。

我是追着晏子和下山的踪迹才滚到这里的,也就是说,去向不明的晏子和可能经常走这条路,那就是他最有可能将我的真身藏在了这儿。

为什么只是将我的真身藏起来呢?吃了我可是能直接飞升的呀,而且,为什么又要给我换魂呢?

我摸着胸口上的还魂咒,找不到答案。

我在石室内待了一会儿,想不明白其中关键,但我却倏尔冒出了一个别的想法——

我的真身在这里,晏霖有救了,只要让晏霖吃掉我的真身……

不对,等等,现在还不确定这事就是晏子和做的,万一杀我的人是晏霖,万一他对我还有别的图谋……

我不敢细想。

在什么事情都没有搞清楚之前,我不能轻举妄动。我顺着小道,走回我掉下来的地方,在那处抱着腿坐着。顶上的光慢慢变暗,直到外面天色完全黑了,我才见一束御剑的光从我头顶上掠过。

没多久，上面的人转了下来。

"臭丫头？"是晏子和在叫我。

我想了想我那嵌在冰墙里的"尸身"，霎时遍体生寒。

"你在这儿做什么？"晏子和从上面跳了下来，轻轻落在我的身边，他神色如常，"踩滑了掉进来了？"

"嗯。"我点头。

他嫌弃地撇了一下嘴："我带你上去吧。"他抓着我的手，纵身一跃，径直从坑里跳了出去。"怎的滚到这处来了？你在追着鬼打吗？"

我见他这表情，心道他恐怕不知道从那小道过去会看见什么。

"我追着你跑的。"我留心看着他脸上的神色，"今天见你御剑下山了，你干什么去了？"

他神色一怔，沉默下来，隔了好一会儿才道："这不是你该问的。"

"哦，那我回头让二师兄来问。"

晏子和神情一僵，咬了咬牙道："我……可能隔不了多久，也要下山了。"

"你下山去哪儿？"

"乐皇帝荒淫无道，旧部将与我商议，要我掀大旗起兵。"

我愣住，咦？等等，我好像有点没听懂："旧部将……起兵……你？"

晏子和瞥了我一眼："我是先皇遗子，昌和二十年，乐皇帝起兵篡夺皇位，旧部将带我逃出京城……"

"等等！"我唤住他，"你有皇室血统啊？"

晏子和点了头："旧部将带我与母妃出逃，路上被人伏击，母妃身死，是二师兄救了我，带我回了清和，令师父收我为徒。至今已有十载。"

原来如此。原来二师兄才是救了晏子和的人，也难怪晏子和对二师兄要亲近多了。只是现在他要离开二师兄了……

晏子和将我带了回去，从头到尾没有提过一句关于刚才那山洞的话，似只认为那是个普通的山洞，而我也只是不小心掉进去了。

"那你打算什么时候离开？"我问晏子和。晏子和沉默，旁边传来二师兄的声音："什么离开？"他才从山下回来，见我一身的泥与伤，有点惊讶。

"小师妹！怎的弄得如此狼狈！"他没再管身边的晏子和，蹲到我身前，也不嫌脏，用衣袖擦了擦我的脸。我瞥了旁边的晏子和一眼，只见他垂眸望着二师兄，神情有点落寞。

认真算来，晏子和被二师兄带回山上的时候，年纪应该比我还小，现在二师兄照顾小孩的手法这么娴熟，以前肯定没少照顾晏子和。

但是现在晏子和长大了，而二师兄爱护的对象从以前的他变成了我，所以这是来自"前辈"的醋味啊。

晏子清转头问他："你欺负她了？"

晏子和一噎："我……"

"三师兄说他要走了。"我抢了话头道，"他要下山去找他的旧部将，要去打仗了。"

此言一出，几人一时静默，不过这样，二师兄的心神才全部被晏子和吸引了过去。他沉默地看着晏子和："你要去？"

晏子和点头："生在帝王家，这本是我不能逃避的命运。山里十载，所学所见，足够我后半生受用。"

在我看来二师兄其实是个话多的人，但此时此刻，他却与那日师父送走大师兄时一样，不发一言。

"你若想去，便去吧。"二师兄最终只说了这样一句话。

晏子和转了身。"我这便去与师父说一声。"他顿了顿，"这些年……多谢师兄照拂。"

我以为二师兄会继续沉默下去，哪儿想在晏子和即将走远的时候，二师兄又轻轻道了句："仗打完了，还可以回来。这里还是你的家。"

我见那方晏子和背影一僵，一抬手，飞快地在脸上抹了一把，继续走了。

其实我是不太能理解他们之间的感情的。我活的那千年，没觉得活着有什么好的，没朋友没爱人，自然也没有离别，没有不舍。

他人对我而言都是过客，只是在这清和门里，我开始感觉到那种不舍的情绪了。

尽管我内心还在猜测他们之中到底是谁杀了我，是谁给我换的魂，为什么要这么做，可对于他们的离别，我也感同身受。

我想，这大概就是传说中的，对他们有了感情。

第八章

　　晏子和离开了不过几日时间，二师兄带我下山买东西时，我便听到了有人在传，先帝在民间的遗子举兵反叛了。

　　我转头看二师兄，他面色淡然地提过老板手里的东西，牵着我回山了。

　　山里就剩下了我与二师兄还有晏霖，变得比以前冷清许多。我偷偷地去那个石室里看过，我的真身还在，晏子和果然不知道这里有什么东西，不然，他要去打仗，拿着我这真身去，指不定能起到多大的作用呢。

　　那剩下的，就是晏霖和……二师兄？

　　可这两人都不像杀了我的人，晏子和走后，二师兄更是要把我宠上天去，晏霖虽没什么表态，可他身上带毒，若千年人参在此，他没道理不用，又不是傻。

　　难道……杀我的，还真是山外的人，或者这清和门里还隐藏着别的人？

　　我猜不出，而就在这时，一件麻烦事来了——

　　新月之夜。

　　我犹记得我是上个新月之夜被晏霖带回清和门的，不过一个月的时间，我却已经在这里经历了这么多事。

　　这天到晚上之前，我都处于很紧张的状态。一大清早，二师兄下山了，晏霖在房里打坐调息，我跑到了山后的那石室里，走到我的真身前，看着嵌在冰墙里的我自己，我严肃地思考着，如果我把"自己"吃了，我今天晚上是不是就会不那么痛？

但是到最后，我发现，我想多了，这根本不是我吃不吃自己的问题，因为我根本就敲不开这面冰墙！

临到傍晚，我的身体开始隐隐作痛，直至深夜，我痛得撕心裂肺。

我要这样忍受整整三天三夜的痛苦。

我痛得迷糊，那种想死、想逃脱这副身体的想法又出现了，什么活着，什么不舍，都不重要了。我拼命地哀号，再不怕被人发现，怕什么，还有什么比死更可怕，我倒想将那个罪魁祸首喊到这里来，让我看看，到底是哪个龟孙……这么缺德。

杀就杀，还给我换魂作甚，简直……多此一举。

可这也不过是我开始痛的那几个时辰里想的东西罢了。

等几个时辰一过，我连叫也没有力气叫了，像虫子一样蜷在地上磨蹭。我痛得迷糊，神志不清，四周变得模糊，我偶尔能见到有人影在我身边走动，甚至能感到有人在拍我的背，摸我的额头，安慰我，轻声说着"忍忍，忍忍就好了"。

"过了就好了。"

"过了就好了"，这话听起来有点熟悉，像是我自己在安慰自己，又像是从天边传来的，带着一段有些模糊的记忆在我面前飘。

我隐约记得，很多年前，我好像救过什么人，那人也如我一样在地上打滚哀号，我那时说"过了就好了"。

可我实在想不起来，太久远了，我已经忘了太多事，太多人。

时间走得那么缓慢，又好像在飞逝。

等三天过罢，疼痛消失，我从地上爬了起来。冰墙里，我的身体还在，四周空无一人。我心情是绝望的，想着这样的疼痛居然还有下一次，我一时间有些无法忍受了。

我爬起来，歪歪倒倒地往洞穴那边走去。

我不管了，我要爬上去，要告诉晏霖，我是个被换了魂的人，我

师父有毒　　211

是冲着他破解万咒的血来的，我不想活了，就想死。我愿意把我的真身拿给他，让他吃，给他解毒，他只要给我一点血就好。

怎么都好，反正我是不要再这样活受罪了。

然而我没走几步，一抬头，见面前有个模糊的人影站着。我往上一望——竟然是二师兄。

他找到这里了，是来找我的？

我刚经受过那剧烈的疼痛，现在脑子还有点迷糊，摸不准情况。隔了一会儿，我才终于发现二师兄的目光并没有落在我身上，他微微仰着头，怔怔地看着我身后的那面冰墙。

"二师兄。"我唤了他一声，"你来找我？"

二师兄终于看了我一眼，没有我失踪三天之后应该有的担忧，甚至也没有平常的关心。

他紧皱的眉头透露出了他内心的纠结与挣扎。我不知道他在想什么。

"师父呢？"

我问他，但是我这个问句好像触碰到了他的心事一样，二师兄倏尔一咬牙，面露难色，终于，他拳头一紧，像是做了什么决定一样，向我迎面走来，随即与我擦肩而过，他看也未看我一眼。

下一瞬，我余光得见石室之内光辉大作。

我转头看他，只见二师兄手中集了法力，只听"轰"的一声，他一掌击打在那冰墙之上，冰墙碎裂，大地颤动，登时，这地下石室里像是有地龙翻身了一样，顶上的碎石不停砸落下来。

我没有躲闪，只呆呆地任由那些石块砸在我的身上。"二师兄……"我愣愣地看着他，"你在做什么？"

他没有回答我，手上动作更大地在冰墙上又狠狠砸了一拳。

冰墙彻底碎裂。我那已死的真身从里面掉了出来，二师兄一只手将我的真身握住，转过身来，另一只手提了我的衣领，在我完全蒙的状态中，把我带到了地面上来。

地下石室坍塌，山体凹陷进去一大块，尘埃翻腾中，二师兄将我放在了安全的地方。

我怔怔地看着他,他却避开了我的目光,脸上再也没有以前看着我时那样明媚宠溺的笑。

"对不住,小师妹,帮我也与师父道声对不住。"

他说罢这话,一转身,径直御剑而去!

他走的背影是那么决绝,仿似踏上这条路,就再也不会回头。

只是我完全处在状况外。

这是什么情况?

二师兄来救我,看到了我的真身,然后就带着我的真身离开了?他去哪儿?他要去干什么?他把我的真身带走了,那我要拿什么东西给晏霖解毒!他不管师父了吗?

我隐约明白过来了,这好像是一件徒弟背叛了师父的事,但我不知道他是怎么背叛的,我现在唯一想大声吼出来告诉晏子清的是:"你他娘的给老子留根须下来也是可以的啊!"

可我痛了三天,浑身无力,喊出来的声音也追不上他御剑的速度,我只是这样孤零零地站在原地,遥遥望着二师兄已经看不到的身影,傻愣着。

不知道愣了多久,我一转头,见晏霖此刻竟然就站在离我不远的一个小坡上,他也望着远方,等我看到他,他的目光便也落在了我的身上。

我俩一时无言,最后是我没憋住,开口道:"师父,二师兄好像跑了。"

坍塌的山体,消失了三天的我,带着千年人参莫名其妙就叛走了的二师兄⋯⋯我觉得我有一堆问题没办法跟晏霖解释,但晏霖听了我这话之后,却只是无奈一笑,点了点头。"我看见了。"他向我伸出手,"先和我回去吧。你这身衣服也该换了。"

回了院里,一片冷清,一个人也没有了。

我的肩膀被先前坍塌下来的石块砸伤了,晏霖帮我揉着胳膊按摩,我看着他,一时有点无言。

师父有毒

这个清和门在我来了之后,好像就没有一天是安宁的,徒弟一个个出于各种各样的原因,竟然在一个月里走光了,我忽然觉得有点不好意思,我是不是……克晏霖啊……

"没什么大事,我去给你烧水,你自去洗漱一番。"

"师父,这不是洗漱的时候吧。二师兄也走了……"

我望着他,不放过他脸上的任何表情,因为无论从什么角度来看,晏霖的表现都太奇怪了,他对我不好奇,对二师兄也不好奇,他好像……什么都知道一样,什么都在他意料之中,所以什么时候都能处变不惊。

"这几天江湖上发生了一些事。"晏霖拍拍衣裳,站起身来,"魔道灵使身中剧毒,命在旦夕,子清回去救他妹妹了。"

嗯?

等等,我是不是又听到了什么信息量巨大的话。

我慢慢理了理晏霖刚才说的后一句话里面的信息。

魔道灵使我是知道的,他们魔道那边与仙门不同,他们只有一个门派,没有名字,统称魔道,魔道有个巨大的结界,需要灵使守护。他们魔道里经过各种磨炼,选拔出灵力最强的人,作为灵使,守护他们魔道的结界,防御正派攻击。

这一届的魔道灵使是个女子,子清就是二师兄,二师兄回去救他妹妹,那他妹妹是……

灵使?那二师兄不就是……

"他是魔道中人?"我惊愕地看着晏霖。

晏霖淡然点头。

好嘛,我算看明白了,其实晏霖失去这三个徒弟根本不能赖我克他,按照常规发展来看,这几人命中注定迟早都是要离开他的。

一个是背负着过去、为其他江湖正道所仇视的仙门弃子;一个不仅是魔道中人,还是那么厉害的灵使的哥哥;还有一个是被篡位的皇帝赶出皇宫的先王遗子……

您老收徒弟可真会挑!

这没点身份和过去的，都进不了你的门是吧。除了我……不，我也不简单，我是一个借了凡人小女孩的身体起死回生，活在这世上的人参精。

或许……晏霖收徒的体质就是这样的吧。

"你消失的这几天，子清其实并不知晓。魔道那方传来消息后，他便全然乱了。"晏霖像是闲聊一般与我道，"子清幼时与他妹妹一样是魔道灵使的候选人，可灵使一路艰难至极，不少候选人都死在了磨炼的路上。当年，子清那一届的候选灵使打算从魔道叛逃，子清与他妹妹也参与其中。可是他妹妹当年年幼，不慎被抓回去了。"

晏霖说得轻描淡写，可我听着他的描述却能想象到当年他们出逃时的仓皇。

两个相依为命的孩子，哥哥本打算带妹妹走，却不想只有自己一个人逃了出来。妹妹被带了回去，她不知道吃了多少苦，才走到了灵使的位置上。

身为哥哥，二师兄在逃出来以后的日子里又怎么能安心。

"子清当年本欲为了妹妹再回魔道，可他逃出来的时候受了重伤，双腿几乎走不得路，我救下他，将他完全医治好，已是两年后，而那时，他妹妹已经成了灵使。"晏霖看了我一眼，"那时子清妹妹的年纪约莫与你现在一般大吧。"

这时我方才明了，难怪二师兄一开始那么拼命地想要留下我，对我那么好，原来，他是想在我身上，弥补他对妹妹的亏欠。

"那师父……"我问他，"你就这样任由二师兄走了，他拿的……"

他拿的千年人参可是能清除你身中的剧毒啊！

这话我没说完，因为说到一半的时候我突然想起了一件事情——晏霖怎么知道二师兄拿千年人参回去救人了？

二师兄拿人参走的时候，晏霖是没有到石室来的，直到地底塌陷后……除非……

我愣愣地望着晏霖，看着他温和的眉眼，太多的言语一下堵住了喉头。然而千言万语汇聚起来，其实我只有一个问题想问他。

师父有毒　215

是你杀了我吗？

晏霖看了我一眼，神色还是那般淡淡的："还魂术的疼痛大概会持续一年，过了这一年，以后就不会痛了。"他像是漫不经心地说出了这话，语气神态与方才给我讲二师兄的故事时没什么两样。

但是这句话却足以让我如坠冰窖。

第九章

"你一开始就知道我是谁？"

"对。"

他丝毫没有否认，态度坦然，仿佛就算我在被捡回来的第一天就问他这个问题，他也会这么直白地回答我一样。

其实想想也是，只有这样才能解释，他从头到尾那副奇怪的态度，若即若离，高深莫测。也只有这样，才能解释，为什么他这么一个高高在上的仙人，会突然有一天亲自到我这副身体所在的那小村庄去。

也才能解释为什么他谁都不带，偏偏带了我回来，还那么顺从二师兄的意愿，就此收我为徒。

此后的一点一滴，都是他高高在上俯视，看着我在他眼皮子底下丑态百出地做戏。

我垂头看着自己的手，从石室出来之后，便接二连三得到了这么多震撼的消息，我甚至连去洗漱的时间都没有，手上身上全是在石室地上打滚时沾到的泥土尘埃。

"你为什么要这样做？"我问他，"你杀了我，得到我的真身，便是想吃了它吧，为什么要留着，冰封起来，现在被人盗走，也不去追？"

其实这么多年以来，我已经习惯了被人背叛和利用的生活，我知道我在别人眼里是一顿丰富又美味的大餐，我早就做好被人吃掉的准备了。

我只是有点接受不了，既然他已经杀了我，也想将我吃掉，又何必多此一举施以禁术，让我与别人换魂。

借别人的寿让我活下去，这是什么假慈悲……还是说……

"你把我留在这山上，是还要利用我什么吗？"

晏霖本来一直看着我的眼睛，此时见我直勾勾地盯着他，他却挪开了目光，转身往外面走去："是有些许愧疚吧。你那已死的真身解不了我身体里的毒，让子清拿去就是。"

他走到门口，微微逆着光回头看我，一如我第一次在这房间里见到他一样。

二师兄抱着我，大师兄和三师兄都站在旁边，而他斜斜地倚靠在门上，嘴角挂着轻轻的笑。

然而不过这么点时间，怎么一切都面目全非了起来。

"子清走了，我是不会照顾人的，你若想留便可以留下，你若是想走，我也不拦你。你身上有换魂的禁术，出了这里，在仙门地界待不得。你二师兄若回去救得了他妹妹，必定也会留在魔道，为魔道所用，他身份不会低，你去那方投靠他，没有错。"

他帮我把后路都想好了，听起来很是慈悲，但仔细想想，他借我这身体的小姑娘的寿命来延续我的寿命，从而弥补他所谓的"愧疚"……

"我不想活了。"我望着他，对他伸出手，"你帮我把咒解了，我不想这样活着。"

他只是敛了眼神，转身离开："我不会解咒。"

晏霖回了房间，从那天开始，他就当真没有再在我面前出现过。

我在空荡荡的院子里待了两天，这里什么动静都没有，像是个已经死了的地方。

我记得好像很久之前，我也过过这样的生活，为了躲避所有的活物，我寻了一个极偏远的山谷，搭了间房子，打算在那儿混吃等死。可后来不知为何，我在那儿没能待住，出了那山谷。时间过得太久，我已经完全记不得我为何要从那里出来了，现下想来，大概是因为无聊透了吧。

而今，我偷袭不了晏霖，没法喝到他的血，也没法让晏霖自己给我解咒，我思来想去，这么待着确实不是办法，所以……最后虽然很不情愿，但我还是照着晏霖说过的那样，离开了清和门。

我不想再看见晏霖，因为一看见他，我便觉得之前因他而激动过的心跳，有点可悲。

我走的那天，天色明媚，鸟语花香，仙雾氤氲，一如以往。

只是一院的冷清让人感觉萧索。我在院门口站着，站了很久。

晏霖没有出来，他也没必要出来了，从今以后，他再不会有任何一个徒弟可以背叛他了。

我埋头下山，等路过山石亭，将要转弯，再见不到这雾霭中的清和门时，我又忍不住回了头，恍惚看见了一个模糊的人影立在高高的山路尽头之上。

以孤冷之姿，落寞之态。

可我一眨眼，那人影又恍惚不见。

一切只如我的错觉，便如同我来到了这个小院，感觉自己终于找到了一个可以保护我，不利用我，不算计我的人一样……

都只是错觉。

我离开了，在路上行了两三天，心里很是忐忑。这时晏子和的队伍与朝廷已经开始打仗，山下流民遍野，我跟随着流民的大部队走着，晚上睡破庙，白日找些野果来吃。

我不知道我用这么小的身体要怎么独自走到魔道去，也不知到了魔道之后，那里的人会不会接受我。二师兄离开师门了，他先前虽然对我好，但现如今会怎样，我也不敢细想。

我又一次发现自己不敢再相信别人了……

对，又一次。先前，我其实是愿意去相信晏霖的，所以一开始知道我的真身在清和门的时候，我没有第一个去猜是晏霖杀了我。

到上路的第四天，我醒的时候忽然看到破庙外一阵光芒大作。庙外有人惊呼出来："仙人斗法了。"

我心头莫名一凛，揉了眼睛，出了门去，但见破庙之外，清和门的方向，天空之上一片乌云翻腾，电闪雷鸣，光芒时而从乌云之中照射出来，闪耀万里。

那是……晏霖的力量。

他在和谁相斗？竟然如此激烈！我这几天行得慢，没走多远，但离清和门还是有一定的距离，此处竟也受到他法术的波及，想来战况激烈，到底是谁能让晏霖如此动手？

他的身体……

扛得住吗？

心中一起这个担忧，我登时便有些坐不住了。我告诉自己不能回去，且不论晏霖他先前对我做的那些事，便说如今我这个平凡的小孩身体，没有一点法术，无论是救他还是帮他，我都做不到。但是……

万事最怕的就是"但是"……

我没控制住自己，拔腿就开始往清和门的方向跑。我的速度太慢，就算体力足够支撑，等我这样一步步跑回去，战斗也肯定早就结束了。我心头着急，一时有些不管不顾，按照我以前的法子，调动气息，手中掐诀，纵身往空中一跃。

我的法术是对的，但这副身体里并没有修为支撑，于是我摔在地上滚了一圈，一身本就不太干净的衣服变得更脏了，可我还是不愿意放弃。

我想回去找晏霖。他现在用了这样大的法术，回头必定会毒发，到时候若没有人在，他不知道会怎样。我若过去，还能帮他把把脉，找点丹药，帮他把命给吊住。

我挣扎着从地上爬了起来，又继续掐诀念咒，如此这般几个来回，我倒是将这副身体运用得熟练了一些，终于能在空中飞上一段距离然后才掉下来。这比我一个人用腿跑来得快多了。

我向着清和门的方向，一路摔一路飞，经过一个下午，终于赶到了山下。

而这个时候，山上的乌云散去，雷霆停歇。山上虽然没了动静，但我还是不敢停,只怕稍有延迟,万一……晏霖就死了……

我连滚带爬地上了山,等我到清和门的时候,触目之处已经是一片焦土,原来的房子院子不见了,那些树木池塘也不见了,原先的氤氲仙气如今只剩下了一片尘土飞扬。

在那山巅中间,原来正是晏霖院子所在的地方,此刻已经凹陷了进去,我见一人躺在那里,他一身的血触目惊心。

我身体有点颤抖。

恍惚间,这个场景又与我记忆中的某个场景重合,我记得好像在哪一年也是如此,我救过一个人,在我短暂居住过的那个山谷,一个书生一身是血地滚下来,我救了那人……

可现在不是回忆过去的时候,我没多想,就冲他跑了过去。"师父?"我唤他,"你怎么了?"

晏霖几乎已经失去光芒的眸子一转,看见了我。"你……"他眼睛里映入了我的影子,"回来……"

"是,我回来,我回来,我会走,你别急着赶我,帮你治好伤我就走!"

我摸了他的脉,脉象极弱,我抬手就要咬破自己的手腕,我是千年人参,我的血可以保人性命,但是……

当一口咬在我手腕上的时候,我忽然醒悟,我现在已经不再是千年人参精了。我愣住,只看见晏霖咧了咧嘴角,他神志似乎已经完全模糊了,只是嘴里含混地呢喃着:"你又来救我……"

又?

我以前何曾救过他?我……

我转而想起那个关于晏霖的传说,他本是一介书生,恰逢家变,为人所害,于山间有了奇遇……

那奇遇难道……

正在这时,我身后倏尔袭来一道杀气,我转头一看,只见一个已经有一半身体石化了的可怕怪人迎面而来,要一掌把我拍死。

我抵挡不得,却不知道此时晏霖哪里来的力气,竟然一抬手将我脑袋往他怀里一抱！

　　胸膛上全是他血的味道，血腥味中夹杂着他身上那股若有若无的幽香。我不知道晏霖如何接下了那人一掌，但是我能感觉到有温热的血从我头顶上流了下来，那是谁的我不用猜也知道，浓厚的血腥味将我包围，我像是坠入了一个血潭一般。

　　而就在这浓厚的血腥味里，我总算辨别出了晏霖身上的幽香是什么味道。

　　那是参味，是我自己血液里本来带有的药香。

　　我当年心善，救了那书生，以我的血喂养了他七七四十九日，改变了他的体质，让他起死回生，我……

　　救的是晏霖。

　　难怪！难怪一开始他看我的眼神，总有一种似曾相识的感觉。也难怪他要用还魂术给我续命，原来，是在报我当年的救命之恩……

　　"呵，晏霖，你是将自己的寿命过给了这个小娃娃吗？"那半石半人的仙人在我背后开口。听到这个声音，我愣住了，这是……

　　石门真人……

　　他不是死了吗？为何还活着！

第十章

我被晏霖抱在怀里,什么都看不见,却能感觉出晏霖紧绷的每一寸肌肉。

"当初那人参精自己走入我嘴里,她的精气让我从多年沉睡中苏醒,而你来乱我好事,后来竟以还魂术捞她魂魄,再将自己的寿命借给她,我以前倒不知,清和真人竟是如此多情之人。"

以还魂术捞我魂魄,将自己的寿命借给我……

晏霖给我施的这个咒,并不是单纯地将我和小女孩的身体交换,而是……给我找了副已死的身体,然后把他自己的寿命借给我了吗?

晏霖他……

"你话太多了。"晏霖的声音在我头顶响起,下一瞬间,他身形消失,我只听得山风在我耳边呼啸。

等我再抬头,看向天空,却见晏霖纵身而起,将那石门真人提到了高空之中,他身上电光流转,是他聚集了最后的力量。

我什么也做不了,只能在一片荒芜的地上仰头看着天上的他,呆呆的,怔怔的,见他在那电光之中与石门真人……

同归于尽。

"轰"的一声,激荡的光芒似乎能涤荡天下,光芒散去天边万里,强光之后,什么都没有了。

晏霖不见了,石门真人也不见了。

到最后,我也没能看见晏霖的脸,甚至都没来得及听上一句他对我说的话。

我只知道，他之前骗了我，是为了赶我走。

他说是他杀了我，但从石门真人的话来看，当初是我为了躲避挖参人，自己走进了石门真人的嘴里，难怪当时那片地方那么清静。

而后晏霖救了我，用还魂术拉回了我的性命，用他自己的寿命，让我能到这副身体里面继续生活……

所以晏霖几个月前回清和门之后昏迷了那么久，所以我在那个小山村里待了三个月，直到第四个月的时候，他才来将我接了回去，所以他那么轻易地收我为徒。

只是他从来没有说过任何一句关于他对我做的这些事。

我坐在原地，吹着熟悉的山风，只是再也看不到熟悉的景与熟悉的人了。

清和真人的死讯，不日便传遍天下，不因为其他，只因为他与石门真人这一战，实在动静太大。

石门真人竟然活到了现在，委实让人意料不到，大师兄身上还有的那点疑虑也被尽数洗去。

我在清和门山上没有离开，三位师兄回来的时候，我也没有与他们打招呼，几人皆是沉默，我们甚至都没有机会给师父下葬，因为他连尸身也没有留下。

直至夜深，我才开口道："你们怎么都回来了？"

大师兄沉默。二师兄道："灵使中的毒是石门的毒，魔道中人说此毒是清和真人给灵使下的，我初时不信，而今妹妹已醒，证实是师父……"

晏子和也道："我也是入了军营才知晓，师父一直与父王的下属有联系。"

他们的话都说得没头没脑，我过了一会儿，才彻底反应过来。

待反应过来之后，便是一阵气血上涌，堵住我的喉头，让我几乎不能呼吸。

原来，这一切竟然都是晏霖布下的局！他就是想赶我们离开，然后独自一人面对石门真人。

因为他已经将寿命借给了我，本来也活不了多久了！

我先前自己走进了石门真人的嘴里，晏霖在那时候救了我，带着我的真身离开，随即将我的魂魄放在小女孩身上，既然是还魂术，那小女孩必定是先前就死了的，他用自己的寿命让我活了下来。

而石门真人吸食我的精气得以苏醒，但他没有吃到我的真身，他身上的毒还在，所以他重伤之后，必定会去找一个倒霉鬼来过毒，这江湖上肯定有一个人会死，且死相与之前被石门真人害死的人一模一样，只要晏霖不说石门真人还活着，那江湖上的人肯定会查到石门真人的徒弟。

这事注定会赖到大师兄的头上，而大师兄身体之中若无毒，更招人怀疑。毒若过到二师兄身上，二师兄修为没有晏霖这般浑厚，必定会被人看出来。所以晏霖还是强迫大师兄将毒过到了自己身上，方便他接下来的布局。

晏霖教导大师兄多年，必定知道大师兄刚正的秉性，若是知道自己连累了大家，大师兄一定会提出离开，只是恐怕晏霖也没想到，大师兄竟会那般强硬地将自己的功法都废去后再离开。

而二师兄的妹妹中毒，二师兄也注定会走。三师兄有自己背负的使命，当朝廷的人找过来的时候，他不会坐视不理。而我，只要晏霖与我说，是他杀了我，我便会离去。

我们都走了，他在此处，独自应对前来复仇的石门真人，一场同归于尽的战斗，尸骨无存。

石门真人死后，江湖人便会知晓先前的命案怪不得大师兄。二师兄救回了魔道灵使，魔道不会追究他以前的叛逃之罪，只会对他礼待有加。三师兄修仙十年，即便起兵失败，他也不会有性命之忧，他不过是隐居之后，再去履行自己的使命罢了。

至于我……

我的路早在我离开的时候晏霖便帮我铺好了。

我会去找二师兄，从此在二师兄的庇护下好好生活。用新的身体，借他的寿命，不用再担心别人对我虎视眈眈的目光，我可以过上正常的平凡的生活。

他算计好了一切的事，做好了一切的安排，将我们每个人以后的路都规划清楚。我们都出师了，都离开了清和门，好像生活中再没有什么不好的事情发生……

只是他不在了。

这样一想，晏霖真是卑鄙得可怕，怎么把所有人都算进去了，却没有更贴心地考虑一下我们的心情呢。

他这样，让我以后……要怎么继续生活下去。甚至我连死，也没办法轻松看待了，因为这是他的命。

尾声

  我做了一个梦,梦里是当年我隐居山中,那青衣书生坠入山谷,身受重伤。我一时动了恻隐之心,将他救起,七七四十九日,喂他以我的鲜血,保他性命。

  近两个月的时间,朝夕相处,他话不多,常喜欢静静地看着我,有时问我喜欢什么。只要我说出口的,他都会想方设法帮我做出来。

  最后一次,午后阳光正明媚,我在院子里晒太阳,他便坐在一旁斟茶,一边饮,一边问我:"以后,你想过怎样的生活?"

  我闭着眼睛睡觉,漫不经心地答了句:"还能怎样?不被人时时刻刻惦记,平稳安乐,普普通通地活着就行了。"

  他听了,没有言语。隔日他便说要离开一阵,回头再来找我,我想着应该只是离开几天,便让他去了。

  可没想到,他这一走,便再也没有回来过。

  山里本来没人,我一个人待着也就罢了,突然来了一个人,我接受他后,他又走了,这满山青翠便寂寥得让我有点受不了,于是我也离开了那个地方。

  从此以后我天涯各地四处流浪,我其实是想出山去找他的,可时间真的过了太久,我忘记了找他,也忘记了他。

  只是他却没有忘记我。

  梦醒过来,夜正黑得深沉。我恍惚间想起晏霖还在的时候,那日白玉门人上门来找大师兄麻烦,却伤了我,晏霖后来轻轻摸了摸我的

师父有毒

头，呢喃："本不想让你再受任何委屈……"

当时我没明白，现下想来，心里却仿似溃烂了一样刺痛。

我想过普普通通平稳安乐的生活，现在我做到了，只是内心再也没办法如先前一样平静。

因为有一个人在我心里成了一根刺，碰不得，谈不得，连吹口气，只要关于他，都会带来锥心的痛……

师父年少

楔子

　　我是西坞家族的长女，与我几个天赋各异的妹妹不同，爹娘生我的时候，像是恰好忘记了将任何特长点亮，我生下来后相貌平平，性格温暾，修仙问道也无甚灵气，因是长女，曾被寄予厚望，可随着年龄的增长，我在家族里的地位是一日不如一日。

　　我三个妹妹则一个胜一个美艳，一个比一个聪慧，家族的关注点都落在了她们身上。我本以为我这一生也就这样了，平平无奇地生，平平无奇地死，可没想到，在我活了三十几年之后，我又突然被家族重视了起来。

　　不因为别的，只因为我的家族需要一个女子去勾引一个……

　　二十岁出头的少年。

第一章

我三个妹妹都中毒了,面色发青地卧病在床,昏迷不醒。我去看望过一次,只觉得平时那么聪慧漂亮的妹妹们变成了这样,委实让人心疼。可我的心疼也没什么作用。

我只知道我的妹妹们是在两三天内相继中毒的,中毒之后便晕倒了,想来是被人暗算了,但到底是被谁暗算的,又是怎么暗算的,没有人知道。

三个功法冠绝同龄人的妹妹几乎同一时间中了毒,族里调查来调查去,也没查出是谁干的,因为族里并没有人有这样的本事,于是对嫌疑人的身份,便怀疑到了族外去。但凡这段时间来过西坞的厉害修仙者,都被请到我家里来喝了一杯茶,可这件事依然理不出个头绪。

正在大家愁眉不展的时候,我庶出的秦冀哥哥带着一身的伤回了西坞。族长问他为何受伤,他哭着痛陈:

"听说前几日侯山的紫陵君路过西坞,在西坞近郊逗留过几日,然后才离开,我关心妹妹们的病情,便想与紫陵君细细问问。不是我怀疑紫陵君,谁都知道他那身功法出神入化,就算他没有解药,说不定凭此功法也能救三位妹妹性命……哪儿想到那紫陵君一言不合就对我一顿痛打……"

那日那时我是凑巧路过主堂的,见秦冀哥哥一个三四十岁的老男人了,在族长面前哭得如此撕心裂肺,委实替他觉得有几分丢人,我本打算像平时一样当没看见,转身离开,族长却沉默片刻后道:"紫

师父年少 231

陵君不属任何仙门，年纪轻轻便已修为有成，乃旷世奇才，偏偏行事作风过于偏激，所行之道非邪非正，与我族也曾有过过节……"

"对，这紫陵君邪乎得很。"秦冀站起身来，对族长道，"我觉得三位妹妹中毒一事，在紫陵君这儿必有猫腻，不然他也不会如此抗拒我提及此事，还对我痛下毒手。"

我心道，紫陵君顾十岚十几岁就以两个"特别"在江湖闻名——天赋特别高和脾气特别臭。你瞧找人找到他头上，他没打残你已经是我听过的最温柔的对待了，这般言语……

"嗯。"族长却点了头，"我与长老们且商议一番，你先下去治伤吧。"

秦冀哥哥走了，我也埋头离开。

我知道，老头子果然向秦冀哥哥的说法那边靠了，他们在怀疑紫陵君。我常常觉得老头子的想法让人有些无法理解，但作为家族史上最无用的长女，这些大事我从来都是插不上嘴的。我以为这次也会和往常一样，家族自行派其他人去将这事解决了，我只用安安静静地过着我混吃等死的无用长女生活。

可是……

万万没想到……

我头上的那些老头子，竟然又做了一个让我无法理解甚至堪称匪夷所思的决定——

他们要我去勾引……紫陵君。

我先说说我自己吧：在大家族里活了三十来岁的无用长女，功法最差，姿色最平，年纪大了，笑起来还有一点褶子，不讨人喜也不讨人厌，我就是家里的一株盆栽，放哪儿都行，放哪儿都不醒目。我最大的目标就是在西坞家族里黯淡地默默无闻地过完我这一生。

我是大家族里比用人还没存在感的一个普通人。

再说说那紫陵君吧。

他都不是年少成名了，他是年幼成名，五岁能文不一定，但他十岁的时候修为已经足够让大他二十岁的前辈汗颜。

天才，大概就是这样的人。

众人仰望，万人瞩目，宛似天上的朗朗明月，一举一动都足以成为整个修仙界茶余饭后的谈资。而且最主要的是他很神秘，至今江湖上没人知道他的真正来历，只知道他为人处世亦正亦邪，脾气高傲得几近古怪，年纪轻轻却如已早早看破红尘一样，独行世间，没有爱人朋友，甚至没有亲人。

这种孤傲清冷的高岭之花，他们想让我这个与尘土一样普通的人去摘下？

我觉得族长仿佛在逗我。

可当我大表哥把我送到顾十岚暂居的那个镇子时，我终于认定，我的家族，真的派我来干这种不可能干成的事了。

我离家之前族长给我传达了三个意思。

一是让我靠近顾十岚，调查一下，他与这次我三个妹妹中毒的事有没有关联。二是让我请顾十岚来西坞，给我三个妹妹疗伤。三是……如果以上两个目标都达不成的话，那就想办法将顾十岚闻名天下的疗伤功法长灵心境学会，带回西坞，让西坞的人来救我三个妹妹。

我捋了一捋。

照理说，族长说的这三件事，最后一个应该是退而求其次的办法。

但是我觉得……这三个好像都没什么差别吧！我一个都不可能达成啊！对方可是顾十岚啊！

我巴巴地望着御剑送我过来的大表哥，他是我生母妹妹的儿子，在西坞家族里也算是有头有脸的一个人了。我抓住他的衣袖问："大表哥，我要是事情没办好怎么办？"

大表哥看了我一眼，他天生冷脸，于是这个眼神也显得有些凛冽："你素来在家里什么事都不做，而今三个妹妹中毒，你不全心全意想着救她们，还在想自己如何脱身吗？"

我张了张嘴，面对这样的训斥，我通常无言以对……吃人嘴软，我确实是在家里吃闲饭的，挨骂也没错。

"家里的医师能拖延三个月毒发的时间，三个月后我来找你，若

师父年少　　233

一事无成，西坞家族要你也无用。"

天寿了，长女的铁饭碗这下也要打破了！

"这符你拿着，我要找你的时候，黄符会带我去你的位置，小心藏着，回头跟着紫陵君的时候别被他发现此物，我族与他有过节，你知道的。"

我知道的。

当年我西坞家族在湘南集全族之力围攻一只大妖，族长欲拿下妖头为我族立威，没想到刚要杀那大妖的时候，紫陵君凭空而来一刀就把那妖怪的头砍了，说这妖怪前几天得罪了他，他便追杀妖怪到此，手起刀落，一点都没有顾及族长的脸面。

于是我族从此与紫陵君有了过节，至于这个过节紫陵君还记不记得，我就不清楚了。

我唯一清楚的是，族长大概是知道的，给我三个妹妹下毒的不是紫陵君，因为紫陵君根本没有必要这样做，要是谁得罪了他，他直接拔剑把人切了得了。族长也知道，要让我请紫陵君回西坞，几乎是不可能的事情，因为从没听谁说过，紫陵君会为了救人而跟谁去任何地方。

族长的真正目的是第三个，他想让我来偷学紫陵君的长灵心境。我若能学会这个，从此，我就再不可能是只默默无闻的菜鸟了。

大表哥说我如今还在想办法让自己脱身，不顾妹妹们的安危，其实，族长也不差啊，我敢打赌，如果在三个月内我找到办法让紫陵君教我长灵心境，而三个月满我还没有学完，族长一定会让我留下来学完再走。

我叹了一口气，为了我的铁饭碗和三个妹妹，对这紫陵君，咬牙也得上了。

第二章

紫陵君住在全镇最贵的客栈最好的房间,和一般修仙人追求的简朴艰苦不同,他很会享受自己的生活。

家族给我的勾引经费足够让我住上和紫陵君同样的房间。

客栈有天字两间房,他住甲,我住乙,完美地制造了偶遇的机会。

然而对我来说,现在的难点不在于我要怎么遇见紫陵君,而在于遇见他之后,我要怎么让他对我印象深刻,觉得我有趣,从而萌生出要将我收为徒弟的想法……

我照了照镜子,看着眼角的鱼尾纹,想着紫陵君如今不过二十出头的年纪,心里有点惆怅。

要拜一个比我小十几岁的少年为师,这其实是一件有点羞耻的事情,而最羞耻的是,在拜他为师之后,我还要主动嘘寒问暖地献殷勤,以期待他早日对我有真感情,而有了真感情之后,要学什么功法,一切都好办了。

我住进客栈之后,先施了个小法术把自己眼角的皱纹揉了揉,暂时给揉没了,我化了个妆,穿了身少女粉的衣服,整个人登时看起来年轻不少。

我在房间里待着,努力听着对面房间的动静,一天开门三十次,只为制造偶遇顾十岚,顺便崴个脚摔进他怀里的机会。

但是三十次我都听错动静了。

后来我开关门太频繁，惹得小二上来问我情况，问是不是有哪里住不惯。我生平就喜欢做个默默无闻不引人注目的人，开关门影响了小二的正常工作，我觉得挺抱歉的，便停止了这种无聊的行为。

我直接在门上戳了个洞，蹲在房门前，时刻观察着对面的情况。

一直等到傍晚，愣是没见人进，也没见人出，我只道是不是家族的情报出错了，便起来伸了个懒腰，打算下楼点一些吃的再回来继续蹲守。

哪儿想我这边打了哈欠刚拉开门，对面的门便也开了。我与紫陵君打了个照面，我的哈欠噎在了喉咙里，而紫陵君则轻描淡写地瞥了我一眼，便视若无睹地关了门，下了楼。

而我还沉浸在紫陵君的倾城容貌当中无法自拔。

这个少年未免长得太美了吧！

我自幼长在西坞家族之中，没什么本事，也不用外出，但西坞家族的人多半美貌，所以见别人的容颜我多半是不会有情绪波动的，但这紫陵君已经俊美得超过常人的想象了。

我愣了下神，跟着紫陵君下了楼，同时在脑子里琢磨着，难怪族长要派我来勾引紫陵君。以前族长带人出去抓那大妖的时候，基本全族出动，所有年轻有为的哥哥弟弟姐姐妹妹没一个缺席的，估计当年在场，他们都见过了紫陵君。而只有我……没有去。

紫陵君在楼下坐着饮茶，我听他点了客栈的几个招牌菜，价格均是不菲，寻常修仙人一般是不吃饭的，这个紫陵君果然不同凡响，对大鱼大肉丝毫不忌讳。

我坐在角落里观察他，正琢磨着要怎么才能制造出一点火花，忽见客栈外有两个穿着严实的男子架着一个戴面纱的女子进来了。

女子的脸完全被挡住，双臂被两人架着，走路时脚下有几分僵硬与不自然。

我瞥了一眼，默不作声地别开了头，端着茶杯喝了一口，心里还在琢磨的时候，那三人路过紫陵君身边，一个男子一个踉跄，莫名其妙摔倒在地。他摔倒的时候正有一阵风吹过女子的脸，掀开她的面纱，客栈众人这才得见那女子眼中泪光莹莹，嘴上被白布紧紧勒住，致使她根本言语不得。

客栈霎时一片安静，摔倒在地的男子爬起来，在同伴的怒目而视下连忙将女子的面纱重新整理好，两人交换了眼神，拖着女子便往客栈外面走。

"站住。"在我还在犹豫要不要发声的时候，紫陵君轻描淡写地唤了一句，唤得那两人神色一紧，立即戒备地盯着紫陵君。却听紫陵君道："你将我筷子碰掉了。"

我垂头一扫，果然紫陵君的一根筷子掉在了地上，那两人听是这般小事，不打算搭理，迈步便要走，可在出客栈之前，只见紫陵君身形一闪，下一瞬已经拦在了那两人面前。

"我不是说了站住，没听到？"

那两人面色一狠："小子，我青冥派拿人，少多管闲事！否则！当心你的脑……"

紫陵君眉梢一挑，在那人话音未落之际手中扇子一挥，将那人扇得飞了出去，那人撞破客栈大堂的窗户，像小孩手中的皮球一样，砸在隔壁的墙上。紫陵君一言未发，在另一人未反应过来之际，反手收了扇子对着另一人的脑袋就是一拍，那人还没来得及吭上一声便直接倒在地上，昏迷了过去。

紫陵君收了扇子，颇为不高兴地哼了一声："坏心情。"

而那戴着面纱的女子则拼命地发出了哼哼哈哈的声音，我趁机迎上前去，帮那女子把面纱解开，转头就去夸紫陵君："大侠好身手。"

紫陵君却看也没看我一眼，也不管那一桌也没动的美食，转身就往楼上走去。

啊？这就不吃了？不对……这就不搭理人了？

果然是高岭之花……孤傲得冻人。

"公子！"被解救的姑娘殷切地呼唤一声，几乎要跪着扑上前去，意图抓住紫陵君的手臂，但临到紫陵君背后，只见紫陵君一抽手，那姑娘一跟头扑在了紫陵君身边的阶梯上。

师父年少　237

我看着都替她疼，可她没有介意，爬起来，拍拍衣裳，接着道："公子，我乃长芦金家的幼女，此番得公子搭救，小女子……"

　　"我没有救你。"紫陵君冷冷地回了一句，接着上楼，那女子锲而不舍追上前去，可还没等她说话，紫陵君脚步一顿，回头瞥了她一眼，"别跟着，烦人。"

　　"……"

　　我很是无语，江湖传言果然不虚，这个紫陵君脾气当真古怪，救了人又嫌人烦……

　　而且这长芦金家我是听说过的，别的什么都没有，就是有钱。换作我，我是很稀罕和这样的人做朋友的，毕竟人要给自己留后路，万一哪天在西坞家族待不下去了，我还可以到金家混口饭吃……

　　那姑娘被紫陵君呵斥得有点愣神，我趁此机会，连忙从姑娘身边挤过去，跟着紫陵君上楼，在二楼转上三楼的时候，紫陵君的目光在我身上扫了一下，我立即扯了一个温和的微笑，套近乎："我也住上面。"

　　他没等我把话说完就转过头继续走了，真是个一点也不讨喜的臭小子……

　　不过看在以后我还要骗他的分上，忍了。

第三章

这日夜里,我端着一碗粥,鼓足勇气敲响了紫陵君的房门。

粥是我熬的,自认为味道还行,毕竟这些年在西坞家族没干别的事,就钻研吃的了,我能吃会吃还会做吃的,日常料理手艺不会比这客栈的大厨差。

紫陵君拉开门,一如既往地冷脸,只是眼睛微微眯了起来在我脸上打量。

被他审视,我后脊有点发凉,连忙将粥奉上:"大侠,今天我见你英姿飒爽惩奸除恶,很是大快人心,但你好像被坏了心情没有吃东西,怕你晚上饿,我给你弄了点夜宵,以表……呃,钦佩之情!"

紫陵君没有动,我捧着粥的手觉得有点酸。

"我不喜欢老女人。"他终于开口了!但……

他说啥!

老……

好吧,比起他来,我确实不年轻了,不过这个臭小子怎么可以当着人的面说这么难听的话!

要不是我在西坞家族就习惯了忍气吞声,我今天这碗粥就扣他脸上了!我努力保持微笑,压住额上青筋:"你就当尊老爱幼吧,粥给你,好歹喝一点,养胃。"

我将粥放在他手上,他没有推拒,挑眉看着我。

我没与他对视,直接回了房间。我贴门口站着,细心听着外面的动静，过了好一会儿，才听到紫陵君关门回房的声音。

很好，没有摔碗，看来我的粥的香气还是很吸引人的。

我隐隐有了一点自信。

翌日清晨，我捏好了糯米团子，正准备拿给紫陵君继续去献殷勤的时候，紫陵君竟然自己下楼来了，他寻了个位置，刚坐下，还没点菜，我便过去在他对面坐下，在他开口骂人之前，我把糯米团子摆在了他面前："大侠，这里的早餐不合我口味，我自己捏了几个团子，你要尝尝吗？"

紫陵君看了我一眼，当真捏了个团子咬了一口。

他表情没什么变化，却一连吃了三个。

我很满意，笑眯眯地看着他，说实话，看见别人吃我做的东西，我其实挺有成就感的，只是素日里在西坞，没有人愿意搭理我，吃我做的饭菜罢了。以前三个妹妹还老爱缠着我给她们做，后来她们长大了，也忙了，便没时间来我这儿蹭饭了。

"说吧。"紫陵君在吃第四个团子时瞥了我一眼，"你想要什么？"

没有无缘无故献殷勤的，我喜欢明白这个道理的通透人。

我开门见山："实不相瞒，大侠，打小我就有个江湖梦，也想仗剑走天涯，快意恩仇，昨日见你的英姿，我想拜你为师。"

族长给我安排的那三个目标，前两个我是根本就没指望过的，现在唯有指望第三个了。长灵心境不是什么攻击的法术，只能救人，希望紫陵君不要将自家本事看得太紧吧……

闻言，紫陵君抱起了手："你想拜师？"

我点头。

"可你太老了。"

"……"

抱歉啊！我已经尽量让自己显得年轻了……

"你还会做什么？"

他问我，然后把我问倒了。我还会做什么？我绞着手指头开口："御剑……会一点，但不太快；呃，剑法会，但不太利索……"

"我问你还会做什么菜？"

"哦，这个啊。"我伸出十根手指来，"炒菜，蒸菜，水煮，煎炸，火烤……"

"好了。"紫陵君打断我，顺带擦了擦嘴，站起身来，"我居无定所，你愿随我走便不要怕累……"

"师父！"总算轮到我打断他的言语一次了，"只要你愿收我为徒，我就什么都不怕！"我用最诚挚的目光盯着他。

紫陵君轻咳一声："喊太大声了。"

然后我便悄悄叫了他一声："师父，你中午要吃啥？"

紫陵君勾了勾唇角："看你本事。"

其实，他勾唇角的那个动作根本就不算是笑，但我还是第一次在紫陵君脸上看见这么柔和的表情，我默了一瞬，有点被他的容貌惊艳到了。

中午我简单地做了一条清蒸鱼给紫陵君端去，在上楼梯时，便听见三楼有个姑娘在哀声求着："恩人，公子，我只想知道你姓甚名谁，我想知道救我的到底是何人，以便我来日报恩！公子！那青冥派的人不会这般容易放过你，还请公子受我金家保护……"

"哐"的一声，门扉被大力推开，那长芦金家的少女被震得往后退了三步。

紫陵君眯着眼看她，神色极是不悦："青冥算什么东西，你又凭什么保护我？我只最后说一遍，那日我未曾刻意救你，你再纠缠，我便要不客气了。"

这话和神态显然吓呆了人家小姑娘。

我端着鱼，一时有点进退两难。紫陵君目光一转，瞥了我一眼："杵着干什么？等鱼在你手里再蒸热一会儿？"

"哦。"我应了，连忙上楼，入了紫陵君的房间。

他立即关了门，将那金家小姑娘挡在了外面。

听着小姑娘脚步摇摇晃晃地下楼了，紫陵君面不改色地吃着我的清蒸鱼，我见他现在吃得还算开心，便道："师父，那是长芦金家的

师父年少　241

闺女，他们家老有钱了……"

"关你什么事？"

"哦……"人家有钱，是和我一个铜板的关系都没有。但你是人家的救命恩人啊！这和你关系就很大了啊！我想着钱，有点愁。我和紫陵君在一起最长得三个月呢。

如果天天住这个客栈，经费恐怕不够啊。

"你缺钱？"紫陵君审视着我的表情，问我。

"也……还行。"

"没钱我给，"紫陵君道，"不用指望别人。"

我巴巴地望着紫陵君，忽然觉得，我竟然被他这句话感动到了。

"没钱我给"，看！说得多么豪爽耿直有风度！我就欣赏这样的人！我殷勤地往紫陵君碗里夹了块鱼腹肉："师父，蒸鱼这儿最好吃，肉嫩多汁，爽滑弹口，最是入味。你尝尝。"

紫陵君瞥了我一眼，倒也没多说别的，夹了我奉上的鱼肉吃了，小幅度地点了一下头。

我弯着眉眼望着他，如同以前看着小时候的妹妹们。

第四章

　　紫陵君说不定是一个心肠很好的人。

　　这个念头在我脑海里冒出来了之后，我觉得有必要为紫陵君做一点事情。毕竟他再厉害，现在也只是一个人。他为了金家的闺女得罪了青冥派，虽然他没把这事放在眼里，但在我看来，做什么事如果不是为了未来，那就得为了现在讨点好处。

　　总不能做一件事，什么都得罪了，一点都不讨好，这不是我的处世风格。

　　再者，我现在是紫陵君的徒弟，虽然是暂时的，可他若得罪的人多了，我这暂时的日子也不会好过啊！

　　他的屁股，我还得给他擦一下。

　　我找到了金家闺女，她还住在这个客栈里，只是两间上房，一间住着我，一间住着紫陵君，她只好住在二楼的房间里。

　　金家闺女被紫陵君骂得哭到双眼红肿，我看到她就想起我以前少不更事的妹妹们，她们打架互相欺负的时候，也总有人这样哭着跑来找我，后来长大了，她们就不打架，也没有哭过了。

　　我这个长姐的用处就更少了。

　　我约了金家闺女下楼喝茶，拍拍她的后背，安慰她："那个，姑娘，大侠……嗯，我师父他先前救你，肯定是有心的，他今日说的那番话大概不是真心的。"

　　金家姑娘问我："那他为何要那样赶人？我本欲报救命之恩，现

师父年少　243

在却这般被人嫌恶,实在……"

"可没嫌恶啊!"我拉着她的手,肃了面容,一本正经道,"我师父其实脸皮薄,习惯了做好事不留名,你这般执着报恩,其实是让他害羞了。而且……"我看了眼左右,凑到金家姑娘耳边道:"实不相瞒,我师父其实有家仇缠身,他怕仇家以后找你麻烦,所以故意拒绝你的。"

金家姑娘一下瞪大了眼,她愕然了好一会儿:"这……到底是什么仇家?我先前已经传信回家,可能今明两日便有人来护我,若是可以,我可让师兄师姐们帮忙解决一下。"

"呃……"我展开了想象力,正打算编出宏大的故事出来,倏觉身边有点阴暗。我转头一看,紫陵君正站在我旁边目光冷淡地打量我:"哦,你继续,我也想知道,你知道我身上有什么家仇。"

"……"我立即站了起来,"师父……"

紫陵君没说话,任由我独自尴尬了一会儿,他才一转身往楼上走了:"我的事你还没资格来瞎管。"

金家姑娘问我何意,我也没心思去应付她了,我只想着,今天晚上要做个什么菜才能挽回这个"吃货"师父的心情。

可到了夜里,我站在灶台前根本还没来得及想出要做什么菜,便忽然听见"轰"的一声,自客栈顶楼传来了犹似爆炸的动静。

顶楼不是上房吗?

我心头一惊,从厨房里钻了出去,见后院里客栈的人都站了出来,齐齐望着楼上,只见楼上一片尘埃翻飞,偶尔夹杂着白光青光不停闪烁。

有人在上面和紫陵君打架?

没一会儿,青光倏尔自楼顶而出,向天边而去,紫陵君一身华服化为白光追随而去,一前一后不过眨眼便追没了影。徒留客栈一个乱糟糟的破屋顶搭在上面。

我还没从紫陵君和谁打架的困惑中走出来,客栈老板便找来了:"你师父弄坏了东西!要赔钱!"

"……"

我把身上的银钱都给了老板，但还是不够，我被老板扣住，说是剩下的钱没补上，以后就在这儿做苦力还债，不然就送我去官府。

我堂堂西坞长女，虽然没什么屁用，但也不能沦落到坐大牢的境地。可这事也不好让西坞家族知道，族里人都爱面子，大概不会待见我做个任务把自己做成了这样。

我只有等，等紫陵君回来。

等了整整一天，紫陵君也没回来，那是个浪惯了的少年郎，我是知道的，一年四季，四个季度到处浪，他虽然收我为徒了，但不一定就会把我这个徒弟放在心上。

搞不好……三个月后，大表哥来接我时，我还在这里做苦力还债。

第二天，我放弃了紫陵君自己找回来的可能性，开始帮老板洗盘子了，一边洗一边想破解之法，越想越觉得没办法，御剑我御不好，寻人我寻不到："我上哪儿去找他！"

"找我？"

紫陵君的声音忽然在我身边响起，几乎让我以为是错觉。我转头看他，一时觉得他逆着午时阳光的身影格外地高大。

他居然……自己回来找我了。

"你在作甚？"他问得一脸嫌弃。

我巴巴地望着他："师父拆了别人房子，徒弟我正帮师父还债呢。"

紫陵君一默，抬腿就是一脚，直接将那洗盘子的盆给踢翻了："我的徒弟什么时候会沦落到这种地步？"

盘子稀里哗啦地碎了一地，响动惊来了客栈老板。老板一见紫陵君，话还没说一句，紫陵君便扯了腰上的玉佩砸在了老板脸上："赔你十座客栈也够。"

言罢，他拽了我的胳膊，拖着我就上天……不对，御剑了。

整套动作行云流水麻溜非常，完全突出了他的冷性子暴脾气和跩上天。我站在紫陵君的身后，下意识地搂着他的腰。

若叫我跟他走，我可以不问目的。

只是……我还有点心疼："你刚才那块玉佩，要不切成十条，你给老板一条，给我九条怎么样，我去开九座客栈，随便你拆，爱咋拆咋拆。"

紫陵君背脊微微一紧，一声冷哼："出息。"

我是个不受宠的长女，在钱财这一方面，我没什么安全感，确实不太有出息，我默默认了，心里有点哀叹自己的贫穷和命运。

许是我久久没应他的话，紫陵君转头看了我一眼，我也连忙抬头望他。虽然我因为自己的命运而感到几分难过，但我并不想因为我而影响别人的情绪。我对紫陵君露出了一个微笑："师父。"

他目光在我脸上停了一会儿："我还以为……"

"以为什么？"以为我被他嫌弃得难过了吗？

"没事，算了。"

离开小镇老远，行入了深山老林里，紫陵君才带我落了地。不知道是哪里的野林子，安静得紧，唯有不远处小溪流水的哗啦声。

"师父！你的御剑术是我见过最厉害的！"落地我也没忘了拍马屁，他"嗯"了一声，算是接了我这个马屁。我很开心，感觉距离又拉近了一分："师父，那边好像有河，我去抓鱼回来给你烤。"

"嗯。"

还是那么冷淡，不过没关系，现在这三个月才开始呢。我给自己打了气，便奔去了河边。

等我提着清理好的鱼回来，正要蹲下来生火，一个钱袋子递到了我面前。鼓鼓的，看起来有不少钱。我顺着捏钱袋的手往上望去："师父，这是……"

"我说了，没钱找我。"

居然还真的说给就给啊！这个紫陵君的脾气，别的不好，就给钱这一点真的是超级爽快！于是我也爽快地接了，报以一个灿烂的笑脸："谢谢师父！"

紫陵君看着我的笑脸愣了一会儿，然后别过了头去："鱼烤快点。"

"好嘞！"

第五章

吃鱼的时候我问紫陵君:"师父,既然赔了钱,为什么咱们还要离开客栈住深山野林?"

"有意见?"

"不敢……"

紫陵君帮我在火里面加了一把柴:"你先前说对了,我确实是有家仇的。"我一愣,我的乖乖,还真的被我给猜中了……

"那日仇家得到了我的消息,夜里派了探子来,我今日已将他杀了,方才归来。可那客栈已不安全,不可久留。"

"……"

难道,这世人眼中一年四季都到处浪的紫陵君并不是想出去玩,而是因为要躲避仇家,所以被迫到处流浪?可江湖上从来没听说过紫陵君有什么仇家啊!他仇家是什么来头,竟然要这么跩的紫陵君避着走?

我直愣愣地盯着紫陵君没说话,他仿佛有些误会我了。"怎么?怕了?不想拜师了?"他勾唇一笑,显得有几分嘲讽,"怕麻烦,不想惹上事,就不要和我在一起。"

他这样说着,活像他是一个被诅咒的人一样。

"没事!"我立即表忠心,"万一仇家找来了,师父你先走,我给你殿后,拖住他们!"

紫陵君眼瞳轻轻动了一下,然后一言未发地垂头将烤鱼拿来吃了。我一直关注着他，吃一口鱼瞥他一眼，心里无时无刻不在琢磨着，我该和紫陵君套近乎到什么程度，才好开口让他教我长灵心境。

"你一直盯着我作甚？"紫陵君放下手里的鱼，终于正眼看我。

咦，你不关注我怎么知道我在关注你？

这话我当然不能说，我委婉道："师父长得好看。"

他动作一顿，咳了一声，转了目光，又盯着鱼，最后落了两个字："轻浮。"隔了一会儿，又补了一句话："你年纪这般大了，没有婚配没有家人？何以还想出来拜师修仙？"

开始对我好奇了，很好，这证明他开始想了解我。虽然他说的话……还是不怎么好听。

而我早就料到他会问这个问题了，于是我面不改色，一派淡然道："哦，我家人都死了。"

这是一个绝对能尽快结束这个话题的回答。

果然，紫陵君顿了一下，但他到底不是常人，竟然还问了一句："丈夫呢？乡邻呢？"

"都死了。"为防他再问，我编得更细了点，"马贼屠村，除了我，无一幸免。"世道乱，这样的事情多了去了。我接着圆："我拿了家里所有的钱，打算来外面走走，享享福就去自杀。"

紫陵君："……"

"……结果我遇到了大侠，便生了学成武学回去报仇的心思。"我吃完了鱼，讲完了故事，理所当然地说出了自己的请求，"我知我资质愚笨，不过就算只能学到一招半式，也算是能了了我这一无所有的余生里最后一点期望。"

我望着紫陵君。紫陵君却刻意避开了我的眼神，他沉默了许久，夜风在刮，吹得篝火噼啪作响，竟衬得他的目光有三分水波潋滟，仿佛对我编造的身世有几分怜悯同情。

"我姓顾名十岚，江湖人称我紫陵君，我不是大侠，以后别乱叫。"

哟！开始自我介绍了！很好！好兆头！

我开心地应了："好的，师父！"

248　师父心塞

饭罢在河边洗漱一番，我与紫陵君围着篝火便打算入睡了。我这方刚觉自己睡了没多久，忽然被人从梦里拉起。

我恍似还在梦中，睁眼便见自己已经飞在了空中，乖乖，以我的御剑术我可从来没飞得这么高这么快过。我下意识地抱紧前面人的腰："怎么了？"

"仇家。"紫陵君简单回了两个字，我便反应了过来。

不是说之前那个探子已经杀了吗？又有人追来了？我转头一看，只见身后数十个光点在夜空里紧追不舍，我大惊："这么多人！"

这紫陵君到底是有多大的家仇啊？

紫陵君没回我，我心头着急，再一回头，这一瞬间，有一支光箭从我面前呼啸而过，穿过紫陵君的耳畔射向前方，临到那方尽头，那箭仿佛自己有意识一样，竟凭空转了半圈，又绕回，迎面冲我与紫陵君杀来。

我紧紧闭上眼睛，失重感陡然传来，紫陵君竟然御剑急速向下，带着我钻入了茂密的森林里，两三绕，便让那光箭撞上了大树。

背后"轰"的一声，却是那支光箭爆炸，将周遭的树都烧了起来。

这箭上还有法术？

当真要置紫陵君于死地啊！

"师……"我回头，正想让紫陵君再快点，往山里面去，那方树林茂密，山石洞穴密布，妥妥地可以甩掉对方。但我开了个口，这时才借着月光看见了紫陵君的肩头，那白衣上竟有一块暗色痕迹，是一大片的血，我愕然："师父，你受伤了？我睡觉的时候难道已经动过手了吗？"

"方才没看见你身边的三具尸体吗？"紫陵君反问的声音很冰冷。

我打了个寒战，再次为自己的浅薄修为感到汗颜。我转头看了一眼身后的追兵，但见距离竟比方才近了一些，我知道是因为紫陵君受了伤以及带着我，速度提不起来。

"师父，你将我放下。"

"想死？"

"我说过万一你有仇家找来,你先走,我殿后的呀!"

此言一落,紫陵君静默不言。我拍他没受伤的那边肩头:"快快快,将我放下,我帮你拖住他们。"

我其实是这样琢磨的。

如果这是紫陵君的仇人,那我和紫陵君一起被抓住,自不用说,我妥妥地和紫陵君一同被杀。但如果紫陵君独自一人走了,将我丢下,那好嘛,我还可以给对方编故事,卖卖可怜,说一说我被紫陵君"虐待"的事迹,指不定就被放了呢。

到时候紫陵君走了,我也活命,两人安好,救妹妹们的事从长计议;而就算我编谎话,还是被人杀了,那有一个跑掉也好,没有我,总有其他西坞家族的人会找上紫陵君,妹妹们也有一分获救的可能。

"一起走。"

紫陵君在长久地沉默后,是这样回答我的。

这三个字其实很普通,但是莫名其妙,我的心倏尔为他一颤。我竟有一种……被这少年的三个字感动到的诡异心情。

我一咬牙,撇开自己的情绪:"让你自己走就自己走。"

我放开他的腰,推了他一把,然后从他的剑上摔了下去。紫陵君猛地回头,我在下坠的时候看见了他那张被御剑的光芒照亮的脸,平日的冷漠高傲此刻皆化作眉间的惊诧愕然。他御剑速度很快,没一会儿光芒便从林间消失了。

我下坠之际,双手结印,刚落到地上,咒言出口,在这一排的树木上形成一道光墙,意图将后面的追兵拦截住,可我法力低微,拦住了前面几个追兵,后面的人拿剑一刺就将我的法术屏障给刺破了。

我见势不妙,转身就跑,然后理所当然地被追兵抓住。

我被逮到了一个女子面前,她神态倨傲,骑在仙骑白马背上,居高临下地看着我:"你是何人?"

"我……"我是被紫陵君胁迫的人,我很无辜,我一点也不想掺和你们的争斗,我都是被逼的!

以上的话我都没说出口,但见天际一道白光砸落而下,白色人影立在我的身前，背脊笔直犹如巍巍大山："她是我徒弟。"

不要啊！我的哥！

我们俩的关系我只想我们俩知道就行了！您这样可让我完成任务后怎么和外人解释？

涌上喉头的话被我用舌头死死压住。

"哦？紫陵君这般孤傲，竟也会收徒弟？"

这语气听起来竟与紫陵君十分熟稔。

"只是她而已。"

紫陵君语气无甚波动，甚至连头都没回，看也不看我便说出这五个字，像是他举起了我心旁的鼓槌，在我心上奋力一敲，鼓声震耳，使我心与情，皆有三分颤动。

这紫陵君……其实……很会撩人啊！

第六章

骑白马的女子冷冷一笑。"收了这般年老的徒弟,还特意赶回来救?紫陵君近来行事,越发感人了。也好,我便成全你的好心。"她一挥手,旁边的追兵立即动了,她仰着下巴带着神一般高傲的态度俯视我与紫陵君,"一起死吧。"

追兵一拥而上,我吓得呆立在原地。紫陵君身后像长了眼睛一样,将我因无措与恐惧而出汗的手握在掌心:"别怕,闭眼,我带你走。"

我什么都来不及想,依言闭上了眼睛。

霎时,风声、金属碰撞声、骨肉撕裂的声音甚至还有敌人的粗喘声被送入我耳朵里。

我不知道这场战斗是怎么结束的,只听得那女子一声大喝:"顾十岚!迟早有你回来的一天!"

长风呼啸,我的头发与衣摆被狠狠拉扯,霎时,除了风声,四周再无任何杂音。

我微微睁开了眼:"师父……"话音刚落,御剑术猛地一顿,我俩于高空中垂直坠下,一声短促的惊呼之后,我连忙抓住了旁边还没飘远的顾十岚的手。

他指尖冰凉,我拽着他的手指,拉住他的胳膊,然后把他整个人拉了过来,拼着全身所有的力气在我周身布出一个光罩,光罩缓冲了从高空坠下的力道,勉强让我俩安稳落地。

我长舒一口气,这才分心去看顾十岚,只见他身上的白衣裳没有一处是干的,处处皆有湿润的血迹,分不清是他的还是别人的,而反观我,身上一点血也没有沾到。

他方才一定很注意保护我……而且,明明他自己一个人是可以走掉的。若是他方才走掉,现在何至于受这般苦……

紫陵君居然没有了御剑的力气,这要说出去,是多大的笑话。

我在附近找到水源,撕了身上的衣服,拧干了带回去给他擦了脸上的血,犹豫了一会儿,将他上半身衣服也脱下,看了看他身上的伤,然后依着他的伤去寻药草了。

等我回来的时候,顾十岚已经醒了,他躺在地上动弹不得,只转了转眼珠看我,目光随即落在了我手里的药草上:"摘药草去了?"

"不然你以为我会走吗?"

"走才是对的。"他道,"和我一起,这种事不会少。"

人人羡慕的紫陵君,原来自己的生活过得这么苦。我撇了撇嘴,没接他的话,只在他身边跪坐下,将他的脑袋放到了我的腿上:"伤口要上药,所以我把你的上衣扒了,本来你睡着还好,可你现在醒了就有点尴尬了,不过你可以闭着眼,我会当你没醒的。"

顾十岚并没有搭理我的话,而是按照他自己的逻辑说了下去:"想学仙法,世上有很多方法,为何独独跟着我?"

"因为别人都不是你啊。"我将药草放进嘴里嚼烂,然后给他往伤口上敷。药草有时候还会带着我嘴里的温度,放在他的伤口上,似乎能烫到他,让他肌肉下意识地微微一缩。我随口答道:"正好遇见你,就赖上了。"

顾十岚望着我,目光再也没像之前那样刻意避开,直到我把药给他敷完,他也一直盯着我。

我被看得有点不好意思,仰头望天:"嘴嚼药嚼得有点苦了,我去弄点水涮涮。"我离开了。

在溪边待了一会儿,想着让顾十岚那样一个人躺着也不行,我便装了点水,回去找他。可哪儿想现在顾十岚竟重伤得跟废人一样,手

师父年少 253

脚完全动弹不得,我只好将他的头扶了起来,慢慢地给他喂水。

"你嫁过人?"

呃……

怎么突然问这个?我先前编造身世的时候是怎么编的,我好像有相公吧?对这样的问题,我选择以深思的沉默代替回答,答案皆由他自己去想。

"他是个什么样的人?"

我怎么知道!

"很……温柔。"说完,我自己点了点头,记住了这个设定。

紫陵君没像上次那样再多问了。

彻底处理紫陵君身上的伤需要药材铺里那些经过处理的正经药材,只是现在紫陵君行走不得,我又不知道最近的城镇在哪里,于是便背上紫陵君,带着他慢慢走。

紫陵君不沉,但我的法力低微,背着他走一段路就要歇一歇。

"你怎的这般弱?"

我吭哧吭哧地背着他走了半天,毫无防备地听到这句嫌弃的话,一时有点气愤:"你厉害你自己走啊。"嘲讽的话说出口以后,我默了默。

天寿了,一定是最近我在紫陵君面前太过放松了,我居然敢怼他了!

我想着要怎么把话圆回来,扑灭一下我想象中的紫陵君的怒火,过了很久,也没听到背后紫陵君说我什么。

我转头看了他一眼。

"作甚?"他立即捕捉到了我的目光。

"师父,你……没生气?"

"我为何要生气?"

"没事……"

咦,紫陵君难道自己没发现他现在对我已经比一开始宽容多了吗?

我将紫陵君背到了山下村子里，找了个小客栈安置他，然后东奔西跑地给他张罗药材，最后将伤口给他包好了。我长舒一口气，瘫坐在椅子上。

紫陵君躺在床上看着一头汗的我，老半天说了一句话："你该练练。"

我终于听到了他这句话！

"我不知道怎么练啊，师父。"

"我教你。"

我听到这三个字万分感动！正是心情激荡时，紫陵君道："先去外面扎一个时辰马步，练习呼吸。"

啊？居然是这么基础的训练？那这样我要到什么时候才能学长灵心境？我有点失落。

"不去？"

"去……"我争取了一下，"师父，马步我小时候扎过，我可以直接开始学别的。"

"你去不去？"

我沉默地出了门。

于是我就这样在紫陵君的指导下，扎马步，负重跑，练了整整十天……一个法术没学。第十一天时，紫陵君已经能从床上起来了，可我还是在院子里扎马步和跑步。

虽然我这几天确实觉得身体比之前轻松很多，但扎马步也不能扎出花来呀！

"师父，我还要这样练多久？"

"一个月。"

"……"

我正打算和紫陵君讨价还价一番，没想到此时小村村口忽然敲响了警钟，客栈外面霎时喧嚣了起来，有人跑动和乱吼的声音由远及近地传来，我渐渐听清了外面喊的话："马贼来了！马贼来了！"

我一愣，没这么倒霉吧，才在这村里住多久，这就遇见马贼了……我又要背着紫陵君跑路?

我还在琢磨着,忽然掌心一热,是紫陵君拽住了我的手,拉着我往客栈里面走。他脚步迈得又急又大,像是在躲避着什么一样,直到将我拉到客栈房间里,他才盯着我的眼睛道:"不用怕,我去去就回。"

马贼我还是不怕的,你这般认真交代倒让我有点怕……

啊,我想起来了,在我编造的身世里,我是一个被马贼屠了村,唯一幸存下来的女人。

紫陵君是在……担心我想起"以前"的事?

他轻抚衣袖,出了门。望着他的背影,我忽然很想开口告诉他,没关系的,其实我对马贼没那么怕,对方不是修仙者,我还是有办法应对的。可我撒了一个谎,只有继续撒谎,我的任务还没完成,所以我只能眼睁睁地看着重伤未愈的紫陵君,这般去保护我。

我其实心里有愧疚,也有……心动。

对这个比我小了十来岁的男子……心动。

第七章

紫陵君走后,外面的吵闹声慢慢歇了下来。我推开客栈的窗户往外面张望,在村庄层层屋檐的遮挡下,并没有看见紫陵君的身影,我焦急等待之际,胸前大表哥走前留下的符咒却隐隐发烫。

"三个妹妹毒发之日或会提前,三日后我便来接你,长灵心境必须到手。"

话音一落,灼热的符咒便凉了下来,这时,我望见了村外的路上,那些打马而来的马贼用比来时更快的速度离去,一片尘土飞扬。

没一会儿,我在转角处看见了紫陵君。他面色有几分病态的苍白,他站在楼下,仰头望着二楼窗户里的我,在我看来他像是一个凯旋的英雄。

"没事了。"他说,"我不会让你再遇见那般事。"

本来也一直都没有事,但这个谎言,我要继续维持下去,家里三个命在旦夕的妹妹,我还是要救的,不为任何人的命令,也不为任何任务。

我一转身,径直从二楼跳了下去,将紫陵君一惊,我便在他的惊诧当中一下子扑进了他的怀里,将他紧紧抱住:"多谢师父!你简直就是大英雄!这世上没有谁能帅过你!"

我放开紫陵君时,但见他脸上的红晕正是桃花的颜色。

我往旁边看了一眼,见村中有人受伤,便道:"村民受伤了……师父有没有什么治疗的法术可以让我学学,我去给他们治病。"

"长灵心境可治人伤,疗人毒。我去便是。"

我拦住了他:"你也有伤,不如你教我,我去治。"

他点头,与我说了十六句心法。我皱起眉头:"等等,我拿纸笔来记一记。"

记完这张纸,我半天没有言语,直到紫陵君唤我,我才抬头望他,轻轻一笑:"我好好学学,便去救人。这样的话,我还可以救师父。"

紫陵君轻笑:"学会了再说。"

傍晚,紫陵君留在客栈里休息,我打着出门看村民的幌子,行至村庄角落里,然后拿出符咒烧了。

我靠着墙坐了下来,只片刻时间,空中便有人御剑而来,光芒刺目,我知道是大表哥来了。

他落于我身前:"长灵心境拿到了吗?"

我将手中的纸递给他。大表哥立即接过,然后皱起眉头:"这些心法是何意,紫陵君可有与你解释?"我点头,然后仰头望他,道:"大表哥,我可以将这些说与你听,只是我与你解释完后,你便留我在此……"

"你与他一同走吧。"

紫陵君的声音在背后响起。

我一转头,但见他眼眸之中是我与他初见时的冰冷。

他……看见了。

我陡然心跳加快,竟有惶恐涌上心头:"师父……"

"师父?"他发出一声嘲讽至极的轻哼。我听了心头更慌,连忙道:"我确实骗了你,我乃西坞家族长女,我三个妹妹中毒,她们自幼是我看着长大的,我……"

"够了。"紫陵君打断我的话,"马贼屠村,家破人亡,命运多舛……西坞家族的长女,这般富贵之命,倒累得你这般编故事来骗我。"

我望着他冷漠的眉眼,一句话也说不出来。

大表哥不明情况,以为紫陵君要来阻我,他将我往身后一拦,手中法力凝聚,悄声与我说:"带心法走。"

"呵。"紫陵君冷冷一笑，望着大表哥的眼神有几分阴鸷，"好个英雄救美。"

我大表哥的本事我知道，平日里或许比不上紫陵君，但现在紫陵君有伤在身，先前又赶走了马贼，现在身体情况不知道怎样，真动起手来，紫陵君指不定要吃亏。

我连忙拽了大表哥的手："我们走吧。"

"赶紧滚！"紫陵君一声短喝，他周身气息涌动。正在我愣神之际，大表哥将我手腕一抓，拖着我便飞上了天。

我回头往下一看，只见尘土飞扬，紫陵君的身影孤独地站在其中，形单影只，仿佛天地间唯剩他一人而已。

我随大表哥回了西坞，我的故乡。

我带回来了长灵心境，族长对我有着从来没有过的和颜悦色，我再一次成为被人看重的长女，只是……我却没有任何喜悦。

长灵心境被交给了秦冀，他是庶母所出，除了我三个妹妹外，西坞家族里最有天分的人。

我回了我的小院，静静地等着秦冀哥哥将三个妹妹治好的消息，然而……没有。

三个妹妹毒发的时间越来越近，但是秦冀哥哥用长灵心境的心法却始终没有将妹妹们治好。我心有疑虑，我这些兄弟姐妹和我不一样，他们天赋高，领悟快，照理说不应该……

"她拿回来的是假的心法。"

秦冀哥哥向族长如此禀报。

我被拖到族长面前的时候，才知道竟被他如此诬陷，我大怒："不可能！这是紫陵君亲口与我说的！"

"长灵心境乃紫陵君自创的最为珍贵的心法之一，他为何会在这么短的时间内就相信你，还亲口告诉你？要么，就是你拿了假心法，要么，就是你办事不力，被紫陵君所骗。"

"紫陵君没有骗我。"别的事，我无法确定，但我却莫名地肯定这一件事，紫陵君没有骗我。

是我一直在骗他。

是我在这么短的时间内骗他信了我,将这么珍贵的心法写给我,然而我辜负了他的信任。

族里的人道我办事不力,族长先前对我的和颜悦色此时变成了变本加厉的嫌恶,他下令将我关了起来。

家族的禁闭室四周漆黑,冷清无比,我倒是第一次来这儿,以前我虽然没用,但好歹也没错,如今这般,倒真算得上我人生的最低谷了。

我被关了十天,除了日日忧心三个妹妹以外,我在黑暗之中还控制不住地想,紫陵君呢,他现在一个人在哪儿?他的伤好了吗?他的仇家还在继续追杀他吗?他还在记恨我吗?

如果有能出去的一天……我要怎么去寻求他的原谅呢?

我所思所想并无结果,却在禁闭室里等到一个意料之外的人,我的庶母。

我和三个妹妹是我娘亲所生,娘亲死后,我的族长爹爹未再娶妻,这位在娘亲之前便入门侍奉我爹的庶母便成了当家主母。她平日里从不与我接触,今日不知为何到了这禁闭室来……

她入了屋来,环顾四周,道:"身为长女,如今却落得这般下场,你娘亲要是知道,也会对你失望至极吧。"

这种闲言碎语我听得多了,心里早已没了什么感触,只是我不懂我这庶母,今日故意到场,就是为了说这话给我听的?

"这般无用的性命,不若今日了结了吧。"

我一愣,没反应过来:"你说什么?"

我话音未落,她手中符咒一闪,我只觉浑身一僵,动弹不得。却见庶母衣袖一翻,拈了一颗药丸出来:"你那三个妹妹体内修为浑厚,对这毒能扛上些时日,你就说不定了,不急,她们回头便来陪你。"

听及此言,我恍然大悟,原来幕后黑手竟然是她!难怪我拿来了长灵心境,我那秦翼哥哥却解不开妹妹们的毒,不是不能,而是不想,反倒污蔑我拿的是假心法!这一切原来……

庶母拉开我的下巴,将药丸强行喂入我的嘴里,一抬我的下巴,药丸被我吞进去,登时,胃里一股撕心的绞痛传来:"定身咒再有一个时辰便能解开,到时候你若还醒着,就自己叫人吧。"庶母瞥了我一眼,嘴角带着浅浅的微笑。

我这才恍悟,杀了我,我三个妹妹也死了,秦冀就会变成族长的接班人,而她的身份自然也不可同日而语。我恨得咬牙,却也无可奈何。

"哦,恐怕还有一件事你不知道。"

"你娘入门的时候喊我姐姐,她怀孩子的时候,我的冀儿才出生,可她的孩子是长女,会继承家族,我儿不会,所以,在你出生的时候,我就动了一点小手脚。只可惜后来你几个妹妹出生的时候,族里看得太严,没了我下手的机会,不过现在也无所谓了。"她轻轻笑着,"你们几姐妹,很快就会在下面和你娘亲团聚了。"言罢,她转身出了门。

身体里的痛苦似乎要将我撕碎,我不能动弹,意识也慢慢陷入了昏沉当中。而这时,我所思之事却并非关于西坞,关于我自己,而是关于那不知在何方的紫陵君。

我很遗憾,如果就此身死,我甚至都没有机会对他说声抱歉,还有……喜欢。

第八章

我没想过我还有再醒过来的一天。更没想到我还有再见到紫陵君的一天。

而这两件没想到的事，现在都发生了。

我呆呆地看着坐在我身边的紫陵君，见他冷着一张脸帮我把脉，然后没好气地将我的手扔开。

"好了。"他说，"再多休息几日即可。"

我愣愣地看着他："师……"一开口，我就被自己嘶哑到可怕的声音吓到了，我想清下嗓子，可是根本用不了力。

他只看了我一眼，便一言不发地离开了。

他不见了，我这才有心思打量现在我身处的环境，只见四周雕梁画栋，大约是个很不错的……客栈？只是我为什么会在这儿，紫陵君又为什么会在这儿？是他……救了我？

我一头雾水地在这里养了几天的伤。

这几天里紫陵君定时定点来给我把脉，除了把脉以外，什么也不做，什么也不说。前两天说不得话，后来能说话了，我便小心翼翼地找他搭话，询问了几次。

许是他每次来我都问同样的问题，将他问得有些不耐烦了，这日他终于回了我："我救了你三个妹妹，西坞家族将你交给了我。"

啊？

这句话的信息量……出乎意料地大呢。

紫陵君救了我三个妹妹？也就是说，他去了西坞家族？他为什么要去，为什么又要带走我，他不是应该……讨厌我吗？

"庶母……"

"被你们族长杀了。"

"哦……"我点点头，"那你……为什么要带我走？我的毒……"我那庶母说得在理，我身体里修为不够，抵挡不了毒素多久，我昏迷过去后，不出三天，大概便会毒发而亡吧。

紫陵君并未多言，只道："我要离开几天，有别的人会来照顾你。"

"去……哪里？"

"和你没关系。"

他态度格外恶劣，活像对我恨之入骨一样。

紫陵君离开，他说的那个"别的人"很快就来照顾我了，那是个长相可爱的小丫头，她唤我"夫人"，显然是误会了紫陵君与我的关系。我想了想，如果要解释的话，要说很长一段话，便也就随口应了。

丫头话多，照顾我之余闲来便与我聊聊江湖八卦，这个世家那个世家的奇闻逸事知道得比谁都多，偶然间还提到了紫陵君和西坞家族。

我有些愣神："紫陵君，你见过吗？"

"那样的人都是传说中的，哪儿有那个运气见啊。"

"哦……"雇你的人就是传说中的紫陵君啊。紫陵君没有给她说自己的身份，大概是为了保密行踪吧，以免被自己的仇家发现。

"西坞家族先前不是有三位姑娘中毒了吗？后来长女也被人发现中毒了，也不知那长女和紫陵君有什么渊源，听说紫陵君赶去了西坞家族，救下了她，然后与西坞的族长谈了条件，说要他救另外三位姑娘，族长就得答应他，之后让他将那长女带走。"

嗯？我又是一头雾水："为什么？"

"还能为什么，因为爱啊！"

我看紫陵君现在对我这个态度，并不是因为爱，更像是因为想要报复啊……我问："紫陵君什么时候去的西坞？"

"就前段时间吧，那长女中毒的消息传出来之后，紫陵君就去了，还帮西坞家族抓住了那个下毒的毒妇呢。"

我总算是从这个小丫头嘴里听到了我被救出来的过程，但我还是不知道他为什么要救我，也不知道我是怎么熬到紫陵君来救我的。

几天后，紫陵君回来了，我的身体已经恢复得差不多了。被雇来的小丫头结了钱之后恭恭敬敬地给我和紫陵君鞠了个躬："谢谢老爷、夫人，老爷走的这段时间，夫人可想念老爷啦，愿二位之后百年好合，早生贵子呀。"

我尴尬得说不出话，往旁边看了紫陵君一眼。他素来不喜欢多言，摆了摆手，便让小丫头走了。

"师……"我琢磨了一下该怎么唤他，怕他不高兴，最后喊了一声，"紫陵君。"他转头看我，我垂头避开了目光："之后……去哪里？"

"你自己走吧。"

我愣住，目光再次转到他脸上，恍觉我刚才听错了他的话。他将我从西坞家族带出来，就是为了让我……自己走？

"你的仇家……又找上门了吗？"

"没有。"

"那……"

"你救我一次，我帮你一次，礼尚往来，谁也不欠谁。"

他这样说，可是怎么会谁也不欠谁呢？明明我亏欠他那么多。"我不走。"紫陵君皱起眉头。我转过眼，盯着地面："我……真的当你徒弟行不行？"

紫陵君沉默了很久："你觉得还可能吗？"

他被我背叛过，他不相信我，所以，不可能了。他转身要出门，我伸手抓住了他的衣袖，但害怕这样死缠烂打令人厌恶，又连忙想放开，只是我的手像根本不听我的理智使唤一样，食指和拇指始终将他的衣袖捏着，怎么也松不开。

"那我就……跟着你吧。"

紫陵君回头看了我一眼:"随你,我不会等你。"

他这样说……

可是在接下来的日子里,我跟着紫陵君,却没有一次跟丢过,我算是看出来了,这其实就是个傲娇的家伙,我跟着他,他其实心里……是有几分高兴的吧,不然以紫陵君的修为,他想御剑离开,我是怎么都不可能再找到他的。

在我以为这样心照不宣地你追我赶的日子会继续过下去的时候,忽然有一个清晨,我从睡梦中醒来,敲了隔壁客房的房门,果然,紫陵君已经不见了。我下了楼,询问小二,早上客人走的时候有没有留下什么信息,因为通常客栈的小二是会告诉我紫陵君的目的地的,但这次,小二说不知道,只知道客人早上急匆匆地往西南方向去了。

我心头有些奇怪,连忙御剑跟去。

至于我为什么突然能御剑了……在离开西坞家族后,我修行的速度变快了些许。好像庶母说的之前在我身上动的手脚已经消失了一样,我开始觉得学习法术并不是一件困难的事情。

或许是那毒以毒攻毒,将我给治好了?

我不知紫陵君去了哪里,不敢御剑飞快了,怕错过了他,自然也不敢飞慢了,怕之后就再也跟不上,就在我这一路飞得犹豫的时候,忽见正前方一道闪光混杂着气浪横扫而来。

我心头陡生不祥之感,连忙往前追去。

待我赶到那方,所见果然是紫陵君又与他的仇家相遇,两方打得不可开交……

第九章

　　下面林间一片尘土飞扬，我全然看不清形势，只得在空中飞着干着急。

　　忽然，我只觉身后黑影一闪，我一回头，但见先前已有过一面之缘的那干练女子飘在了我身后，她手一挥，一条鞭子径直绕上我的脖子，我试图反抗，可很快就被压制了。

　　我的功力是有长进，可此时此刻还不足以与她为敌，她使长鞭禁锢了我的动作，拖拽着我便往地上而去。

　　落于尘埃之中，她站在我身后，捏紧手上鞭子，一声厉喝："顾十岚！"她巡视四方的尘埃，"还想要你徒弟的命，便出来。"

　　她话音落下，尘埃之中与林间久久没有回应。

　　我只隐约见得尘埃之中，那些杀手浑身戒备，防备着四周。

　　"我数到十，你不出来，我便拧下她的脑袋。"

　　"你拧下我的脑袋吧。"我主动开口，"他已经不是我师父了，不会管我的。"

　　女子眼睛微微一眯，正沉思之际，前方倏尔一阵清风徐来，破开尘埃，顾十岚仿佛自混沌中来，他站得远，目光不知是盯着我还是盯着我身后的女子。

　　"没错，你杀了她便是。"紫陵君微微眯了眼睛，轻浅一笑，"用女人来威胁我，听风，你的手段越发不够看了。"

　　"是吗？"女子也是一笑，"那我留她也无用。"

言罢,她手上一紧,我只觉呼吸立即被剥夺了,不过许是这段时间以来受的折磨太多,我竟然觉得这些痛苦都没什么关系。

不要再给紫陵君造成困扰带来麻烦了吧,我亏欠他的已经那么多了……

就这样看着他满不在乎的眼神挺好的,至少,他不会为我伤心……

"听风。"在我即将失去意识的那一刻,我听到了顾十岚的声音,脖子上的鞭子霎时松了松,让我有了喘息的机会。我喘了好一会儿,仰头看他。他的话打断了听风得逞的笑:"杀人就要快一些。师门没教过你?"

言罢,我只见他手中折扇一舞,一只钢钉径直从扇骨之中脱出,听风下意识地回挡,然而那钢钉并没有钉在她身上,而是直接穿过我的肩头,力道之大,带我摆脱了听风的控制,往后摔倒在地。

下一瞬间我只觉眼前一花,再回过神来,我已回到了紫陵君身边。

我虽然肩头受了伤,可是保住了一条命。

但紫陵君面临的形势却更加危险,他暴露了自己的踪迹。听风一声大喝:"传门主令,紫陵君既抗命不从,便杀之以儆效尤!给我杀!"

霎时,四周风动,杀气凛然。紫陵君护着我,布下一个结界,将所有的攻击都抵挡在外。

"你不该来。"他说,只关注着面前的威胁,没有看我一眼。

我没说话,紧张地看着他。我看得出他的结界在慢慢缩小,外面的听风在笑他:"紫陵君倒也是一日不如一日。"

她说着,一道长鞭冲顾十岚的结界而来,长鞭与结界接触,泛起一片刺目的光。顾十岚的眉头皱得更紧了,之前那次与他的仇家动手,顾十岚似乎没这么弱……

难道是前段时间他身上的伤还没好,或者是他做了什么有损修为的事……

我转念一想的这时间里,那女子已经又挥出三道长鞭打在了顾十

师父年少　　267

岚的结界上，结界应声而破，顾十岚周身再无防护，而女子第五道长鞭已经向顾十岚挥打而来。

与方才不同，长鞭之上像是被灌入了法力，竖满了倒刺，每根倒刺上绿光粼粼，像是染了毒液，这一看便是要置顾十岚于死地！

"不行！"我扑上去想要以身为盾挡住这鞭，可是在我动的时候，一个温暖的怀抱立即将我禁锢住。

我没有亲眼看着那鞭子打在顾十岚身上，但我感觉到他浑身一僵。

他受伤了……他又保护了我……

周围的人不依不饶，往这方攻来。顾十岚抱着我，我看不到他是怎么应对他们的攻击的，但是我能感觉到我紧紧贴着的这个胸膛，流下了越来越多黏腻的血液。

"别打了……"我呢喃出声，"别打了。"

没人管我，终于顾十岚跪了下去，我在他怀里看见了他帮我挡住的那个世界，只见追杀的人已经死了一片，众人对这般以命相搏的紫陵君皆有几分敬畏，而唯有听风没有住手。

她高高地举起了鞭子："紫陵君的项上人头，我今日便要拿回去交差！"

我狠狠地盯向她，只觉得心头一股悲痛的怒火熊熊燃烧："让你别打了！"我用尽所有的法力，声嘶力竭地吼出了这一声。

而在我意料之外的是，我这一声出口，身体中似有巨大的力量爆发而出，将周遭没有防备的杀手尽数弹开，有人甚至撞断了好几棵树。

力道之大，让我也全然愣神。

听风的长鞭此时竟被我这一声震碎，她诧然不已地盯着我："竟然……顾十岚竟然把修为给了你这么多……"

什么？顾十岚将修为给了我？

我愣愣地垂头看几乎晕过去的顾十岚，我想问他为什么，却没问出口，看着一脸是血的他，我只觉得更加心疼和愧疚。

听风狠狠一咋舌:"教主就是想要他这一身功力,如今他竟然给了外人。"她盯着我,又看了眼顾十岚,我看出了她眼中的杀意,可我岂会让她再靠近顾十岚。我捡了顾十岚身上落下的扇子,戒备地盯着听风。

"你若再敢伤他,我不介意在这里与你拼上性命。"

听风一怔,扫了眼四周,斟酌了一番形势,转身挥手:"撤!"

杀手们化作天上云雾而走。我长长舒了口气,这才转头看顾十岚:"师父……"

"我不是……不是你师父了吗……"他艰难开口,还记着我刚才的话呢,可明明这话原来是他说的。

"你为什么……要将法力给我?"

"你是我徒弟时,我什么不曾给你?"

我没有应对的言语,因为细细想想,确实如此,没钱找他他给,有法术要学也给,有人欺负就帮忙,除了偶尔的嫌弃,他真的什么都给了,所以我想要修为,知我资质低下,他便也给了我修为吗……

"什么时候给的?"

"扎马步偷懒,负重跑耍赖的时候。"

竟是……那个时候吗……

原来如此,难怪之前庶母给我下毒时,我能挺到顾十岚来,因为我身体里已经多了他的修为,而我完全不自知罢了。

我半跪着用他的长灵心境为他疗伤。我琢磨了许久,垂目道:"其实……在我那次差点被庶母害死的时候,我是有点后悔的。一是后悔,师父,我没有早日对你坦白真相。二是后悔,被发现之后,没有来得及对你说一声对不起。"他沉默地听着,我停顿片刻后继续道:"三是后悔……我喜欢你,未曾让你知晓。"

顾十岚方才闭紧的眼睛倏尔睁开,有些怔然地望着我:"你说什么?"

"我好像……喜欢你。"我深吸一口气,"要不,我们就依了先前那小丫头所言,你做老爷,我做夫人得了。"

顾十岚沉默许久："我乃持灵教弟子,叛出持灵教多年,被追杀是家常便饭……"

"若这就是你的家常便饭,那我就和你一起经历。"

"……"顾十岚望着我,"有没有人和你说过?"

"什么?"

"你偶尔的话……罢了。"他转开头,脸上的红似被朝霞晕染,"我这里,可是不给人吃后悔药的。"

他这算是……

答应了?

我心头陡然一动,冲动地在他唇上落下轻轻一吻。

从此以后,就有一个人与我一同携手走天涯,再不孤单了。

© 中南博集天卷文化传媒有限公司。本书版权受法律保护。未经权利人许可，任何人不得以任何方式使用本书包括正文、插图、封面、版式等任何部分内容，违者将受到法律制裁。

图书在版编目（CIP）数据

师父心塞 / 九鹭非香著 . -- 长沙：湖南文艺出版社，2025.1
ISBN 978-7-5726-1758-4

Ⅰ.①师… Ⅱ.①九… Ⅲ.①短篇小说—小说集—中国—当代 Ⅳ.①I247.7

中国国家版本馆 CIP 数据核字（2024）第 079395 号

上架建议：畅销・小说

SHIFU XINSAI
师父心塞

著　　者：九鹭非香
出 版 人：陈新文
责任编辑：张子霏
监　　制：毛闽峰
项目支持：恒星引力
策划编辑：张园园　史振媛
特约编辑：赵志华
营销编辑：刘珣　焦亚楠
封面设计：@Recns
版式设计：潘雪琴
书名题字：一勺酸橙汁
插图授权：恒星引力　秃颓颓　凌零叽　容那个容
出　　版：湖南文艺出版社
　　　　　（长沙市雨花区东二环一段 508 号　邮编：410014）
网　　址：www.hnwy.net
印　　刷：三河市兴博印务有限公司
经　　销：新华书店
开　　本：875 mm × 1230 mm　1/32
字　　数：248 千字
印　　张：8.75
版　　次：2025 年 1 月第 1 版
印　　次：2025 年 1 月第 1 次印刷
书　　号：ISBN 978-7-5726-1758-4
定　　价：49.80 元

若有质量问题，请致电质量监督电话：010-59096394
团购电话：010-59320018